在庐山遇见王阳明

奔跑 著

作家出版社

目 录
contents

辑一　春天再启

淳熙十三年春

早春二月

二月的江南，春寒料峭。这个叫陆游的花甲老者在家铺纸磨墨，给朝廷打报告说，我的"祠禄"即将到期，恳请给个职位，我还想做点事。

"祠禄"是宋朝安置官员的一种方式，就是挂名某个道观主事，不必实际到任，发半薪。大宋朝官员薪酬高，半薪也能过得不错。这样可以让一些"不合拍"的人靠边站，也可以为一些职场窘迫者提供一个急流勇退或伺机再起的通道。这个制度，很贴心。

这些年，陆游就这样领着一份祠俸，住在山阴（今绍兴）老家乡下，读书、写诗、与老乡交往。他写冒着微雨去锄瓜，也写铁马秋风大散关。这些年他有点分裂，常常回忆多年前在汉中前线和蜀地的生活，在脑海里一遍遍演绎那金戈铁马兵出陇右的宏大情景。而放下笔后，他或者去隔壁老叟家品尝新酿的女儿红，或者下地去除草，午饭后则歪在榻上，昏昏欲睡之际，读几页陶诗。

这日子一过五年，也就这么蹉跎着，祠禄到期，是个向朝廷开口的机会。说起来，这"祠禄"还记在成都玉局观名下呢。陆游难免胡思乱想。如果朝廷再派他去南郑前线，他仍是愿意的。他曾在那干过八个月，时间虽然短，却是他最快乐的日子。因为和议，仗不能主动打，但朝廷派了枢密院枢密使王炎担任四川宣抚使，是有心备战的。陆游虽只是个参谋，但是个公认的干才。他积极出谋划策，撰写北伐计划《平戎策》，或者戎装大马，驰骋各处视察防务。一切都部署妥当，只等朝廷一声令下。

八个月后，等来的不是出兵命令，而是王炎的调令，陆游也被安排到成都当一个参议官。后来在嘉州、荣州等地辗转，七八年间担任一些不怎么重要的官职。他是从汉中出发入的川，走金牛道，蜀道崎岖，但山河壮丽，陆游写了不少诗。他是冒着细雨，骑驴过的剑门关。到成都后，住在武侯祠附近，后来搬到杜工部住过的浣花溪畔。这都是他敬重的先贤。一个参议官也没有太多正经公务，他就在家种种海棠。

可喜的是，老朋友范成大竟也入了川，而且担任四川制置使要职，成了他的顶头上司。真是人生何处不相逢！范成大比陆游小一岁，是绍兴二十四年（1154）进士，同届，只不过陆游是个"落榜生"。当年陆游从福州调到临安敕令所时，他也从地方调到京城，监管太平惠民和剂局，后与陆游前后脚调到枢密院做编修，成了同事。如今地位悬殊，陆游虽有点讪讪然，也没有什么不服气的。这位老同事，为人宽厚持重，忠诚干练，诗文也好，出使金国表现得尤其有气节，人们赞誉他有"古大臣"之风。

因为范成大的宽厚诚恳，陆游在郁闷中渐渐张扬了本性。口无遮拦议论朝政不算，喝酒泡妞玩乐写诗一件也没落下。有人看不过去，批评他放浪形骸、不拘礼节。陆游对此表示蔑视，干脆自号"放翁"予以回击。为此，范成大还乐呵呵到他家敲门，专程祝贺他得了一个新号。陆游对范成大也不放过，好几次专门写诗提醒他不要忘记前线的将士。三年后，范成大调回朝廷任职，陆游送行，他们留下了令人心动的唱和诗作。

陆游入川的成果之一，是他的确娶了一个川妹，带回浙江，而且生了一个女儿，可惜夭折在他即将履新的任上。对这次乞官，他没想到朝廷批复得倒很快，而且把他安排到了一个出乎意料的地方。

去临安

淳熙十三年（1186）三月，陆游的新职务"朝奉大夫权知严州军州事"任命下发，他应召入朝面圣。

官阶晋了一级，五品，虽仍是个"代理知州"，但是个货真价实的军政民政统管的实职。严州就是建德府，领六县，在临安西南不远。范文正公在此担任过知州，那时叫睦州。陆游高祖陆轸也在此担任过知州。这个安排圣恩浩荡，看得出皇帝的善意，但陆游还是有点怅然若失。

山阴算是朝廷的京畿，去临安也不过一天的路程。这条道陆游往返太多次了，而且满是沮丧的回忆。陆游是贵族世家。祖父陆佃受封过公爵，父亲陆宰当过京西转运副使，罢官回家后他不再问政，却成了名震江浙的藏书家。在宋朝，贵族和重要级别官员的子弟在谋出身方面是有内部政策的，即只要"锁厅"考试通过，就可以获封"登士郎"，相当于礼部考试的进士。绍兴二十三年（1153），陆游参加了在临安举行的"锁厅"考试并得了第一名，无意碾压了秦桧的孙子秦埙。宰相生气了，后果很严重。次年，陆游又报名参加礼部考试，那是庶族子弟谋出身的地方，秦桧竟然指示主考官不得录取陆游。

这些说法是见诸史书的，有点戏剧性，可是小小的陆游在秦桧那里能算个啥？史官借题发挥也是有可能的。不过，所谓"贵族"和"清流"的分野，估计哪个时代都难免。出身总是一个好用的标签，有人在此找优越感和特权合法性，有人在此立志，奋发图强爬台阶。这两类人相互的那点不待见，会反映到很多方面。比如秦桧就出身"清流"，他上位后主政十多年，多重用清流士人，"登士郎"是不吃香的。有人进而分析，"贵族"和"清流"的分野反映到政治倾向上，就有所谓"保守"与"改革"两派。北宋时有"旧党"与"新党"之分，到南宋则是"主和"与"主战"之别。贵族是既得利益者，要取守势，清流后进，则要取攻势，这有一定道理，但这个阵营向来不那么泾渭分明。

陆游参加内部考试不算，还跑去参加礼部考试，与那些庶族子弟争饭碗，关键他还是个终身主战派。这有点拧巴，让他两头不讨好。按理陆游是有家学渊源的。祖父陆佃是熙宁甲科进士，在熙宁新政中能安然自保，可见其官场功力之深。当年，司马光和王安石两个阵营的主要成员，都是轮流遭受过贬官和流放的。《宋史·陆佃传》中有个记载，或可管窥陆佃"不倒翁"的奥妙。据说王安石征求陆佃对新政的意见时，他回答说："法非不善，但推行不能如初意。"这个断语是一语成谶，即使现在，都不得不惊叹这个陆佃的见识。也因此王安石只召他为国子监直讲，并不重用他。陆游曾有诗讲到这一段，说祖父"淡然清班中"，即不站队，"议论主中和"，即谁也不得罪，所以他能在宦海风涛中安然无恙。这个陆佃，生前封吴郡开国公，死后又获追封楚国公。这可是"从一品"的殊荣。

可见，长辈的政治智慧，陆游是一点也没学会。从他这次入朝"面对"的表现来看，他大概再次辜负了皇帝的一片心意。

临安春雨初霁

对一个士人而言，"面对"的机会是让人兴奋的，得君行道的那点小心事总是按捺不住。陆游也一样，他有很多话要对皇帝说。他安静地待在旅馆，等待宫里的传唤。在这寂寞时光中，他写了一首诗表达了当下心情：

世味年来薄似纱，谁令骑马客京华。

小楼一夜听春雨，深巷明朝卖杏花。

矮纸斜行闲作草，晴窗细乳戏分茶。

素衣莫起风尘叹，犹及清明可到家。

（《临安春雨初霁》）

闲着没事，他将就着用旅馆里的窄幅纸张斜过来练习草书，或者在临窗的茶几上玩玩茶道，晚上则辗转难眠。这江南的春雨淅淅沥沥下了一夜，明天巷子里准能听到货郎叫卖杏花的吆喝声。他有些感慨，觉得自己漂泊多年，世道人情凉薄如此，是什么风又把我吹到这临安来了？随即又自我安慰，不是自找的吗，不要再作风尘之叹了，不妨逗留几日，清明前再回家吧。他是七月才赴任严州的。

一个春日，为这首杏花诗所诱惑，我专程去寻他住过的这条深巷。以前叫砖街巷，现在叫孩儿巷，离西湖不过一公里远。在现代建筑的森林里，找到这标记着"孩儿巷98号"的江南古宅不难，这里已经是声名远播的"陆游纪念馆"。白墙黛瓦，两进三开间，双层回廊，还有一个庭院，带着一口幽深的青石八角水井，是看惯的江南宅院格局。这里离中山路不远，那是当年临安的十里御街。在御街遗址，透过保护的玻璃，据说能看到古人走过的石板故道。那上面，一定也响起过这位旅人往返皇宫的脚步声。不过，这里距离大内还是有点远的，陆游曾描述过走御街进宫的情景：

空墙烟柳遥迎马，辇路春泥欲溅靴。

（《延和殿退朝口号》）

　　宫里终于有了信。这次他被引到延和殿候着，他站在中庭，闻着空气中淡淡的熏香，让自己平静下来。等了一会儿，孝宗从东厢出来，向他招手微笑。他们交谈良久。

　　从他的上朝札子中，我们可以约略窥见陆游想与皇帝当面汇报的内容。首先是赋税问题，陆游主张政策要"公道"。田赋征收要多关注富室，工商税务多关注大商户。南渡以来，百废待兴，北边的岁币岁捐也加重了，都要江南百姓承担，其中种种不合理处，陆游估计有所观察。其次是人才问题。现在人才不缺，但缺的是"任重道远之气"，无大志，没有担负重任的心气，这很堪忧。要采取措施，使得"人才争奋，士气日倍"，这样陛下应对时局就会自如些。他谈了"金虏"问题，这才是他的重点。和议签署已经二十多年了，情况在变化。陛下要知道，金人与我们是不同的。他们是一群不讲君臣之礼、没有骨肉之恩的野蛮人，"惟制之以力，劫之以威，则粗能少定"，因此朝廷要力图大计、早做打算！

　　孝宗是如何回应他的我没能查询到，但有一句话则堂皇地记录在陆游的本传中：

　　上谕曰："严陵，山水胜处，职事之暇，可以赋咏自适。"

（《宋史·陆游传》）

可怜这对君臣彼此的一片心意啊！他们都为对方着想，但可惜不在一个频道上。年迈的陆游还想为朝廷做事，絮絮叨叨那些皇帝未必不懂的道理。而皇帝的心意也很清楚，您比我还要年长两整岁吧，还是把自己的生活安排舒适些，好好做个诗人。——谁又能真正理解谁的苦衷呢？

"隆兴北伐"失利，孝宗在心里对德寿宫有些理亏。年迈的德寿宫主人，也许才是对金国战与和最有切肤之痛的那一个。他估计一直委屈着。对那些聪明人，他只能在心里愤怒地质问：向掳走自己父母家人的金贼示弱，在完颜兀术追杀时一路逃窜甚至不惜浮于海上，这样忍辱负重、不顾颜面，你们想过朕究竟是为什么吗？如果朕像二帝一样被抓获，这大宋朝的汉家江山，恐怕是又一个伪楚、伪齐，金国人从你们中找到另一个张邦昌、另一个刘豫，很难吗？要么是豪强、叛军、土匪长期混战，生灵涂炭。至于那些要迎回二帝的人，你们心里想想也就算了，却要大声说出来，究竟把朕置于何地呢？目前这个局面如果是"战"与"和"两个选项就足可应对，未免太简单了吧？

他甚至觉得，也许最懂得他的人并不在自己的朝野，而是那个坚定要置他于死地的对手完颜兀术。

每个人都有自己最合适的角色，每个人都难以做别人的主，不是吗？

三年后，陆游严州任满，孝宗再次召见。他干得不错，但皇帝对此并不多问，还是与他谈诗，并盛赞他说："卿笔力回斡甚善，非他人可及。"据说皇帝所指的，仍是他三年前在临安时写的那首杏花诗。

知交半零落

到了临安，朋友们照例是要聚一聚的。何况这阳春三月时节，雨是杏花雨，水是桃花水，风是杨柳风。

然而，莫恨此身衰病去，同时朝士久无多。从到敕令所报到上班算起，一晃二十六年，当年的同事们各奔东西，还在京城任职的已经不多了。

老师曾几已经去世整整二十年了吧。曾师与易安居士同岁，是江西诗派领袖。陆游二十来岁时就跟随他学诗，受其影响很大。曾师经历了痛苦的靖康之耻，自然是主张"恢复"的。得益于他的推荐，陆游从福州调任临安工作，仍在政法系统。曾师从礼部侍郎任上退休后，居住在会稽禹迹精舍。他入朝时那鬓须皓然的翩翩风度，还常为人所津津乐道。会稽也不算远，与山阴不过一河之隔，陆游常与老师在一起，谈论抗金大业，探讨文学创作。那是一段既痛也快的时光。

周必大不久前在枢密院枢密使任上履了新，位高权重，不便过于叨扰他。当年都是"京漂"，寓所都挨着，天天能见到，经常一起上下班。周必大小陆游一岁，当年担任秘书省正字。他总是从容淡定，谈笑风生，为人诚恳，陆游觉得他是个温文尔雅的君子。工作之余，他们有时一块到附近酒家赊酒喝，一盏青灯，瘦影相对；有时一块骑马并肩游览西湖，吊古论今，切磋诗艺。周必大是有诗才的，他的作品常有出人意料之处。这些年来，两人联系虽不多，但陆游愈发感到他们之间的友谊是"淡交如水，久而不坏"。这次能够知严州，他是帮了忙的。

　　杨万里此时正担任尚书左司郎中，神交已久，总算有了见面机会。他小陆游两岁，也是绍兴二十四年（1154）进士。这届进士人才济济，是高宗、孝宗政坛的一股清流势力。杨万里是个坚定的主战派，陆游一直引为知己。金人破建康时，他的叔祖杨邦乂是建康通判，顽强抵抗被俘，英勇就义。他的几位老师都很有气节，深刻影响了他。杨万里对时局发表过不少名言，比如"勿以海道为无虞，勿以大江为可恃"。在永州任职时，他曾拜谒过因"隆兴北伐"失利而贬谪于此的张浚。张浚将军以"正心诚意"学说勉励他，杨万里终生服膺，甚至把自己的书房命名为"诚斋"。他到临安工作较晚，是从奉新知县任上被召为国子博士的。那时陆游刚入川，正在夔州通判任上。人生不相见，动如参与商。他写给陆游的赠诗是陆游朋友中最多的，达到三十多首，多半都是写在这淳熙十三年（1186）的春天。

　　范成大此时退隐在苏州石湖别业，他因健康原因几年前就主动辞了官。此时，他正在写作《田园杂兴六十首》组诗的"春季篇"。十年前的六月，范成大从四川调回临安时，分别的情景仍历历在目。二人同游青城山，直至眉州的中崖（今青神县东南）才依依惜别，沿途有很多唱和。陆游至今还记得范成大写的情真意切的诗序："余与陆务观自圣政所分袂，每别辄五年，离合又常以六月，似有数者。中岩送别，至挥泪失声……"这次在临安，这位老朋友是见不到了。

　　年富力强的辛弃疾竟早已退隐江西上饶五年了。他小陆游十五岁，还不曾谋面。陆游很惦记这个当年的少年英雄。

二十四年前，二十出头的辛弃疾率五十余骑冲入敌营，生擒叛将张安国，一时传为佳话。陆游大大方方表达了自己对这位晚辈的倾慕之意。他写道："岂无豪俊士，愤气塞穹壤。我欲友斯人，悲诧寄遐想。"孝宗即位后，陆游协助张浚将军策划北伐，他大胆地向朝廷提议重用流亡江南的北方英才。也不知道是否他的建议产生了影响，辛弃疾被任命为江阴签判，后来一直担任地方要职，但不再有机会到前线工作。淳熙八年（1181）年，他在江西转运使任上被弹劾罢官。他随即在上饶建造庄园隐居，命名为"稼轩"，意思是"人生在勤，当以力田为先"。他并没有消沉，在此印行了自己第一本词集《稼轩词甲集》。淳熙十三年（1186）春，他在江西着手构筑第二处居所"瓢泉庄园"。

南湖饭局

关于朋友们的聚会，陆游的小友张镃早就打了招呼，要安排在他的南湖别业。这个南湖别业的位置，我还真费了点功夫才考证清楚，并不在西湖边，而是在城北的艮山门内。这个湖，现在已经找不到了。张镃当年有"门外南湖不姓西"的诗句，自得之意溢于言表。

宋室南渡后，江南私家园林勃兴。在临安，当时数得着名号的，据说就有四十多家，南湖别业就是其中的代表。说起来不简单，南湖别业是"中兴四将"张俊退隐后所建。"中兴四将"是岳飞、韩世忠、张俊、刘光世，高宗依靠他们，得以形成以淮河至大散关（今宝鸡西南）一线为界与金国对峙的局面。张俊的贡献还体现在平定江浙的豪强或叛军的武装割据势力，为朝廷开辟了回旋之地。毕竟高宗在这江南，仍算"客场"。将军们的命运各有不同，令人唏嘘。张俊善于审时度势，在时局稍稳定后第一个交了兵权，得到高宗大笔赏赐。他很低调，避开热闹繁华的西湖边，而在艮山门内的白洋池畔买地筑园，在此居住直到去世，被追封为"循王"。据说，他退居后到处兼并土地、构筑庄园，生活享乐腐化，不知是否出于那荒唐的"自保"逻辑。

张镃是循王曾孙，小陆游近三十岁。他买下旁边的曹氏园林，对南湖别业进行了扩建，规模扩大到一百多亩，形成"东寺、西宅、南湖、北园、众妙峰山"的布局。在《咸淳临安志·京城图》上，是可以找到"张园、张寺、白洋池"标示字样的。这位身世显赫的青年贵公子，时任朝奉郎、临安府通判，热情好客，交游甚广，也是小有名气的诗词作家，因此南湖别业成为本朝文人雅集的主要场所。

陆游在南湖别业的饭局，当时已成名的"中兴四大诗人"至少有两人到场，无疑要成为一场顶级的文学雅集。对此，可以找到时人的几条记载。

戴表元在《剡源集》卷十中，说参加此次宴会的嘉宾就有十多位：

> 当是时，遇佳风日，花时月夕，功父必开玉照堂置酒乐客。其客庐陵杨廷秀、山阴陆务观、浮梁姜尧

章之徒以十数。至，辄欢饮浩歌，穷昼夜忘去。明日，醉中唱酬诗或乐府词累累传都下，都下人门抄户诵，以为盛事。

他提到了那位后来很有名的词人姜夔，那时他才二十多岁。周密在《浩然斋雅谈》中则记录了陆游题诗的情节：

放翁在朝日，尝与馆阁诸人饮于张功父南湖园。酒酣，主人出小姬新桃者，歌自制曲以侑尊；以手中团扇求诗于翁，翁书一绝云云。盖戏寓小姬名于句中，以为一笑。

我好奇地查询了一下，陆游的诗中有"梅花自避新桃李，不为高楼一笛风"的句子，既将主人的小姬新桃姑娘的名字嵌入诗中，又借酒浇了自己心中块垒。他的意思是：桃花、李花都盛开了，而梅花却不见了踪影，并非高楼上笛曲《梅花落》催落了它，它只是无意与桃李站在一起而主动避开罢了。

在热闹中，我们似乎看见一个孤独的身影。

一个时代的彷徨

淳熙十三年（1186）春，临安春暖花开。西湖边赏春的红男绿女渐渐多了起来，日子与往常一样平淡。一个花甲老者要求"复出"，他如愿以偿，应诏来京城面圣，顺便与朋友们聚聚。而此时他发现，师长们已经先后故去，知交则多半退隐田园，一个饭局都难以凑齐了。

陆游在严州任上仍然是勤奋而有成绩的。他关心百姓生活，两次上书请求减免赋税。他写求雨文十二次，谢雨文六次。他劝农桑，扶持发展生产，做了不少工作。但他的山水吟咏中少有秀色，仍要归结为"中原烟尘一扫除"这样的句子。也许是借以遣怀，他把业余时间投入到对川陕诗作的整理工作上，编成《剑南诗稿》，并在严州付诸首刻。

至此，这个老者还有二十余年人生路要走，他和这次聚会的朋友们之间还要发生很多事。

杨万里以后会给他写"月明千里两相思"的名句，却因他支持宰相韩侂胄的"开禧北伐"而弄翻了友谊的小船。辛弃疾则再次复出，以出任镇江知府等实际行动呼应陆游，后来还专程去山阴拜访了他，完成他们的跨度近半个世纪的人生相约。

周必大和范成大都走在了他前头。他给周必大写了祭文，在赞誉必大的同时激烈批评了让他蹉跎一辈子的时代："斯文日卑，公则崒岱。士昏于智，公则蓍蔡。公老不衰，雷霆百代。"而他给范成大写的挽词，则抒发了痛失老友的悲伤："孤拙知心少，平生仅数公。凋零遂无几，迟暮与谁同！梦魂宁复接，恸哭向西风。"

小友张镃这些年轻人则是他所不能理解的。他陷入朝廷宫斗大案，参与了主和派史弥远等暗杀韩侂胄的行动，事后却被史弥远算计，最终客死在贬谪地。韩侂胄死后，"开禧北伐"彻底失败，陆游忧愤成疾，不久与世长辞，享年八十五岁。临终之际，他留下著名的绝笔诗《示儿》。

我注意到，"淳熙"年号来自太宗的"淳化"和神宗的"熙宁"，表示工作重点要转向内部建设与改革，替代了仅仅发布六天的"纯熙"。"纯熙"则出于《周颂》，说的是武王伐纣的事，于时局似有唐突。孝宗创造了一个"秒改年号"的历史纪录，让人惆怅地感觉到了那个时代所特有的彷徨。

2021年3月21日　北京

烹几样小鲜

居京二十余载，首次"就地过年"，凭空多出来一大块闲暇。但非常时期，可做的事无非看书、看剧、看展，真正体会了"五色令人目盲"。好在时代潮流之下，据说厨房也可以是中年男人的战场，于是，就地取材，天天"创意"，成败不足论，唯凭有心得。姑挑几样记之。

腊肉小炒

老家过年，顿顿有腊肉，吃法多样。父亲的经典吃法是切成两三寸见方的大片，上锅蒸熟，即可大快朵颐。此时，一杯自酿高度谷酒往往是标配。也可放在米饭上蒸，让一锅米饭充溢浓郁的肉香。更家常的吃法，是把腊肉切成小块小条，配各类蔬菜小炒。

与腊肉搭配的蔬菜，选材尽可随机。这次往菜篮子里拣了三样。西葫芦一枚，老家叫"瓠子"，口感清脆，清炒或者配五花肉，都是上好的吃法。胡萝卜一根，还带着半湿的泥，很新鲜的样子，像是早上刚从河边菜园里拔的。青椒一个，皮厚，不辣，与当年祖母在田埂上种的辣椒相比，差得太多，不过可以凑个新绿色。

把腊肉、西葫芦、胡萝卜都切小条，青椒花刀切片，主材就算齐备了。先用少许食用油煸腊肉，随手抛点生姜末、大蒜片。腊肉煸出油汤后，下胡萝卜。胡萝卜质地较硬，需大火油爆。再先后下青椒、西葫芦，爆炒。这个菜品的成功关键，一是腊肉要煸出一部分油脂，浓香得到激发，减腻又不至焦煳，二是蔬菜要保持清脆口感，因此食材投放次序、火候把握很要紧。西葫芦肉质细嫩，最易熟透，一定要最后下锅。

食材之魂自然是烟熏土猪腊肉，是赣北老家最经典的年货。一到年跟前，家家张罗着杀年猪，是春节的开启仪式。日子见好后，肉都不卖，而是分解成条状大块，抹几遍盐粒腌制一两天。同时在偏屋找个角落，用几根粗木搭起支架，铺上新砍的松枝，把腌制好的猪肉放在上面。在支架下，将稻谷壳、油茶壳混合燃烧，袅袅青烟即扶摇而上，一个古老的熏制程序就启动了。不出三两日，糅杂着肉香、松香的烟味就开始绕梁不绝，成为整个腊月正月间全家人经久不息的话题。腊肉熏到金黄油亮后，挂在天花板下晾晒，美味即成正果。这份熏香尤物，细水长流，可以吃到栽禾。腊肉熏制不仅是个技术活，也是一个辛苦活，需日夜看守，避免出现明火，酿成火灾。这种事故偶尔也会有，往往成为全村老少爷们儿一个经年的笑谈。

出事故的人家则讪讪的，但也会欣然接受邻居亲友的慷慨馈赠。毕竟，过年是少不得腊肉的。

父亲母亲都是经营此类美食的行家里手，他们的勤劳远近有名。屋檐下有几十条腊肉，有几畦菜地，再散养一笼鸡、几只鸭，一家子全年的副食就差不多了。这是父亲母亲事业的一部分。一般还要种油菜，是稻田过冬的农作物，次年三四月份金黄色的花海景观绽放，到小麦成熟前收获，晒干脱粒，榨成油亮的菜籽油，就可以食用了。多数年份，村里都会养一两池塘鱼，年前放水捕鱼，每家都分得若干。鱼的保存方法也是熏制，然后挂在屋檐下晾晒，是节日宴席的压轴菜品，以示年年有余。在老家的菜谱中，这个菜品有特殊的地位，一般用干辣椒炒，撂几根嫩绿的青蒜。甫一上桌，主人就会端起酒杯，起立敬酒，用谦和热诚的话语感谢亲朋好友的光临和一年来的关照呵护，并祝福新年。我们这些孩子不关心这些，只关心那个杀猪、捕鱼的节日。常常也捋了裤管下水，欢笑嬉戏，弄一脸一身泥。要知道，夏天在池塘里戏水时，没准就被哪条鱼撞咬了脚丫。这是孩子与鱼之间的秘密。

家里的菜地有两三处，主要的一处在小河边，过一座两丈长的小木桥便是。河湾水流淙淙，岸边有几棵似乎总也长不高的楅树，因此这个菜园就有了名字，叫楅树湾。父亲母亲常来打理，到什么季节种什么蔬菜，因此，这里一年到头都生机勃勃。春韭长得小家碧玉的样子，是炒鸡蛋的灵魂伴侣。青蒜一年到头都有，是百搭的香料。莴苣会长到两尺高，菜叶喂猪，菜梗去皮就是鲜爽可口的菜心了。还有一种菜，缨子翠绿翠绿，没想到从泥里拔出来的却是鲜红鲜红的胡萝卜。我们曾经对它如此分明的颜色感到好奇。种黄瓜、丝瓜、苦瓜、南瓜、豆角，都要搭个简易架子，给藤蔓一个伸展空间。这些藤蔓果真优美地攀爬生长，大大方方地开出绚烂的黄花，招徕蜜蜂的甜言蜜语，闹上一个明媚的花季。对父亲母亲而言，打理菜园似乎算不上什么劳作，倒像学生的课间操，轻松写意。弄完了活计，就顺手采摘几样，在清澈的溪水里洗了，片刻就可以在饭桌上尝到。

就这样，动植物脂肪、蛋白质、各类维生素，该有的营养都齐全了。大人们脸上容光焕发，欣然筹划即将次第展开的艰辛劳作。孩子们则长得壮壮实实，没病没灾。常有哪家婶子大惊小怪地喊，哎呀，伢儿又长高了！这时，母亲的脸上就绽放着盈盈的笑意。

一份随意的腊肉小炒，点燃味蕾记忆，颇解乡愁。

大煮干丝

居北京后，我喜欢吃豆片，是一种豆制品，摊成薄薄的一张，不知是如何制作的。这在南方的豆制品中是没有的。第一次去媳妇的娘家，岳母大人似做过"背景调查"，知道江西人"怕不辣"，就做了一份辣椒炒豆片来，特意摆到我跟前。我暗笑，这也是让我吃辣啊？倒是那豆片，花刀切成不规则小块，豆香被五花肉的热油一煎炒，激发得活色生香，的确是一道质朴的美味。这是我第一次吃到这种食品，以后每次去看望岳父岳母，桌上都少不了这道菜。

后来我琢磨豆片的更多吃法。最简单的，是花刀切片炒五花肉，配点香菇和青椒，加水煮，名之"上汤鲜蔬豆片"，特点是汤很浓郁。也有豪迈的吃法，就是在做红烧三黄鸡时，把豆片切成长条，再打成花结，到最后红焖工序，铺在鸡肉上面，加热水大火炖煮，起锅时撒上一把颇为性感的香葱。此时的豆片结饱吸鸡汁，口感软脆，带着香葱的鲜美，比鸡肉更令人垂涎。

终于要说到正题。要尝试做一份"大煮干丝"，纯粹是一时兴起。因为老琢磨着如何吃得清淡些，就满脑子扫描有限的淮扬菜知识。这日，在菜板上铺开豆片时，突然想到，如果切成细丝，不就可以做"大煮干丝"了吗？觉得有理，不过还可以更清爽点儿，于是挑了几样蔬菜来搭配。半根胡萝卜，用削水果的刨子刨成丝，这样比切出来的胡萝卜丝要绵软得多。再找一小把金针菇，分拆洗净。然后，还是没按捺住，切了一点五花肉来开锅。

烹制很简单。热锅少油炸五花肉丝，然后下胡萝卜丝爆炒片刻，放水烧开，撒下焯过水的豆干丝、金针菇，大火煮，沸腾时调味，起锅前再手撕几片生菜叶撒入。一款汤汁蔬香浓郁的"大煮干丝"，就可以享用了。

当然，与正宗的大煮干丝烹制相比，这是明目张胆的任性加胡闹。想起最近一次品尝煮干丝，是在苏州观前街的新聚丰餐馆，陶老师请客。他要了一个包间，点了一大桌子菜，远超我们两个人的食量，为的是一道道给我介绍、点评，其中就有这煮干丝。陶老师是美食家，他曾笑谈自己不过是个"江湖吃客"，混进烹饪圈子里，连江南七怪都算不上呢！不过他在苏州美食圈里享有盛名，经常被请去当评委。他主编的杂志里，更少不得苏州美食的种种风流倜傥。

按他的意见，烹饪与作文相通，甚至可以算是同行。作文要有灵性，这个灵性，来自这个作者。美食之美，在具体做法上虽各有讲究，但也要有灵性，比如考虑季节的灵动。这个把握的功夫，则在掌勺厨师。比如这煮干丝，在沸水中焯一下可以去豆腥，口感也更爽脆。鸡汁要爽、鸡丝要嫩、笋丝要脆、虾仁要鲜，那是要讲究的。应季鲜蔬配点什么，如何算好，则可以按你的个人偏好来。江南物产丰富，随季节变换层出不穷，可入食谱的很多呀。

他就是这么一个开明而活泼的人。但朋友们都传，陶老师有个"三不主义"，即不吃盒饭、不吃火锅，不吃农家菜。前两个"不"我信，第三个"不"，我则理解为他所固有的某种矜持。农家菜的做法，精髓就在于应季节而动，与他对烹饪大煮干丝的精神可谓一贯，所以，所谓"不吃农家菜"，不能看字面意思。这个矜持，就如他主编的杂志，绝不会有一个字留给商业，不会有广告，更不会有"理事单位"名单。他用文学的表达，痴痴讲述古城的风物古今、追寻乡愁的行脚，时间一长，他的杂志倒是被公认成了这座千年名城的一张名片。矜持，有时就是一种"风骨"。

对于我如此脑洞大开自创章法的"作品"，不知道美食家陶老师会怎样评价。我想他没准会哈哈大笑，说，你有点开悟了！他说过我写文章"太认真了些"，我理解是"太用力了"。此外，我也曾憋着点"坏水"，密谋偕几位老朋友请他到太湖之滨吃顿"农家饭"，但一直没能成行。

而此时，翻翻日历，他病逝也快一年零三个月了。这人世纷扰，就是不那么圆满，就是如此充满遗憾。

冬笋百合

一些寻常事物，细究起来也常常很不简单。冬笋是从菜市场买来的，百合则是兰州的朋友所赠。这两个妙物，一南一北，一脆一绵，一寒一温，想想它们在我这里凑到一块，也算是一场奇遇。

冬笋在北京的菜市场卖得贵，二十元左右一斤。这也难怪，冬笋是南方的物产。立冬前后，楠竹根茎侧芽发育，长出笋子，出土前就得准备去挖，够得上是一道山珍了。老家盛产楠竹，挖冬笋是常有的事，但也是个技术活儿。那时，我的叔祖父独居，他的毛笔字远近闻名，常常有村邻上门求他写春联。但他可不是个"冬烘"先生，却是一个"走江湖"的侠客，终身未娶，常在外面漂泊。他的营生之一是"放排"，就是将山里的竹子编成竹排，顺修河而下，贩卖到下游的码头去。我没吃过他带回的新鲜冬笋，可能是那玩意儿太沉，在那个年代运输不易，但他会带笋干回来，用草绳捆好，是炒腊肉的神品。

对于挖冬笋，叔祖父有话说，很在行的样子。要选那种刚"成年"不久的竹子，然后观察一下，竹梢朝哪边，哪边就有笋子。还要在泥地上找到竹子根茎的走向，冬笋就长在这竹根上，有"竖一横二卧三四"的说法。就是说，如果挖到的第一个笋子是顺着竹根卧着的，那这条竹根上可能还藏着很多笋子。这很神奇，据说屡试不爽。

这百合则有来头。兰州的朋友先斩后奏，快递到后才跟来一个电话。毕竟相识不久，他觉得我会像上次在兰州晤面后一样，坚决地婉拒他的好意。那次他备了些上好羊肉，都已经打好保鲜包。他在电话那头热诚地说，百合是老家地里种的，家人寄了些，看我是个大脚走天下的人，甚至在他老家县城的大街上也溜达过，就一定要分一点给我品尝。我面皮薄，这盛情难却。人生如萍，朋友也是一茬一茬的，来了、走了，走了、来了。遇见了，就好好相待吧。

这时，我才知道有著名的"兰州百合"，据说是唯一可药食两用的甜百合品种。朋友介绍，由于兰州海拔高，昼夜温差大，黄土土质疏松，因此这里的百合生长季竟然达到六七年，是南方百合的两三倍。这让我大吃一惊。拿一棵细细端详，不由暗暗感慨，也许只有这份自然天成的俊美品相，才配得上这漫长的修行吧。兰州百合果实圆润饱满，由洁白的几十片花瓣相叠抱合，一片片掰开，能听见花瓣根部脆脆的断裂声。掰完后，眼前就像雨后撒满一地的白玉兰，那优雅的样子，让你都不禁狐疑：真的要把它们扔到热油锅里去炒吗？

百合的吃法也是简单的。可以蒸熟，捣成泥，加点蜂蜜冰镇，是很好的甜品。当然，更常见的是小炒。清炒，配五花肉或配虾仁，据说都不错。不过，我这顿饭已经有了肉食，手边也没有虾仁，正好有一个刚买回来的鲜冬笋，能否与百合配一个清炒呢？

冬笋与百合，就这样相遇了。冬笋切成片，热水焯一下去涩。冬笋吃油，不妨略多些，我用的是猪油，算是荤炒。大火翻炒一两分钟后，投入百合瓣继续翻炒，片刻便成。这两种食材颜色较接近，可配点红椒、青蒜点缀。一份"天南地北"的素雅鲜蔬清炒，就这样神气活现地上了桌，让家人谈论了好几天。其实，我哪有什么"创意"，它本自然天成。

春节放假前，兰州的朋友发来微信，是他新的办公场所照片，装修得用心，重要的是窗外可以俯瞰大河奔流滚滚，可以远眺白塔山上白云悠悠。那张三十来岁的面孔，就如我当年一样意气风发，正是创业的好时节。我承认自己暗暗"疼爱"了一下他，迅即又笑，那是疼当年的自己吧。

此刻，在他的老家，一颗百合种子正埋在泥土中，吸纳着大地精华，缓慢地生长着。而在南方我的老家，冬笋过后就是春笋，又一个欢天喜地的挖笋季节，正伴随着淅淅沥沥的春雨，如期降临人间。

春天再启

几样小菜做完，得给这篇小文字编个标题了。那就让我再任性一下，命名为"烹几样小鲜"吧。一般来说，这个"鲜"指鱼鲜，但大自然在季节轮换中，赐予我们的鲜品何止鱼虾呢？有太多太多有根有据的美物了！我们对它们的奥秘知道得还太少，但在世代流传中，它们早已经承载了我们最好的人生理想，关于成长、关于相遇、关于生命的绽放，也关于春种和冬藏。

又一个春天开启，让我们收拾行囊，带着期待奋勇向前吧！

2021 年 2 月 21 日　北京

辑二　江右乡愁

毕竟东流去

1

下了福银高速，我们拐入一条乡间水泥路，驶向湖边古镇吴城。叶飞说，这是通往吴城的唯一公路。

路边不时闪现"海昏侯国遗址博物馆"的指示牌，提醒我想起刚刚在航班上看到的新闻，今天正是博物馆开张的首日。这时，我的脑海里浮现的竟是这样的诗句：

假如插上一支桅杆，这些生长在岛上的古老村庄，
会不会像船一样漂走呢？

(《太湖记》)

这是陶文瑜先生在太湖之滨旅行时的奇思妙想，而这样的事，在鄱阳湖滨似乎就发生过。

在雨季，这条通往吴城镇的公路靠近湖边的路段就被淹没

在水下。湖水不那么深时，人们可以驾车蹚水而过，抵达那个漂浮在浩渺烟波中的小岛。因此种新奇而浪漫的经历，人们愿意称之为"最美水上公路"。而我们来的一个多月前，江湖洪水肆虐，这里变成一片汪洋。人们只能驾船往返，转移安置镇上居民、运送必需物资。

如今洪水退去，本该郁郁葱葱的田野仍然积水严重，只见白鹭翔集，一派水乡风光。人们在零星地忙碌，做一些力所能及的灾后自救工作。自古以来，这里沃野千里，是高产水稻种植区。那些星罗棋布的河汊湿地，则是理想的家禽养殖场所。叶飞说，今年老乡们损失惨重，眼看就要成熟的稻子没来得及收割，成千成百只鹅鸭家禽被洪水冲散，可惜了！

"沉海昏，起吴城。沉枭阳，起都昌。"继古海昏、古枭阳之后，曾经崛起的吴城也是那座要"漂走"的古老村庄吗？

2

长达五公里的水上公路尽头，就是吴城镇。它洗尽铅华，已不为人所知。

迎面是一道密林，公路入口两侧树起了巨幅白色大字标志，显得十分醒目，提醒旅人这是它现在的身份："世界湿地、候鸟王国"。冬季观鸟季节即将到来，工人们正在有条不紊地整治环境、修缮设施。

穿过密林就进入了镇区。原来凌乱破旧的街市，正被改造成一座古香古色的江南鱼米小镇。可能是因为水灾、疫情等原因，成群的游客还没有到来，因而显得有些冷清和寥落。

始建于明代的吉安会馆位于古镇的中心。门口的那对石狮竟奇迹般保存了下来，守护着嵌于左右门楣上的一对石雕匾额，上书"居仁""由义"。迈步进入，是已经修复的部分建筑，楼下是大厅，楼上是戏台，雕梁画栋、美轮美奂，但又戛然而止，因为没有任何过渡，台前就是一片废墟。喧闹的看客已经散去，萋萋芳草中，条石、柱础等遗物隐隐可见。不过，这些寥寥信息已足够凸现当年的古镇繁荣。

在荷溪古渡边，有几个渔民经营着自家的摊点，出售江湖中出产的鱼干。这些物产估计来自与大湖交汇的赣江和修河。为了全面恢复生态，今年始鄱阳湖已经启动"十年禁渔"行动，世居的渔户们已经陆续领到转行的政府补贴，开始张罗他们新的营生。

曾与海昏县隔江相望的吴山头上，是著名的望湖亭。亭子比我想象中高大，通体显示出一种少见的灰蓝色，油漆斑驳，很具岁月的沧桑感。修河与赣江在此左萦右绕，汇入莽莽大湖，水天浩渺，蔚为壮观。不过，这里已经没有帆影，只有停泊的舟楫、泛黄的水草、淡淡的远山和在耳际浩荡奔走的风。偶尔一条沙石运输船缓慢驶过，突突的马达声更衬托出这里的宁静。

那条流传千年的赣都黄金水道，渔歌已歇，商旅不行。然而一路所见，却也分明显示出，一个新的定位正在努力探求之中。

3

很早很早，吴城就是我的目的地之一。因为我的母亲河修河滔滔向东，奔流四百公里，在此汇入鄱阳湖。

山里孩子对外面世界的探索，河流是最自然不过的通道。我曾在各种比例的地图上探索修河，研究它的源头所在、流经何处、流向何方，最终总要归结于此 —— 吴城，这个与我的家族共用一个"吴"姓的大湖名镇。我甚至曾幻想有机会乘一叶小舟，顺江而下，去往那水天一色的浩瀚远方。

用现在的话来说，在吴城有我的"乡愁"。

然而，吴城的荣枯起落，与溯流而上三四百公里的某个村庄会有何种关联呢？

当然有。首先是物资的交流。在"鄱湖五水"中，修河有较好的通航条件。据记载，在宋代时，人们就可以由吴城镇直达修水县渣津镇，途经我的祖居之地。这条水路的畅通，估计得益于北宋时江西转运使张商英等历朝官员所施行的疏浚工程。

事实上，修河的主航道一度可以通航五吨的帆船。山里的各类物产，如苎麻、桐油、竹子、宁红茶、蚕丝、绸绢等原土特产，由此运出。山里需要的洋火、洋碱、洋油、食盐、糖醋等日用品，也由此运进来。后来有了公路，也是与河相伴而行，青山隐隐，绿水迢迢，迎送了一批又一批奔忙的客商。

再就是文化的滋养。在那个舟行的时代，有开拓精神的本地人顺流而下，从这里走出，去闯荡大世界。同时也有很多漂泊的客家人溯河而上，从这里进入，寻觅他们的安居之所。在江南西道的书院时代，这里有黄庭坚家族的高峰书院、周敦颐的濂溪书院，最盛时书院达到三十多所，子曰诗云的琅琅读书声也曾响彻修河沿岸的崇山峻岭。

这里也并非世外桃源，在治乱更迭中也是群雄辈出。组织抗击太平军的乡团领袖陈伟琳、陈宝箴父子在这里崛起，走向晚清政坛的巅峰时刻。这里养育了李烈钧将军，后来他在鄱阳湖湖口起兵，发起讨伐袁世凯的"护法革命"。这里还是湘赣秋收起义的策源地，余洒度等参与创建工农红军，从这里杀出一条血路，成为井冈山根据地的重要力量。

每一个重要的时代主题，都在这修河两岸获得过热烈的回响。而吴城，则是修河连接省城南昌和更广阔世界的一个风云际会的所在。

4

在鄱阳湖的潮起潮落中，吴城曾经有过两次崛起，可以用两句谚语来总结。

一是"沉海昏，起吴城"。

吴城的崛起，首先是大湖沧海桑田中的一个事件。

海昏县是西汉所置，是汉武帝之孙刘贺的封邑。关于海昏沉没的具体时间，史料记载较模糊。据《晋书》，公元318年，这里发生"地震，水涌出，山崩"。1873年刊行的《南昌府志》

也记载了这次地质灾害，但也有文献显示为公元425年。在漫长的地质史上，这点时间差大可忽略，而海昏在湖区地震引发的地陷中沉没，则是可能的，因为其背景是长江水道的缓慢南移。

不知从何时起，据说是因为海平面上升，海潮对长江形成了顶托，由此形成的泥沙沉积导致中下游河床抬升。估计是因为长江南岸地势更低洼，在江流的冲刷下，南岸河道被不断侵蚀，漫出的江水对古称"彭泽""彭蠡"的鄱阳湖又形成了顶托。与此同时，鄱湖五水不断注入，导致了湖面上升和湖区扩张。就这样，在江湖激荡之中，地势低洼的沿岸城镇村落就逐渐被淹没，比如枭阳。

由此，沉入湖底的海昏、枭阳建制被废止，为吴城、都昌所取代。这是大自然的造化之功带来的人事变动。

二是"装不尽的吴城，卸不完的汉口"。

吴城的真正崛起，则是历史赋予它特殊的天时与地利。隋唐以来，它加速生长，人烟日益稠密，到明清时期，它在区域物流上的地位已经堪与"九省通衢"的汉口平起平坐。

时势造英雄，大概是两个似乎并不相干的事件将吴城推上了时代风口。一个是隋炀帝疏通大运河，一个是张九龄开凿大庾岭。这两项工程将中原地区与珠江水系连接，造就了"大庾岭—赣鄱黄金水道"，并逐渐成为朝廷漕米、军政和各类商流、人流的快捷通道。这条水陆大动脉引领江西人突破地理封闭，别开生面，迎来江右千年发展机遇。多个航运重镇，如赣州、景德镇、樟树、河口和吴城等，由此应运而生。

而到南宋，汉族王朝因淮河以北国土尽失，发展空间被大大压缩。在衣冠南渡的民族迁徙大潮中，南方开发进程大为提速，"大庾岭 — 赣鄱水道"的战略地位得到凸显。

风云际会中的吴城镇，因其优越的地理位置，变身为物资转运要津，"舳舻十里，烟火万家"，成为"洪都锁钥，江右巨镇"。在繁盛时，这座不到八平方公里的半岛上，有六坊、九垄、八码头、二十八巷，挤满各类货栈、商号和钱庄，会馆达到四十八座，庙宇超过四十座，更有数不清的青楼、酒馆与戏园。隔湖相望的都昌取代沉湖的枭阳，留下了苏东坡"灯火楼台一万家"的赞叹。1925年，"赣明电灯公司"在吴城创办，使这里成为鄱阳湖畔最先亮起电灯的地方。

在灯红酒绿中，有民谣唱道：

嘉庆到道光，家家喝蜜糖。
狗不吃红米饭，十八年洪水没上墈。

5

但世易时移，盛极而衰，是天理，也是人性。

戊戌维新失败后，陈宝箴被革职、赐死，这位修河子弟英雄折戟，归葬赣鄱乡土。1901年二月，"戊戌四公子"之一的陈三立回南昌扫墓，行舟停泊吴城，写下这样的诗：

夜气冥冥白，柳丝窈窈青。孤篷寒上月，微浪隐移星。

灯火喧渔港，沧桑换独醒。犹怀中兴略，听角望湖亭。

（《夜舟泊吴城》）

吴城依旧灯火喧嚣，没有人知道这位来到湖边"听角"的游子的到来。

这自然是情绪化的表达。事实上，即使是维新派血洒街头遭受重创，近代化的时代脚步并不会因此而迟滞。作为一个物流重镇的吴城走向衰落，大背景就是南北物流体系的变革鼎新。

先是海运航道的开辟，分流了岭南的漕粮，这在清朝雍正年间就开始了。然后是《南京条约》项下的"五口通商"，使得广州、厦门、福州、宁波、上海成为国际贸易的前沿，对物流体系提出了全新的要求。终于，1936年，粤汉铁路通车，与京汉铁路贯通。1937年，浙赣铁路与南浔铁路接轨。同时，全省的公路网逐步成形。这个大势的推进是一个缓慢的过程，但不可逆转。内河运输固有的局限性，必然促使人们寻找效率更高、成本更低的通道和技术。没有谁可以逃脱这样的规律。

一如那场地震给予海昏最后一击，1939年日本军机轰炸给予了吴城致命一击。繁荣千年的江右巨镇，瞬间成为一片瓦砾，人口由十万剧减到两千。至此，那座风云际会的"古老村庄"，在时代风暴中"樯倾楫摧"，真的像插上桅杆的船一样，"漂走"了。

沉寂至今的吴城和它的母亲湖，需要一场重生。

6

告别吴城，我溯修河而上，过艾城、柘林，奔赴我的修河源故乡。

平坦的高速公路早已把山里山外连通，原来要八九个小时的车程，如今只需两个多小时。沿途仍有修河的俊美身影，但总是在说话之间就已从车窗掠过。

处理完家族里的事，我们启程回村看看。村口立着一块石碑，上书"吴家秀美新村"。当年的小伙伴先庆已经当上村书记，他陪同我们看了老屋，又热情邀请到村里上下走一走。

新村由原来的两个村合并而成，一条贯通全村的柏油路大约十里，成为山塬里一大景观。村民居住的土屋全都变成了两三层的小洋房。那些居住过于偏僻的乡亲们都已动迁，入住了由政府资助的安置小区。

新村部建在原来村完全小学的地基上，是一栋漂亮的二层小楼。完全小学早已关闭，孩子们都到镇中心小学就读。一些有条件的村民陆续在镇上置办房产，但仍有一些孩子上学不便。政府的办法是开通校车接送，虽是有偿服务，但解决了这些家庭的大困难。如今，涂成黄色的校车已是乡村柏油路上的一道动人风景。

新村部的功能很健全。一楼有一个大会议室，可以容纳六七十人。二楼有退伍军人办公室、扶贫办公室等机构。昔日的邻家丫头小英子，已经成为干练的村委委员，兼任妇女主任、扶贫办公室主任。她热情地介绍了村里的扶贫情况。在办公室墙壁上，张贴着红头文件和精心制作的表格，内容具体到扶贫对象的姓名、致贫原因、帮扶责任人、帮扶人单位等信息。小英子说，贫困户家庭的脱贫标准是人均可支配收入达到四千元，今年这个目标全部可以实现，但增收来源要持续和稳定，得依靠村经济合作社开办的产业项目。

我们边走边聊，有很多新的发现。尤其是原来精耕细作的水稻种植，没想到完全改变了方法。不再有种秧、栽禾、耘草这些流程，而是先在水田里密密地撒种，等到稻谷成熟时，请专业服务队来收割。收割机一开动，收割脱粒片刻完成。因为大部分劳动力外出务工，村里一年也只种一季稻，但亩产可以超千斤，与以前相比竟有较大的提高，因此村民口粮是完全有保障的。现在面临的问题是，如何利用好闲置的土地，发展产业，实现增收。

先庆书记说，我有方案，就是种桑、养蚕，今年项目已经启动了。在担任村书记前，先庆已经单干好几年，做的就是桑蚕，他对相关的技术和行业市场情况都很熟悉。他热情地说，看看我们的桑蚕基地去！

村里的桑蚕经济合作社位于一个开阔地带。已经栽种桑树几十亩，一片郁郁葱葱。土地是村里通过流转获得种植经营权的。蚕房建在山脚下，由退下来的老村长负责打理。见我们来，老村长热情地过来招呼，领着我们参观。

　　三四十米长的蚕房，铺满了青翠的桑叶，今年最后一批次蚕种正在奋力地大快朵颐。新鲜桑叶的投放，是通过一个自动装置来完成的。老村长说，不能投放太早，否则蚕宝们会喜新厌旧，优先吃新鲜的桑叶，造成浪费。屋顶下悬挂着一排方格形的茧床，到一定养殖周期时可以降下来，吃得肥肥的蚕宝就会自动爬上去，"作茧自缚"，完成其生命的升华。

　　先庆书记说，蚕房的基础投资来自县政府的资助，目前规模不大，起步还算好。一年下来可以下六批蚕种，蚕茧销售后，流水可达到十多万元，其中桑叶种采开支大约占了六成。也就是说，这是合作社村民直接赚走的部分。每采摘桑叶一斤的工钱是三角，能干的村民一天就可以采摘五六百斤。由此，他们真正实现了在家门口就业。

　　现在加入合作社的村民还不够多，村干部意见也不太一致。先庆说，这要有耐心，先把项目办好，办出效益，让村民得到实惠，这样就有了吸引力。目前县政府为蚕茧价格投了商业保险，基本消除了市场价格波动的风险，合作社的后顾之忧暂时不会有，这是个好机会，但也是很有急迫感，时不我待啊！

　　先庆书记说，如果发展得好，一些在外地务工的村民也有积极性回乡就业甚至创业，村里会逐步恢复活力。有了收入，环境卫生治理也就可以做些投入，村民会住得更加舒适，真正实现安居乐业。这不是梦，是看得见的将来，下游不远的黄溪村就是榜样。他们发展蚕桑、蔬菜，成了气候，又做花卉苗木、茶叶等，市场是大的，关键是要抓住政策机遇起好步，起步是最难的。

我很认同，机遇就在时势中！当年这里的蚕丝和绸绢，就是通过修河源源不断运往吴城，再转运到各地市场的。兴衰轮转，无不寓于天下大势。期待老家这些古老产业再次勃发生机，造福这里的子子孙孙。

在县里任要职的同学在黄溪村附近的农庄设宴，要为我洗尘，我带上了先庆。他们需要更多的交流。

7

假期就要结束，临行前，我们照例安排扫墓。

通往先祖墓园的路，早已被疯长的野草和灌木所覆盖。我们在邻居家借了柴刀，披荆斩棘，费了半个多小时，才勉强清理出一条通道。在墓园里，我们细细察看是否有塌方、裂缝、鼠洞之类，同时聊聊那些辽远而有趣的家族逸事。

比如关于修河的记忆，就是一代人有一代人的特点。

最有魅力的是叔爷爷的经历。叔爷爷，我们叫他"细公"。他是个"放排人"，就是到深山里将山民砍伐的竹子编成竹排，在修河里顺江而下，运到下游某个码头卖掉。他行走江湖，终生未娶，唯独对我们兄弟溺爱有加。每次"放排"回来，他都会带来乡村里很稀罕的吃食。因为他的慷慨，我是村里唯一一个在下雨天可以用雨靴和洋布伞来装备行头的小学生，而小伙伴们只能光脚丫、戴斗笠。我还是村里最早拥有铁制铅笔盒和墨水钢笔的孩子。

父母亲的修河记忆基本上都是艰辛的劳作。早年他们参加柘林水库修建，为赶土方任务，没日没夜，战天斗地。他们不知道，正是这座水库的蓄水使得整条修河最终停止航运。父亲在农闲时，常常到河边帮砖厂挑沙打零工，换回菲薄的工钱。他一点点肩挑背扛，硬是将老家的旧土屋升级换代成钢筋水泥构造的小洋楼。父母的要强和勤奋美名远播，也滋养了我们兄弟几个。

而我们的修河记忆就不同了。小时候是恐怖故事。父母怕我们玩水，经常讲小孩陷入河沙被淹死的故事。在他们绘声绘色的讲述中，河里有一条诡异的大鱼，会一点点将小孩引诱到河流中去。至今，我的意识里仍然残留着对碧绿深水的恐惧感。上了中学，这里则成了我们撒野的乐园。学校位于河边，住校的我们没有了看管，常常偷着下河游泳。尤其是在雨季涨水时节，那种到中流击水的诱惑更是难以抗拒。

再年长一点，就是对这条河的无穷无尽的探究和幻想。我很清楚它发源自哪座山，有哪些支流，流经哪些村镇，这些村镇有什么物产、诞生过哪些大人物，等等。它贫穷而富饶，充满诱惑和想象。这些探究最终总会归结于吴城镇，修河在这里汇入鄱阳湖，那里连接着一个水天相接、风云激荡的瑰丽世界。

后来我走出大山，求学、工作，竟越走越远，对修河和它融入的鄱阳湖，不再有太多机会亲近。唯有那些带着时代风尘的旅程，随着年龄的增长，在心海里的印记却越来越清晰、越来越栩栩如生。

值得欣慰的是，这次回乡，分明地感受到了母亲河和它滋养的大地正在摆脱颓唐，萌发生机，再度启程去寻找它的梦。青山遮不住，毕竟东流去。那些跌宕起伏的历史潮音，都该被记取。那些奔波、迷茫和苦痛，都值得珍藏。

在祖宗牌位前，手一抖，香灰落在手背，尖锐的蜇痛像一声呼喊，回声缭绕在青山绿水之间，久久不散。

2020年10月11日　北京

暮春，咏而归

庆元六年三月九日，即公元1200年4月23日，时值武夷梅雨季节，朱熹"正坐整衣冠就枕而逝"，享年七十一岁。

——据《宋史》

1

J君终究获任南方某市挂职副市长，实现了他从政的夙愿。行前因各自忙碌，饯行酒没喝成。

一天晚上，正在灯下翻闲书，电话响了，是J君。他已经赴任一周，不过事情很多，连打个电话似乎也没得空。我们聊了半小时，主要意思，一是祝贺他，"人生是个过程，这个角色值得体验一下"，二是相约同游白鹿洞书院。J君挂职地距离位于庐山南麓的白鹿洞书院不算远，驾车前往是方便的。他说，这曾是他很想去走走的地方。

这不奇怪，J君是学西方哲学的，硕士毕业后却一直在企业工作。我想，与他同游白鹿洞，应该很有趣。

不过我们都没想到，这个"白鹿之约"比在北京约顿酒更不靠谱，甚至比当年朱（熹）陆（九渊）之约也要难得多。因个人原因，我去江西的机会少了，偶去一次，时间安排上完全是随机的。而他呢，则深深陷入地方事务，常常晚上九十点钟还在会议室里。这很令他感慨。一个他所不熟悉的世相，在他面前徐徐展开。

在一个春雨绵绵的周末，我只好带着他从会议室里发来的抱憾，独自出游白鹿洞书院了。

2

白鹿洞不是洞，也几乎没有鹿。

这本来不用太较真。与一个读书人相联系，"洞"有神秘，"鹿"添灵性，是很好的隐者意象。可我还是读到了一些有趣的阐发。

小车一扭头，进了入山的公路，空气清冽，密林葱茏，别有洞天。据说之所以称为"洞"，是因为从大路路口到书院步行需半个多小时，林荫道在山中逶迤伸展，幽深如洞。这倒是很有想象力和画面感。

说到"几乎没有鹿"，则更有趣。

进了洞，自然有意去寻找白鹿。当年，唐朝文学青年李渤在此创立读书处时，的确养了一头白鹿。据说此鹿还很具灵性，可以帮助主人到集市上采购日用物品并驮回家，准确无误。李渤毕竟是东都洛阳人，他还是出仕了，并没有在此住太久，此鹿也不知所终。后来他竟有缘分担任江州（今九江）刺史，回到庐山，于是重修了读书处，自此成为庐山一处名胜，但流传下来的文献对白鹿并没有更多交代。

几百年后，明嘉靖九年（1530），一个叫王溱的人知南康。他游览白鹿洞时，估计觉得"至少应该有洞"，于是在明伦堂后的小山下挖了一个，还举行了一个正式的祭奠仪式。而他的继任者何岩意犹未尽，觉得"还应该有鹿"，因此命人凿了一个石鹿，摆到洞中。两任知府接力，洞与白鹿算是都有了。

几十年后的明万历四十二年（1614），江西参议葛寅亮来到这里。这位仁兄则认为此洞不应开，此鹿更不应摆，于是将洞封堵、把石鹿埋入地下。1981年，三百多年过去了，书院管理处重修礼圣殿，施工队在地下约两米处发现了石鹿。有了这么多的时间与经历，石鹿就成了文物，而且经考证是明代唯一的实物遗存，于是又被恭敬地归了位。

这就是我看到的这头在洞口正襟危坐的石鹿了。在我想象中，它似乎应该是亭亭玉立而且侧头顾盼有神的形象，但不是。

这段公案在通行的白鹿洞书院介绍上找不到，似乎因此才显得意蕴深邃。是啊！一头石鹿的命运尚且如此纠结，因一念兴，因一念废，何况这么一座声名显赫的儒学书院，何况这个起伏跌宕的人世间呢？

可能因为下雨，几乎没有游人，一切都是湿漉漉的。山洞流水潺潺，隐隐约约，萦绕耳际。记得不错的话，或许还有几声脆脆的鸟叫。

3

朱熹老夫子初次抵达白鹿洞，也是在一个初春时节。

那是南宋淳熙六年（1179）三月，这一年他刚好五十岁。在"知天命"时节，他获得了一项任命，"知南康军"。

宋代行政区划中的"军"有两类：领县的军，与府、州同级，隶属于路；不领县的军，与县同级，同隶属于府或州。南康军是领县的，辖境相当于今天的星子、永修、都昌三县，军治设在星子。距治所不远，就是浩荡的鄱阳湖。

朱熹的职位相当于知州、知府或太守，不大不小，上可直接给皇帝写报告，下则必须直接面向基层，与老百姓打交道。

大略看朱熹的从政生涯，除了此前在福建同安县当主簿时较为消停，此后在南康、浙东、长沙、漳州，间或在朝廷中枢任职，均多天灾人祸，被复杂的人事矛盾所纠葛，艰难困苦，可称道的不多。

不过也有亮点，在我的视野里，当是与书院有关。

此次知南康军，他任职三年，上任即逢大旱。守着一座烟波浩渺的鄱阳湖，湖边人竟然"五行缺水"。他苦苦支撑，据说总算没有因灾死人，而且在百忙中竟重修了白鹿洞书院，置办了学田，拟定了书院纲领，还邀请了抚州金溪的学者陆九渊来讲学，因此是有成绩的。另有绍熙五年（1194），他在知潭州（今长沙）任上扩建了岳麓书院。这是后话不表。

朱熹决心下乡去考察白鹿洞书院，估计是受了他衙门里的同僚的刺激。他们中竟然没有人说得清楚书院的具体位置，只道是，书院毁于金人兵燹已经半个世纪了。

李渤之后，南唐升元四年（940），读书处已扩建为官办的"庐山国学"。在北宋初年，江州缙绅筹资复兴书院。此后百年间，宋太宗、真宗、仁宗都有诏书和相应资助，白鹿洞书院一时为盛，与湖南岳麓书院、河南睢阳书院、湖南石鼓书院并称"四大书院"，直至金兵铁蹄踏过。

朱熹的此次下乡调研很快就有了成绩。这全靠李燔等几个有心的本地走读学生，他们得知老师的心思，就先行开始了寻访，果然有所得。

淳熙六年（1179）的下元节，朱熹出席完一个祈雨典礼就出发了。出星子县城北，往五老峰方向，过颜真卿隐居地颜家垄。"清泠寒涧水，窈窕青山阿"。他循溪入山，前往谷底，"见其山川环合，草木秀润"，终于在榛塞莽丛中找到了遗址，"荒凉废坏，无复栋宇"。

我辈有幸，朱熹此刻的感慨被他的老朋友浙江金华学者吕祖谦记录下来。他说：

中兴五十年，释老之宫圮于寇戎者，斧斤之声相闻，各复其初，独此地委于榛莽，过者太息，庸非吾徒之耻哉！

（《白鹿洞书院记》）

他说，朝廷"南迁"五十年了，金兵毁掉的佛寺、道观，都陆续得到重建与恢复，唯独这儒家旧馆白鹿洞书院，却还是一片废墟，其情状令人叹息。这难道不是我们这些读书人的耻辱吗！

于是，朱熹上报朝廷申请经费，但不仅没有得到支持，反被那些烦他的官僚所耻笑。他只好利用职务之便，协调地方资源来解决。在近五个月的改建工程完成后，白鹿洞书院焕然一新。在开学典礼上，朱熹高兴地吟了诗，其中有这样两句：

重营旧馆喜初成，要共群贤听鹿鸣。

（《次卜掌书落成白鹿佳句》）

他说"初成"，至少包括这些要素：有了学舍二十多间，可以招生了；亲拟了《白鹿洞书院学规》，可以按自己的学术志向安排教学了；他还请吕祖谦写了《白鹿洞书院记》，回顾与展望，阐发了发展书院事业的核心旨意。

记载显示，鼎盛时白鹿洞书院拥有屋舍曾达到过三百六十多间。如今，周边寺庙、道观少说也有上百座，而白鹿洞书院拥有的屋舍也不过五十多间。

4

朱熹重建白鹿洞书院这个事被历史视为"盛事"，自然不只是"重视教育"那么简单，要放到一个更宏大一点的格局中才能看懂。

而奥秘，在吕祖谦的《白鹿洞书院记》中可见端倪。他在回顾书院与北宋几任皇帝的紧密关系后，把矛头直接对准了"王安石新学"。他写道：

> 晚近小生骤闻其语，不知亲师取友，以讲求用力之实，躐等凌节……未能窥程、张之门而先有王氏高自圣贤之病，如是，洞之所传道羡者鲜矣。

熙宁变法发动后，官方一直支持王安石新学，对儒家的其他学派是打压的。南渡后情况出现反转，在困难的局面中，朝野开始反思，甚至将"靖康之耻"都逐步与王安石新学和新政联系起来。

吕祖谦则更进一步说，近来的读书人仍然深受王氏学术的流毒影响，自命高于圣贤，一味急功近利，不惜伦理纲常俱废，更谈不上能稍稍懂得二程、张载以来的道学要义。

朱熹们的反思是否有道理，可能是另一个问题，但儒学内部的派别之争，其凌厉程度由此可见，到了相互视为"异端"的地步。

儒学自唐韩愈辟佛和首倡"道统论"以来，在主流意识形态地位的争夺中，至此已经取得了对佛教、道教的很大胜利，博得了自己一席之地。连朱熹的老板宋孝宗都写了一篇作业，叫《原道论》，说"以佛修心，以道养生，以儒治世"，格局十分清晰。

但儒者中有一彪人马对此是不满意的。他们认为，儒学在"内圣"与"外王"两方面的地位都要兼而得之，他们的时代任务，就是要树立儒学的"道统"地位，与皇权的"治统"并驾齐驱，实现对天下的"共治"。因此，在"修心"方面，他们怎么可能容忍佛家长期占据主流地位呢？

这彪人马，就是周敦颐（1017—1073）、程颐（1033—1107）程颢（1032—1085）兄弟、张载（1020—1077）、邵雍（1012—1077）这几位大儒了。他们上承孔孟，后继有人。就是以朱熹（1130—1200）、张栻（1133—1180）、吕祖谦（1137—1181）为代表的南宋道学家们。他们的内心还带着国土沦陷、举朝"南迁"的某种屈辱的民族记忆。

他们提出了"正心诚意、格物致知"而后"修齐治平"的道学派方案。高举"存天理"大旗，要求抑制"人欲"、反对过度功利，他们的使命正是张载的"横渠四句"：

> 为天地立心，为生民立命，为往圣继绝学，为万世开太平。
>
> （《张子语录》）

这是何等气魄！

"攘外"要在"儒释道"的竞争中胜出,"安内"则要在儒学诸派别中胜出。这就是程朱道统派的雄心。他们的如意算盘是在庙堂之上提供包括"内圣"与"外王"的系统性思想资源,以"道统"自居,与皇权"治统"携手,共同治理天下,实现"外王"的目的。

反映到白鹿洞书院,"内圣"就是要以道德的提升来改善"外王"的质量。其要求基本体现在朱熹亲自拟定的《学规》之中,具体讲:有"五教之目",即"父子有亲,君臣有义,夫妇有别,长幼有序,朋友有信";有"为学之序",即"博学之,审问之,慎思之,明辨之,笃行之";有"修身之要",即"言忠信,行笃敬;惩忿窒欲,迁善改过"。还有"处事之要"和"接物之要",各有具体阐述。

既然是共治天下,这些"正心诚意、格物致知"的具体要求,自然不只是针对士大夫,也是对皇帝的要求了。

由此难怪,在唇枪舌剑的"鹅湖之会"后,朱熹与陆九渊的"白鹿之约"也是那么暗流涌动互不相让,甚至针锋相对!

说到底,这种对学术至尊地位的争夺,与天下枭雄对"九鼎之尊"的争夺,又有什么区别呢?

因此,朱熹在即将来临的"白鹿之约"上,与陆九渊有这样的共同认识:"豪杰而不圣贤者有矣,未有圣贤而不豪杰者也!"

要知道,他们都是以圣贤自居的。

5

淳熙八年（1181）春二月，陆九渊带着弟子应邀自金溪而来。那也是一个春天。

本来他们约的是淳熙六年（1179）"秋凉来游庐阜"，但不巧南康大旱，朱熹忙得焦头烂额，根本无暇顾及，此事一拖近三年。

他们泛舟落星湖（即鄱阳湖），把酒临风，继而登匡庐饱览奇景，还专门去寻访了陆氏十七世祖陆静修的炼丹旧迹。此时，南康旱魃已降服，书院重建工作已初步完成，宾主都很高兴。

"鹅湖之会"上的不愉快争执并没有损害他们之间的友谊，甚至相反，事后他们各自反思学理，互有补正。说到底，"尊德性"或"道问学"哪个作为道德进修的出发点，还主要是学问路径之争，没有完全触及本质，他们的学术歧见绝没有消弭。

游览重修的白鹿洞书院时，他们又回到了现实。

这次"会讲"，仍由浙江学者吕祖谦做协调，江州等地方官员也悉数到场，附近学子闻风而来，一时明伦堂座无虚席。

陆九渊小朱熹近十岁，在这么个氛围下，他吸取了上次"会讲"的教训，选了一个针对时弊又有一定共同语言的题目，即借《论语》的"君子喻于义，小人喻于利"主题，讲"义利公私之辨"。

在热烈的气氛中，他痛快淋漓地指出：

今人只读书便是利，如取解后，又要得官；得官
后，又要改官。自少至老，自顶至踵，无非为利！

（《陆九渊集》）

现在的士子读书只为做官，做了官不算还要求升迁，从小
到老，从头到脚，都只有一个功名利禄而已！

据说听众很受震动，甚至有人感动得当场"汗出涕流"，
连朱熹也"汗出挥扇"。会后，他请陆九渊整理一份《讲义》，
为讲义写了跋语，一并勒石立于书院中。

他是这样记录的："盖听者莫不悚然心动焉。"表示，"凡我
同志，于此反身而深察之，则庶乎其可不迷于入德之方矣。"他
号召弟子们深入学习体会这份告诫。

在书院东碑廊，我找到了这块"二贤洞教碑"。这是当时
学者争鸣的一份宝贵证词。我们是否可以理解，朱熹如此郑
重其事，是否正是因为陆九渊的确击中了道学派的某些要害
了呢？

难怪他们俩在晚年的交往中能够惺惺相惜，尤其是在积极
利用"登对"和"轮对"面陈皇帝的机会，互通信息，交流策略，
力图将修身要旨以达"天听"，真正感化皇帝。当然他们并不
顺利，并先后在朝廷中枢退出。

道统论，是儒者在历史沉沦中的"绝地反击"，大概也是
他们千年不醒的迷梦。

6

话虽如此，在士大夫可以做梦的宋代，我还翻阅到这样的宫廷对话。

主角甲是宋高宗赵构，乙是秘书省正字兼实录院检官叶谦亨。时间是绍兴二十六年（1156）六月。这时，朱熹二十六岁，刚刚结束同安主簿三年任期，等待有司的安排。

对话内容值得全文抄录：

> 叶谦亨面对言："陛下留意场屋之制，规矩一新。然臣犹有虑者：学术粹驳，系于主司去取之间。向者朝论专尚程颐之学，有立说稍异者皆不在选。前日大臣则阴佑王安石，而取其说稍涉程学者，一切摒弃。夫理之所在，惟其是而已。取其合于孔、孟者，去其不合于孔、孟者，可以为学矣。又何拘乎？愿诏有司，精择而博取，不拘一家之说，使学者无偏曲之弊，则学术正而人才出矣。"上曰："赵鼎主程颐，秦桧尚安石，诚为偏曲。卿所言极当。"于是降旨行下。
>
> （李心传《建炎以来系年要录》卷一七三）

查这个叶谦亨，资料很少，生于徽宗政和五年（1115），卒年不详，浙江青田人，字伯益，高宗绍兴十八年（1148）进士，曾任起居舍人、抚州知府，终浙江提点刑狱任。说这段话时，他四十一岁。

他向高宗提了个建议，不仅得到了嘉许，还颁布圣旨予以执行。

他说：陛下您很关心科举取士，现在规章制度的确焕然一新。但目前以学术来决定人才与大臣去留的做法，我觉得有问题。以前朝廷议事，以程颐之学为标准，持不同学术意见的人都不用。最近大臣们则以王安石之学为标准，与程学稍有干系的人一概不用。依我看，能不能以"合乎孔孟之道"为标准呢？建议给有关部门下旨，要求在选人用人上要"精择而博取"，而不要拘于某一家之学说。这样做，就会达到"学术正、人才出"的效果！

这个对话，对于沉湎于迷梦的士大夫们，至少也能增添一抹温柔亮色了吧，虽然微弱、微不足道。

7

游记写到这里，本来就算完了。我把上述内容发给了 J 君。

次日一早，收到他的微信。没想到他说：你没写完啊，刚有点意思怎么就停笔？

我知道这个哲学硕士想说什么。

道统派儒家的崛起，是与释、道等其他思想流派相克相生的结果，也是与儒学内部其他支派相生相克的结果。而这些"相生相克"大剧，虽然精彩纷呈，甚至波澜壮阔，却分明都只是"现象"。是怎样一只"看不见的手"在拨弄着这小小寰球，造就了这样的大千世相？叶谦亨促成的"降旨"，又能改变什么？

我笑道，哲学家，我这只是一篇游记啊！

他也哈哈大笑，顿了顿说，看来白鹿洞书院的确隐藏着一些隐秘的信息。无论如何，他要尽快去一趟，好好摩挲一下那些冰凉的刻石。

问及他的近况和体会，他沉吟了一会儿，发来一段我们都很熟悉的话，引自《论语》"先进篇"：

> 暮春者，春服既成，冠者五六人，童子六七人，浴乎沂，风乎舞雩，咏而归。

是啊，暮春了，夏天很快就要到来。

2020年4月13日 北京

在庐山遇见王阳明

1

自从上月写了一篇白鹿洞书院的小文字，我这思绪就被庐山的氤氲气息裹住，难以自拔了。

在草长莺飞的季节被禁了足，也没想自拔。就这么着，每日里读书喝茶，自然是要关心那些山道上的行人，尤其读到了王阳明。原来他在庐山留下了如此多的足迹。喝茶呢，不自觉地也多选用庐山云雾。冷藏室里还有存货，是前年在九江时Y兄给我备下的。

我第一次上庐山，就是与Y兄结伴。他说是我考取研究生的那年、要离开九江的那个八月。这我倒是淡忘了，只记得我们是从好汉坡攻的顶。站到高处时，大汗淋漓，而极目之下，长江如练，鄱湖苍茫，江湖间的那片田亩屋舍，熟悉又陌生。

那时候，我哪里知道有个王阳明也来过这里，爬庐山也只不过为了挥霍过多的精力。下山后，我便收拾了简单的行囊，头也不回地登上北去的列车。

岁月跌宕间，与Y兄甚至一度失去联系。

似乎听说他去了南方一家医院，听说他结婚生子，又回到了九江，去了另一家医院当主任。我一直隐隐有愿望要联系上Y兄，但不知什么状况下，我们接上了头，似乎轻而易举，蒙太奇一般，好像并没发生过那么多年的各自为战。这也许就是传说中的老兄弟。

前年我与妻儿回了一次阔别的九江，见到了他和他开朗的夫人，但他正在读高中的儿子却没有来。一问，原来儿子沉迷于网络奇幻小说写作，与外界有些隔绝。这令Y兄暗暗犯愁。这孩子玩的是个什么套路，他没太理出个清晰的头绪。

我倒觉得写网络奇幻小说也不是个坏事，聊起来，甚至觉得以这九江为背景，就能够构造很好的网络奇幻故事。这江湖山海之间，风景秀丽，文史浩瀚，众星璀璨，有取之不尽的英雄传奇。

Y兄说，还是要让儿子走出去，初步考虑到北京去读大学，然后出国，到时难免要叨扰你。

我当然觉得不错。天地之大，本来也足够孩子们去闯荡的。而这座山，倒是值得我们这些即将"知天命"的老兄弟们再结伴攀爬一次，去寻访一下王阳明的山中踪迹。

2

公元1520年，明朝正德十五年，那个叫王阳明的男人是如何上山的，已不得而知。正月末的庐山应该还很寒冷。只知道，他即将"知天命"，而且正处于一个巨大的困局之中。此时，王阳明来江西任职快四年了。

1516年八月，他以都察院左佥都御史，正四品，巡抚南（安）、赣（州）、汀（州）、漳（州）等地，揭开了他一段新的职业生涯。

一个监察官员，怎么在江西干出"南赣剿匪""平叛宁王"的大事来了？历史其实很隔膜，所以人们也往往是姑且一读。

1380年，明洪武十三年，朱元璋将御史台改为都察院，与刑部、大理寺并称"三司"，负责对官吏监察、弹劾与向皇帝进谏。其监察对象自然也包括刑部、大理寺官员。都察院长官为左右都御史（正二品），下设左右副都御史（正三品）、左右佥都御史（正四品）。古代以"左"为尊，这个"左"与"右"，有微妙的区别。

王阳明担任的这个"左佥都御史"，初设为五品，后改四品，应该略高于"司局级"，往往以监察长官身份派驻地方，比如担任巡抚。

明朝的监察机构地位崇高，与太祖朱元璋对"澄清吏治"高度重视有关。在制度设计上，对中央六部派出"给事中"，作为派驻各部的官员监察机构。在地方，各省设有按察司掌管监察，配有监察御史"一百十人（正七品）"。

但这还不能消除太祖对地方官的疑虑。1391年，他设立"巡抚"制，由都察院派遣重臣到各地巡抚。担任这样派驻职务的人，大多是都察院的都御史、金都御史。有时又给这些派出的监察大员增加"提督军务"或者负责一省或跨省的几个州县的"巡抚"职责。这监察权、兵权、行政权如何叠加和组合，就看皇帝的需要了。

王阳明这次升职，先是"南赣巡抚"兼提督军务。他的使命是很清楚的，就是负责南赣四州地区的官员监察、剿匪和治安。这个任务他干得很漂亮。自1516年八月任职，到1517年底，就解除了"数十年巨寇"，然后他在南赣推行"乡约"、编制保甲，刷新了地区社会管理，也刷新了他的声誉。

但1519年六七月间平定宁王叛乱，则是一件复杂得多的事。人们一般将王阳明这段经历，称为他职业生涯的"宸濠、（张）忠（许）泰之变"。不过，即使是现在阅读有限的史料，我们也难以真正与他感同身受。

王阳明面临怎样一个困境？在困境中与庐山又建立了怎样的精神联系？

3

"宸濠之变"，就是分封在南昌的宁王朱宸濠举兵谋反。

藩王夺位，在朱明王朝有成功先例。当年燕王朱棣取代建文帝，成就了声名显赫的明成祖。现在，又冒出个揭竿而起的宁王。据说宁王被俘押回南昌，看见街道上行伍整肃时，也曾笑道，"此我家事，何劳王大人费心如此！"叛乱成不成，天下还是姓朱的，与你们这些打工人何干？

这是个非常现实的问题。事实上，宁王异动久有时日，只是朝野畏惧，没有人敢过多议论。当时有这么一段有趣的私人记录：

> 若宁藩反时，余时年二十一，应试在杭，见诸路羽书，皆不敢指名宸濠反，或曰江西省城有变，或曰江西省城十分紧急，或曰江西巡抚被害重情，或曰南昌忽聚军马船只，传言有变，惟阳明传报，明言江西宁王谋反，钦奉密旨，会兵征讨。
>
> （郑晓《今言》）

各级官员都不敢明言宁王反，而王阳明敢，可见他的确特立独行。

首先，这并不关他的事。他的职守是南赣巡抚兼提督军务，职责范围是南赣地区，南昌的宁王所作所为，他管不着。

其二，1519年六月十四日宁王叛乱时，他正奔赴在平定福建军人哗变的路上。十五日，他已行至丰城。也就是说，他本来就有重要公务在身。

第三，当时南赣剿匪已结束，他此时手头并无兵符调动大军，只好一面给皇帝写报告，一面敦促各府调派地方乡兵义勇，仓促组建平叛军。

职权之外、手中无兵，而且福建那里也正有重要军务，王阳明怎么还要管这个朱家的闲事？一旦朱宸濠像朱棣一样"成了事"，那个后果有多严重，他就不怕？

而对这个看似不难做的职场决策，王阳明没有片刻疑虑就做出了相反的选择。据弟子们的记载，"（六月）十五日至丰城县界，典史鄞人报濠反状，继而知县顾佖具言之"，"先生遂返舟。"他当日就折返吉安，一边上疏报告并劝阻皇帝亲征，一边组建平叛军。

结局我们都已经知道了，以他的军事天才，四十来天就活捉了宁王。

但是，"宸濠之变"尘埃未定，另一个尴尬的局面正在形成，人们称之为"忠泰之变"。

虽然王阳明反复上疏劝谏皇帝不要南巡，但八月十四日，明武宗朱厚照照样自封"威武大将军、镇国公"御驾亲征，在太监张永、张忠、安边伯许泰、都督刘晖的陪同下，率官军万余南下，并安排"给事祝续、御史张纶，随军纪功"。

明朝朝政的特点之一，是皇帝以宦官集团制衡文官集团。这个朱厚照也一样不喜欢文官，他对太监的任用也是到了极致。有人形象地比喻，刘瑾和张永，一正一邪两个宦官，正是朱厚照内心的真实写照。

但朱厚照虽"荒淫"却不"无道"，无论重用谁，他都独掌朝政，说一不二。他留下张忠、许泰，而派遣张永先行南下调查宸濠谋反细节，就是很用心的安排了，这也给了王阳明一线生机。

令王阳明"尴尬"的是，这忠、泰二人平时与宁王交往密切，收受了不少贿赂，宁王被俘令他们心胆俱裂，担心遭受牵连；另一方面，他们还要伺候好任性的朱老板"平叛建功"，只能逼迫王阳明献俘。他们的方案是把朱宸濠放了，在鄱阳湖让武宗打个大捷，并亲自"擒获"反王。王阳明瞬间成为矛盾的焦点。

而王阳明也很"忧惧"。一方面恐武宗南巡给江西百姓带来蹂躏。这是他要努力避免的，已经反复上疏报告了；二是这忠、泰在武宗身边，明里施压，暗里构陷，使他险象环生，有口莫辩。

他们诬陷王阳明与宁王勾结谋反的"证据"有多条。如弟子陆澄所记述的那样，宁王举兵前与他有书信往来，其中有"王阳明亦好"等语；王阳明曾派弟子冀元亨前往会见宁王；还有王阳明原本也是为贺宁王生辰而来的等等，条条都够杀头。

"忠泰之变"，王阳明的杀身之祸，可谓就在眼前！

圣人处此，更有何道？如此情形下，恐怕也只有王阳明会如此行事：他一方面再次疏谏阻止亲征，同时急驰杭州，找到太监张永，把宁王交给了他。

这个张永也是当年内阁首辅杨一清扳倒刘瑾的重要联合力量，与忠、泰等是不同的。王阳明对此人不熟悉，但估计看到了这一点。事实上他的洞察力为自己捕捉到了这一线生机。弟子记载："忠、泰在南都谗先生必反，惟张永持正保全之。"

王阳明会见张永的情景，在《明史》里有生动的描述。当时，张永闭门不见，"守仁叱门者径入"，大呼，"我王守仁也，来与公议国家事，何拒我！""永为气慑。""守仁因言江西荼毒已极，王师至，乱将不测。永大悟。"

他的确谈的是公事，也许也只能谈公事。献俘后，他称病躲进杭州净慈寺，"坚卧不出"，直到十一月，武宗已到达扬州，"群奸在侧，人情汹汹"，形势逼人，他只好返回江西以静待变。

对王阳明是否会谋反，武宗并不糊涂。武宗问张忠等"以何验反？"回答说："召必不至。"但他们判断错了，一接到皇帝诏见，王阳明立即应召。"忠等恐语相违，复拒之芜湖半月。"武宗又说，"王阳明一个学道之人，如何能反？"

当然，这些细节王阳明哪里能够知道？就这样，王阳明几次赴召而不得见，徒劳地奔波在南昌到扬州或南京的路上，郁闷中只好看山访寺。

他带着沉重的心事上了庐山。

4

人在困顿的时候，就会反思自己的价值观。

这一年初春，王阳明一共三上庐山。他在这里经历了一个波澜起伏的心路历程。

在杭州把宁王交给张永后，形势一直不明朗。正月末，王阳明在芜湖候召未遂，百无聊赖，他游览九华山之后回江西，首上庐山。他访开先寺、读书台，游白鹿洞，"徘徊久之，多所题识。"

这一次，王阳明在庐山留下最重要的文字，是"平濠记功碑"石刻，他已将平叛之功让给了皇帝。

当是时，天子闻变赫怒，亲统六师临讨，遂俘宸
濠以归。于赫皇威，神武不杀。

（《李璟读书台记功碑》）

他感到被猜疑的委屈，到了庐山，想拜访的僧人并不在家，
又觉得无趣。

僻性寻常惯受猜，看山又是百忙来。
北风留客非无意，南寺逢僧即未回。

（《游庐山开先寺》）

他表达了浓浓的归隐愿望。在开先寺，他"缘溪踏得支茆地，
修竹长松覆石台"，支茆，指隐居的茅屋。在白鹿洞，他说"我
来骑白鹿"，要像李渤一样，读书隐居。——这是人之常情了吧。

二月，王阳明到九江考察军务，第二次登上庐山，游览了东
林、天池、讲经台诸处。钱德洪《王阳明年谱》说，此时"先生
以车驾未还京，心怀忧惶"。皇帝不回京，事情就不算完，江西
仍可能有兵事，自己也可能有不测。这是他"忧惶"的原因吗？

在东林寺，他追随慧远和陶渊明，分析自己与他们的异同，
感受自己的内心矛盾：

远公学佛却援儒，渊明嗜酒不入社。
我亦爱山仍恋官，同是乾坤避人者。

（《庐山东林寺次韵》）

同时不免感觉自己就像一只寻求开示的"野狐",想听经却已经不可得,茫然无所皈依:

> 远公说法有高台,一朵青莲云外开。
> 台上久无狮子吼,野狐时复听经来。
>
> (《远公讲经台》)

月明星稀的夜晚,在天池寺一侧的文殊台,王阳明意外地看到了著名的"天池佛灯"奇景:远处一片漆黑的山谷里,突然涌出荧光点点,由少变多,闪闪烁烁、飘忽不定。此时,他那高拔的心性又显露端倪:

> 老夫高卧文殊台,拄杖夜撞青天开。
> 散落星辰满平野,山僧尽道佛灯来。
>
> (《文殊台夜观佛灯》)

三月二十二日,拜见皇帝再次受阻、从南京回来的王阳明,第三次登上庐山,重游开先寺、东林寺。

他这次颇为自嘲,在山中仍然找不到认同感,觉得自己是个俗不可耐的家伙:

> 三月开先两度来,寺僧倦客门未开。
> 山灵似嫌俗士驾,溪风拦路吹人回。
>
> (《又重游开先寺题壁》)

他在西岩呆坐，观赏落日，直到一轮孤月从江东升起来，清辉洒满山壑。他第二次来游东林寺，不舍地追问自己，竟然发现富贵、佛道都不是他的初心：

　　莫向人间空白首，富贵何如一杯酒！
　　种莲栽菊两荒凉，慧远陶潜骨同朽。
　　乘风我欲还金庭，三洲弱水连沙汀。
　　他年海上望庐岳，烟际浮萍一点青。

（《次邵二泉韵》）

那个种莲的高僧、那个采菊的高士，都早已腐朽了。他的思绪逐渐平复，重现了此前常有的洒脱秉性。他说，日后再回想在庐山上的这点事，也会觉得像是"烟际浮萍"一样，不值得一提吧！

三月旱灾、四月水灾，下山后的王阳明，全身心投入到江西地方救灾工作中去了。此时，他已经获得皇帝旨意，"暂时"兼任"江西巡抚"，估计觉得心下稍安。皇帝还在南京，劝谏的折子也递得够多了，他就换个话题再写，以地方灾异为由进行自我检讨，以此警醒皇帝体恤民间疾苦，赶紧回京去。

六月，他来到赣州。这里是此前他练兵剿匪的驻地，有人担心他不避嫌疑，增加皇帝的猜疑，而此时的王阳明已经走完那一段心路历程。他写了一首题为《啾啾吟》的诗，鲜明地表达了自己的坦然心迹。

知者不惑仁不忧，君胡戚戚眉双愁？

信步行来皆坦道，凭天判下非人谋。

……

人生达命自洒落，忧谗避毁徒啾啾！

（《啾啾吟》）

七月，形势终于明朗。王阳明按"大将军钧帖令"的要求，重写捷报，把功劳再次归于皇帝和他的随从们。"先生乃节略前奏，入诸人名于疏内，再上之。始议北旋。"

闰八月，王阳明积极配合，在南京举行献俘仪式。正德皇帝身着戎装，统帅将士，命将朱宸濠等解开捆绑，让他乱跑，再指挥士兵擂鼓，将其抓获。

一场贻祸百姓的兵变、一场游戏皇帝的闹剧、一场王阳明的生死历险，就这样充满喜剧色彩地落下帷幕。

王阳明所要周旋的，就是这样一个现实世界。他则在这百死千难中，再次领悟圣人之道。

5

1521年五月，庐山迎来了第四次登临的王阳明。这一次的主题，是又一次堪载史册的"白鹿洞会讲"。

"功成名就"的王阳明携弟子们以及他"百死千难得来"的"致良知"学说，在白鹿洞书院隆重地接续上了他的心灵导师，比他早生三百三十三年的陆九渊先生。1181年的早春二月，陆先生来到白鹿洞书院，以"义利之辨"为题，在此做了一场震撼士人心灵的演讲。

哲学史家认为，王阳明是在此江西任上的经历后，正式揭橥他的"致良知"学说。这是有根据的。

这年十月，王阳明年满五十，正好"知天命"。在暴风骤雨之后，命运的航船驶入一段暂时平稳流畅的大江。

庐山，在这个王阳明似乎总也找不到感觉的地方，却砥砺他完成一次人生升华。

6

Y兄终于要来北京了，为儿子上大学的事。

行前通了两三次电话，讨论选学校选专业等一些问题，终于定了一个"国际项目"。招生办承诺，国内段学业在学校主校区完成。Y兄不放心，要到学校眼见为实。

我给他们订酒店，安排接站。他们自己入住，稍作休息后去学校办事。晚上我找了一家安静的餐馆，给父子俩接风。

孩子不太爱说话，也没有乖巧的场面客套，但他并不拒绝回应我的探询。我发现，他的网络小说的确是另一个世界，律令整饬，疾恶如仇，而他是实际上的主宰。也许是在父辈面前，他的表述稍显急促，一如他所设定的故事情境，但他的确有出乎意料的想象力。他的某些作品获得了可观的粉丝量，我由衷表示了赞赏。这时，他那倔强的嘴角浮现出一丝得意的笑意。

我们更多地还是聊九江、聊庐山、聊我们的青葱岁月。很多已经淡忘，一经相互提示，又复忆起。当年我们四十多名大学毕业生来自五湖四海，一起分配到此工作，如今白云苍狗。单位的主要负责人已是我们当中的文波、季青、江文等，他们一个个事业有成。部分同事则风流云散、各自东西。如Z兄，已是南方一家声名显赫的上市公司的董事长，偶尔到他所在的城市见面，总能享受到他"高规格"接待。W兄创业，靠专业吃饭，难归难，我们见面时总是愉快的，一切都似乎云淡风轻。L兄重返校园深造，后不知所终，他是个喜欢独处的人。D兄当年分配在子弟学校，工作一直不太顺利，据说竟已然有点神志不清。"他可能疯掉了"，Y兄说。

我又旧话重提，笑着与这个大男孩交流：以庐山为背景，恐怕可以写出精彩的网络传奇小说。这里有王阳明的世界、我与你爸爸的世界、你们的N次元世界，虽然不同，但都是我们各自的"现实世界"。这里可以是天堂，也可能是地狱，有人在这里得道，也有人在这里沉沦。

孩子眼睑低垂，看着茶杯，沉吟不语。

2020年5月16日　北京

田园将芜胡不归

1

这个话题的确有点魔力。

每每谈起老家九江，几个在外地工作久了的朋友总要嚷嚷回去买房，以备退休居住。不过，大家其实说的多，下手的少。这很可理解，毕竟是个重要的决定。

急流勇退、乐享自然，是中国人内心永不褪色的梦，何况拥有一个像九江这样"老家"的人们呢。

最近在书房里神游庐山，读了朱熹、陆九渊、王阳明，又捧起了老乡贤陶渊明先生的文集。读到"田园将芜胡不归"时，才猛然发现，我辈与陶公其实大有区别。

比如，他老人家有田园，而且都顾不过来，即将荒芜了。那我们在老家还有什么啊？

那些家在城里的，早先居住的家属院大都已旧城改造，老房子是个什么样子，都快想不起来了吧。家在农村的，上大学后户口迁走，以前的份田早已被村里要了回去，因为有很多户都添了丁；宅基地倒是还在，老房子还空着，但早已人去楼空，墙皮剥蚀。这里的医疗生活等方面配套都已不适合父母养老了，何况我们自己呢。

公元405年十一月，五十四岁的陶渊明"不为五斗米折腰"，喝一声"爷不伺候了"，辞了彭泽令，真是潇洒。随便查了查，他在浔阳老家拥有多处庄园和房产，如南亩、下潠田、西田等。公元403年，他居母丧在家写了一首诗，开头有这么几句：

> 在昔闻南亩，当年竟未践。
> 屡空既有人，春兴岂自免？
> 夙晨装吾驾，启涂情已缅。

（《怀古田舍》其一）

这处叫"南亩"的庄园，他以前只是听说过，现在穷得跟孔子的学生颜回一样，春耕时节到了，岂能够偷懒呢？于是一大早起来装束车驾，准备下地耕田，刚一启程，心情早就飞到"南亩"了。

就是说，他自家的地，有离家近的，可以"带月荷锄归"，也有离家比较远的，远到要坐车去。在《归去来兮辞》中，他也写到此种情形，下地干农活必须"或命巾车，或棹孤舟"解决交通问题。

种种迹象表明，我们不能与老陶简单类比。他一再"哭穷"，如果不是因为天灾所致，估计与他不善经营有关。

前两天，一位老朋友发了个朋友圈，仅两行字：

坟地要迁了，跟大侄子说了四代八坟姓名，他在现场跟工作人员登记。故乡将不再保留印记。

到我们这一辈，不仅没有田可耕种，连祖坟都没有了！说到这里，我想他都快老泪纵横了吧？我发了个泪流满面的表情，算是陪他哭一场。

2

两年前暮春时节回九江，我特意去看了陶渊明墓。

九江县沙河镇东有一个美轮美奂的公园，从大门进，翻越一个打理得很精细的慢坡，绕过一池盈盈的春水，就是一座江南民居风格的纪念馆。绿树掩映中，有他的墓园。

纪念馆体系很完备，不仅有墓，还有陶公塑像、靖节祠、高风亮节牌坊，有生平展示、多个版本的文集陈列、碑廊、归去来亭等。

我满心疑窦，这是他的真正墓地吗？或者说，我一时无法判断这是不是2011年首次访问过的那座。记忆太不靠谱，而这里的面貌变化太大，沧海桑田，有如穿越。

陶墓的位置，学术界有不同意见。有星子说、德安说、宜丰说，甚至还有外省说。这令我很无语。但一想到，毕竟陶公早在公元427年就已去世，距今近一千六百年了，远古得令人恍惚，而至今他还有墓园可供寻迹，还就在九江、在这庐山脚下，我辈又夫复何求呢！

的确，2011年夏天的寻访是值得庆幸的。至少让我觉得，在与他的关联中有了层次更为丰富的时光记忆。

那年八月，我从一次差旅中偷了空，叫了一辆面的，独自带着一本江西省地图册出发了。可这位憨厚的司机师傅虽然是本地人，但也说不清楚具体地点，我们只好不断询问路人，来回辗转，最终问到一个家住附近的中年农民。他说陶渊明墓给圈到军营里了，不让看的。

我想既然来了，怎么都得试试。按他的指点来到一个岔路口，果然有一块写着"谢绝参观"的简易告示牌，中英日对照，蓝底白字，落款是当地政府。远远就看到了部队营地院门，有岗哨。见我接近，小战士向我举手示意停步。

我说明来意，小战士问有没有民政部门介绍信？当然没有。小战士说那不行，这是规定。我连忙报告自己在军工单位工作，有单位的胸牌，而且也算是本地人，能不能与领导商量一下。他仔细看了看我掏出来的胸牌，说你稍等一下，进值班室请来他的班长。班长也仔细看了我的胸牌，和颜悦色地听我又自我介绍一遍，说情况知道了，他也要请示上级。他进值班室打电话，几分钟后出来，说领导同意了，不过只能看，不能拍照，不能停留太久，而且由这位战士陪同。

这已经让我喜出望外了！

　　战士将我引到一座营房前，请我看一块石碑，是部队立的，上面刻着陶渊明像，线条生动流畅。画像两边有一副对联，没记住。这石碑可能是一块标示牌。

　　我们穿过营房，过一道门，上山。爬了几十级石阶，看到一座外形完好的墓，椭圆形，水泥浇顶。墓前石碑上赫然镌刻着：晋徵士陶公靖节先生之墓。两侧小字密密麻麻，看不太清。墓的两旁各有一座石碑，是介绍文字。

　　因墓后连着山坡，没法绕墓瞻仰，我也只好默默端详，在心里默祭。时间近正午时分，军营里静悄悄的，世界里只有陶公墓园，还有阳光、风和知了沙哑的鸣叫。

　　往回走时，跟小战士聊了起来。他说，我们常来打扫照看的。这令人欣慰。问他老家在哪里，他说是湖南的。我笑了，桃花源的吗？小战士估计也读过《桃花源记》，他开心地笑道，是郴州的。我说我知道的，秦少游在那里写过一首名作：

　　　　雾失楼台，月迷津渡。桃源望断无寻处。可堪孤
　　馆闭春寒，杜鹃声里斜阳暮。
　　　　驿寄梅花，鱼传尺素。砌成此恨无重数。郴江幸
　　自绕郴山，为谁流下潇湘去。

　　　　　　　　　　　　　　　　（《踏莎行·郴州旅舍》）

　　小战士对秦少游这个名字一片茫然，这不怪他。现在想起来，里边竟然有"桃源望断"的句子，岂非天意乎？

3

陶公墓原址自然不在如今的纪念馆内，是从哪里迁来的？是军营里的那座吗？我也懒得去核实。只要陶老先生抬头能"见南山"，就可以了。

值得关心的是，一千六百年来，人们念兹在兹的是他的"田园归"、他的隐逸风，这究竟意味着什么？

要知道，他是一个豪门之后、士族子弟。陶渊明的曾祖父陶侃是东晋初年重臣，手握重兵、都督八州军事，封长沙郡公，与琅邪王氏的王导、颍川庾氏的庾亮共掌朝政。陶侃有十七个儿子，其中有九人在《晋书》中是有传的。虽然陶渊明的祖父陶茂不在其列，但在"九品中正制"的选官制度下，渊明的"江州祭酒"和"参军"，算是晋代中等士族子弟的典型起点官阶。他出仕彭泽县令，也得益于时任太常（三品）的叔父陶夔的推荐。

要知道，他是一个自年少起就"游好在六经"的士人，儒家经义是其思想根底。据研究者的统计，陶渊明在创作中征引过众多的儒家典籍，涉及《诗经》《尚书》《礼记》《仪礼》《大戴礼记》《周易》《论语》《孟子》《左传》《公羊传》《穀梁传》《孝经》等。他显然深得孟子的影响。

也许"道统论"可以给我们一个简便的启示，那就是在孟子以后，圣人之道就式微了。魏晋南北朝，正是一个"人心惟危、道心惟微"的时代。

汉代虽然"罢黜百家、独尊儒术"，但黄老是为政主流，并且佛教开始传入，到魏晋时进入其第一个繁荣阶段。而儒家，在司马氏篡汉后，朝廷纲常尽丧。在凶残斗狠的政治倾轧中，士人难以自保于当世，有的加入了刀光剑影的纷争搏杀，有的回避时势，热衷谈玄，陷于虚无。当然也有一些人则拂袖而去，自食其力，安贫乐道，回归个体自由。

光怪陆离的"魏晋风度"成为时代精神的写照，我看更标志着一个以"治国平天下"为己任的士大夫群体的解体。这是一个时代的悲剧吗？

来看看陶渊明的从政经历，是很有趣的。他一生曾五次出仕，但大都干不了几个月就辞职，因此虽然他享有六十三岁高寿，从政在岗的时间只有十三年左右。

公元393年，他二十九岁，第一次出仕，担任江州祭酒。这个职位究竟管什么，至今有争议，也不重要，重要的是当时的江州刺史是王凝之——王羲之的儿子。王凝之是个狂热的"五斗米道"道徒，装神弄鬼，这大约也是"魏晋风度"的一种？陶渊明不胜其烦，挥挥手，辞职不干了。当时孙恩的农民起义军打到江州城下，王凝之作法，请鬼兵援助，结果是城破被杀。陶渊明要是走晚了，后果恐难料。

此后不久，江州又征召他出任主簿。他拒绝了，在家里闲居了六年，一口气生了五个儿子。

公元399年，陶渊明三十五岁，第二次出仕，投奔了桓玄，桓温之子。桓玄待他不错，他这次干了三年。不过，401年陶母去世，他回家居丧，403年桓玄篡位，很快被刘裕杀掉，陶渊明又躲过一劫。这次真是祖上荫德。

第三次出仕在公元404年，陶渊明"四十不惑"，写了《荣木》一诗，表达了儒者济世的自我期许。他投奔刘裕做了"参军"。刘裕是东晋将领，镇守荆州。桓玄称帝，他起兵讨伐，半年内就杀桓玄，并肃清其势力。但此后刘裕膨胀，开始清除异己，大开杀戒。曾作为桓玄旧部的陶渊明看得心惊肉跳，于是赶快辞职回家。

公元405年，他投奔了江州刺史、建威将军刘敬宣，还是任参军。第四次出仕，他干了四个月后再次辞职。一是因为刘敬宣自觉不是刘裕的亲信，主动申请解职，他没了依靠，二是他大约也在形势中看到自己的"虚妄"。

回家不久，估计陶公觉得自己不是经营庄园的那块料，在叔叔的推荐下，他谋到了一个彭泽县令的职位。他觉得离家百里不算远，享有"公田之利，足以为酒"，实在是个不错的差事。这次他干了八十多天，其间发生了两件事，一是妹妹去世，二是年底江州的"督邮"来县里检查工作，他的手下提醒他最好对上司尊敬一点，于是，我们在正史里看到了这样的历史记载：

> 郡遣督邮至县，吏白应束带见之，潜叹曰："吾不能为五斗米折腰，拳拳事乡里小人邪！"
>
> （《晋书·隐逸传》）

这个"乡里小人"是谁，我们不得而知。这老陶的行为举止堪与一百多年前"竹林七贤"中的一些人相比，也算一种"魏晋风度”的余响吧。

为了心里痛快，以公田之利谋酒钱的美事也完全可以放弃，这就是陶渊明。这回，他是真要回家种地去了！

4

虽然陶渊明们对工作如此“玩世不恭”，但正史里对他这类人的记载却大有可观。

皇皇《史记》，就赫然将《伯夷列传》作为列传的首篇推出。此后，《汉书》中有《王贡两龚鲍传》。《后汉书》中专门设有《逸民传》，范晔在序文中总结了隐士隐居的目的：

> 或隐居以求其志，或回避以全其道，或静己以镇其躁，或去危以图其安，或垢俗以动其概，或疵物以激其清。
>
> （《后汉书·逸民传》）

其后是《晋书·隐逸传》，载隐士三十八人，包括陶渊明，传序概括了隐士的生活状态，养浩然正气，江海一身藏，认为他们的目的还是“修身自保”。《宋书·隐逸传》载隐士十八人，《南齐书》有《高逸传》，《梁书》有《处士传》，《魏书》则设《逸士传》，等等。在二十四史中，竟有十五六部史专门开辟了《隐逸传》！

我查了查，这个问题也是个研究热点，专著、硕士论文、各类研究文章不在少数。

陶渊明去世后百年，有梁昭明太子萧统编辑了著名的《文选》，对陶公推崇备至，专门为其写传。苏轼在晚年引陶渊明为知己，在海南羁居时写下一百多首"和陶诗"。

现当代学术界也很热衷这个题材，其中有创见者，多出自民国学者之手。比如章太炎、陈寅恪。

关于中国文化中的隐逸传统，章太炎曾对他的日本友人有过极为经典的解释。他说：

> 汉土自嬴政以来，藩侯绝迹，阶级既平，民俗亦因之大异，所以为国民作潜势力者，不在朝市，不在庠序，而在蓬艾之间，故陋巷亡而王迹息。
>
> （《答梦庵》）

他说，自秦制创立以来，在草莽陋巷中，如果没有了这些"为国民作潜势力者"，中国文化也就算完了。这个观点可谓如雷贯耳。

魏晋南北朝史是陈寅恪下功夫较多的领域，他评价陶渊明，有名篇《陶渊明之思想与清谈之关系》（1943）。他开篇就说："古今论陶渊明之文学者甚众，论其思想者较少。"他批评魏晋名士，其中很多人并没有将清谈的思想（主名教或主自然）变为自己的信仰，而是脚踏两只船，"既享朝端之富贵，仍存林下之风流，自古名利并收之实例，此其最著者也。"

这样的批评声色俱厉，与他的"独立之思想，自由之精神"主张相契合。在这个语境下，估计他认为，也只有陶渊明，在言行表里中真正秉持了他的"新自然说"。

可见，这个自古到今谈论不绝的"隐逸"主题，是中国文化中非常敏感的一根神经。

章太炎盛赞古代那些隐者是"为国民作潜势力者"，陈寅恪则以史家的锐利眼光，将陶渊明等从衮衮诸公中挑选出来，施以"毒评"。本不相关的研究，放在一起读，竟然是如此惊心动魄！

真儒者与真隐者，可见没有根本不同，他们都怀着同一种经世济民的精神，在实际上殊途同归。

5

这不能不让人联想那个著名文本的作者范仲淹。

在《岳阳楼记》中，"先忧后乐"的君子之风唱响了新儒学时代士大夫精神的主旋律。与此同时，他还有另外一个文本，那就是《严先生祠堂记》。

仁宗明道二年（1033），范仲淹因谏而外放睦州（今浙江淳安）知州，他在那里兴建了严子陵祠堂。这位严先生就是《后汉书·逸民传》中的严光，是汉光武帝刘秀的同窗好友。刘秀称帝后，他隐姓埋名，拒绝征召，但普天之下莫非王土，他终究被朝廷寻访到。他入朝与刘秀会面，当晚共卧，把脚架到了皇帝的肚子上。据说第二天太史奏告，有客星冲犯了帝座。他最终归隐富春江畔。范公叹曰：

> 云山苍苍，江水泱泱。先生之风，山高水长。
>
> （《严先生祠堂记》）

以一介布衣而决不依附权势的独立人格，与"进亦忧、退亦忧"的济世情怀，二者相辅相成，共同构筑了健全、丰满的士者精神世界。

有趣的是，在这样一个隐者的精神世界里，陶渊明也留下了一个意味深长的文本。他写道：

> 太守即遣人随其往，寻向所志，遂迷，不复得路。南阳刘子骥，高尚士也，闻之，欣然规往。未果，寻病终，后遂无问津者。
>
> （《桃花源记》）

他寓理想世界于"桃花源"，但这个世界，不仅太守不可寻得，即使是"高尚士"、隐者，竟同样也不可寻得。他想暗示什么呢？

据考，此篇作于公元422年，陶渊明时年五十八岁。

6

2011年夏天对陶墓的寻访之旅，我可能与一个美国旅者擦肩而过。

这个人叫比尔·波特。

我是在阅读他的这本名为《寻人不遇》的书时发现的。1991年以来，他在中国踽踽独行，写下了《空谷幽兰》《禅的行囊》《黄河之旅》等七八部中国文化传统的实地寻访作品。

在美国古根海姆基金会的支持下，2011年八月末，比尔开启他此次为期三十天的中国之旅。他的使命，是寻访四十一位他所钦佩的中国古代诗人的墓地或故居。

他有自己一套做派。因为相信"酒是诗人共同的爱好"，他每次来到一座墓前都要举行一个祭拜仪式。就是用在旧货市场淘到的小瓷杯，倒满威士忌烈酒，洒在地上，向诗人致敬，自己也饮一杯，然后，旁若无人地朗声吟诵一首他精选的诗人作品。他吟诗时，围在身边看热闹的本地人也常常会跟着一起背诵。这种强烈的仪式感令他久久难忘。他在书中写道：

> 我所拜访的诗人们的墓地，彼此之间竟有那么大的区别。有的简陋，有的宏伟，有的已经变成农人的耕地，而有的则变成乡村垃圾场。但他们的诗歌却流传下来，在那些甚至没有什么文化的农人的明灭烟火里鲜活着。

> （《寻人不遇》）

他被陶渊明的诗吸引了，"像是初恋女友，不会忘记"。但他寻访陶渊明的墓地，像我一样费了周折。他没有我幸运，因为外国人自然不可能被允许进入军营。他只好倒了一杯酒，请惊讶而友好的士兵帮忙洒在陶渊明的墓前。他写道："对于一位曾经提倡简单、自由生活的人，只要我的敬意能通过威士忌传达给他，就已足够了。"

对一个与他毫无血脉联系的文化系统有如此款款深情，这个外国人真正震撼了我！下次若有机会再去祭拜渊明，我一定东施效颦于比尔。带一瓶好酒，与他共饮三杯。我们或许可以切磋一下"田园将芜胡不归"的此中真意。

我愿意醉倒在他的墓前。

2020 年 6 月 14 日　北京

辑三　苏州记

苏州的乡愁

1

不要听他们的

按照自己的方式

快乐成长

然后把一个

脸上涂着胭脂的女孩

领回家

你的名字叫陶醉

我想叫你陶越溪

通俗而简单

等你明白过来

我已经不在了

苏州的陶老师在某日朋友圈里，发布了一张刚出生的孙儿的照片。照片上的小男孩粉嘟嘟的，还没有睁开眼。然后，他配上这样的诗。

深夜，在姑苏城的某个酒店房间读到这样的诗句时，我不禁哑然失笑。这个苏州老爷们儿的寄语中，有着活泼泼的生命体验，还有一缕淡淡的岁月惆怅，很打动人。当我把这份独特的"诗配画"作品推荐给朋友们后，颇感动了几个还远没有资格当爷爷的家伙。

陶老师者，《苏州杂志》主编陶文瑜先生是也。在他这里，我仿佛寻觅到了老苏州的踪迹。

2

此次苏州之行，是二十年后的重访。

这些年，重访故地于我是既"怕"又"爱"。怕的，是在时光流逝中人非物亦非；爱的呢，那分明是因为曾经沧海。

苏州于我，便是如此。

汽车行驶在宽阔的高架快速路上，我心里颇忐忑不安。毕竟初次来到这里时，我还是一个满怀热血童真的学生。

果然，远远看见那熟悉的塔影了，同时我知道，那虎丘几乎已沦为街心公园。

某个时刻，中华大地上的城市仿佛苏醒过来，野蛮生长，生机勃勃，水泥建筑像雨后的爬山虎，快速漫过原本安静的郊野田园。我心里酸酸的，像与初恋的女孩不期而遇。她突然出现在你跟前，风采不再，带着点落寞萧条，被轻而易举地淹没在熙熙攘攘的人海喧嚣中，变得难以辨识。

而当年造访这里的情景历历在目。我在苏州大学借了自行车，满头大汗地骑来，像奔赴一场初恋之约，心头撞着鹿。口袋里则郑重地装着记事本和笔，我把她打动我的每一副隽永的楹联、每一通梦幻般的碑刻，都认真地抄录下来，回去后细细品味。

这次我只在陆羽井边的茶楼，要了一杯碧螺春，在一个临窗的位置坐了片刻。

寒山寺，就不去了吧。角直、同里，也不去了吧。于是干脆决定，以前去过的地方这次统统不去了。就这样，我制订了一个"不招惹谁"的计划：白天去寻访几个名人故居，就在下榻酒店附近，有锦帆路的章太炎故居、凤凰街的吴大澂故居、滚绣坊的叶圣陶故居。晚上呢，去逛逛阊门。

3

遗憾的是，我在这三公旧馆都吃了闭门羹。

章太炎故居前的杂货铺老板微笑地看着心有不甘的我说，这里从不开放的，没收拾好，展品太少。吴大澂故居，显然已经是一个修葺一新的文物旧货经营场所。邻居说，很多天没见开门呢。叶圣陶故居也大门紧闭，隔壁的大妈说，你要上班时间来，这里有人上班的。门口的匾牌显示，这里是《苏州杂志》

的编辑部所在。看来，这是此行唯一的指望了。

似乎是要补偿我似的，次日上午的叶公旧馆之行则颇为惊喜。

门开着，照壁后就是一个普通小院，虽方寸天地，却充满苏州园林的自然精神。古树自必不可少，葡萄藤架下有石凳石桌，一捧池水清澈见底，竟也嬉戏着几尾鱼。这曲尺形的平房，就是当年的叶公寓所了。1935年，叶圣陶先生构此小筑，在此居住了两年多。

每间办公室都开着门，里边的主人都伏案在书堆中。对我们这样的游客，估计他们已修炼得可以熟视无睹了。

叶公的掌故且先放放，我想，陆文夫先生创刊《苏州杂志》时我就是读者，应该有资格去打扰一下这些坐拥书城的编辑先生。这曾经也是我理想中的职业呢！

推门而入随机拜访了两位，黄恽先生和陶文瑜先生。短暂的会谈让我感觉到，这方寸小院分明连接着江南文脉。

4

时间近午，黄恽先生正在不紧不慢地吃饭，端着不锈钢的饭盆边吃边与我聊天。他随手捡起一本装帧精美的书送我，给我题赠时问：你的名字怎么写？

这本名为《难兄难弟：周氏兄弟识小录》的随笔集刚出版，是黄恽先生最新的研究成果。他选择了一个有趣的领域：民国掌故。他说，"掌故"就是现在说的"八卦"。借生活所赐，他收藏了大量民国书刊，尤其擅长在小报上挖掘细节，写成饶有趣味的小随笔，集腋成裘，已经出版《秋水马蹄》《古色异香》《蠹痕散辑》等一批著作。

这样的研究，恐怕只有苏州学者才玩得来吧！

作为一种特殊的文献，于"八卦"中也能见天地、见众生。这是黄恽先生给我的启示。他对周氏兄弟的掌故研究就很有趣。比如对至今为人所诟病的鲁迅婚姻，他从人们所不注意的小史料中挖掘出隐秘而有趣的细节，比如，鲁迅遭受过朱安两次"要挟"，对许广平也有家庭"冷暴史"。他于史料的辨析中，不经意把鲁迅还原为一个真实的普通人。这使得小研究有了"大"意义。他寥寥数语，拂去了意识形态的尘埃，刷新了人们的认知。

几年前，他曾公开发表高论，认为："民国"也成"热"是可悲的，民国是个很糟的年代。他努力做一些工作，就是在小报八卦中挖掘、考证，不加伪饰地呈现点滴的民国人和事。他的结论是，民国人物最大的特点就是"没特点"，他们就是你我一样的人，艰辛地活着。由此，观照当下以美化和缅怀为主流的"民国热"，恐怕只是今人借以浇心中块垒罢了。我想这是他所说的"可悲"之处吧。

黄恽先生看似琐碎的研究，貌似苏州男人的漫不经心，实则绵里藏针，跃动着一个学人思想的硬度。你稍靠近，他会硌疼你。

5

陶文瑜先生则是另一种风景。

《苏州杂志》名誉主编范小青写过一篇文章，题为《看陶文瑜写字作画》，开篇说："陶文瑜是写诗的，后来写小说，又写散文，写得都不错，再后来又搞书法，还没怎么的，就已经成了省书法家协会的会员了，接着又画画，不知是不是也要成为美术家协会的会员了。"她赞叹："真是个多艺的人才！"

不过"江南才子"陶文瑜没有和我谈写作与画画。见我主动进门寒暄，他就点燃了香烟，一副"聊聊也无妨"的样子。有人说他是陆文夫先生的学生，我不知道，也不在意，不过作为《苏州杂志》主编，他开口就说，陆老师那一代人走了，带走一个时代。烟雾缭绕中，他淡淡地而直接地比较着"两个时代"：他们对昆曲有感情，而我们是听着样板戏长大的；他们在人生历程中对国学有精深的研习，而我们呢？所以现在这本杂志，与那个时代不同了，因为我们似乎连"乡愁"都没有了。

然而，没有"乡愁"的陶文瑜先生，似乎就沉浸在"乡愁"的一事一物之中。

他写散文，没有宏大叙事，无非江南风物、苏州饮食、家长里短，不觉间出版了《苏式滋味》《茶来茶去》《红莲白藕》《纸上的园林》等多部作品。据说本本娓娓道来，出神入化，令人神往。我还没缘分阅读到，他手头也没有存书可供题赠。

他对自己的书法颇感慰藉，似乎自己的人生因此而没有白活。他的微信朋友圈里，不少是"写字等天亮"之类，可见写字对他的重要。他的书法浸染了江南文人的气息，楷风隶意，含蓄隽永。尤为打动人的是，他书写的内容多为自己的创作，说是创作，也不过日常生活，随手拈来。在他的办公室门上贴了一副他亲自手书的楹联，云："春姑娘敲门，陶爷爷在家。"其中天真意味，令人忍俊不禁，心生欢喜。这样的门，你是不是也愿意去敲呢？

行文至此，本文篇首"陶爷爷"对新生孙儿的寄语诗，似可读出更多的内涵。他主持的这本著名杂志，似乎也是一期期"寄语"，写给这座寻找乡愁的古城。

6

好吧，可以去阊门看看了。

天公作美，知道这"烟雨江南"是要配上毛毛细雨的。不过，雨中踯躅的我，似乎失去了当年在此游历的全部记忆。只有一个印象，这阊门是古典舟行时代的"水门"，远行的人们在此上船，橹声咿呀，到七里外的枫桥镇住上一晚，再驳接运河上行走的航船。

一部《石头记》，是从这里开始的。黛玉姑娘上了船，要去经历她那絮絮叨叨的"木石前盟"。

苏东坡的"浪诗"已经被人醒目地挂在街头："惟有佳人，犹作殷勤别。离亭欲去歌声咽，潇潇细雨凉吹颊。"

离愁在这里才刚刚酝酿，要到枫桥夜泊时才会小规模爆发。

这条短短的七里水路，就是乡愁淌成的河。

似乎也带着某种隐喻，这里竟是所谓"寻根纪念地"。码头上立了一座碑，记载说明太祖朱元璋曾多次迁徙苏淞嘉湖杭五府人口，填充江淮。人们从这里出发，又把这城门作为游子归乡时辨认的标志。

出发地，也常常又是归乡路。能拥有如此完美时空对接的人，是多么幸运呢？更多的人，恐怕是难以找到归途的。

住在城东新区的朋友们来约见了，说阳澄湖的蟹正肥着呢。古老苏州不再走那相思成河的水路，而是在城东的广阔空间，蹚出了一片新天地。那里，已成为太多怀揣梦想的外乡人远行的目的地。

苏州的乡愁，该重新定义了吗？

2018年10月24日　北京

关山万千重

我的同时代人无法领悟我的幻觉的意义，因此他们看见的只是一个匆匆赶路的傻瓜。

——《荣格自传》

1

康熙二十一年（1682），腊月二十八，山西曲沃县韩村的一座安静的宅院里，墨已经磨好。七十岁的顾炎武先生来到案前，沉吟片刻，挥毫书写了一幅流传至今的立轴。有云：

> 夜登华子冈，辋水沦涟，与月上下；寒山远火，明灭林外。深巷寒犬，吠声如豹；村墟夜舂，复与疏钟相间。此时独坐，僮仆静默，每忆曩时，携手赋诗，步仄径，临清流也。

内容是唐代诗人王维《山中与裴秀才迪书》中的一段。句子就此打住，情景历历在目，带着淡淡的感伤。老先生抄写王维的这段文字，是在怀念哪位朋友呢？

没有预兆，十天后，正月初八，顾老先生前往参加朋友聚会，上马时失足，摔倒在地，一时旧病并发，不幸于次日去世。

至此，顾炎武离开昆山千灯镇故里已经整整二十五年，其间从未回去过。关山万里，留给我们一个意味深长的背影。

2

"千灯的人不会太多"，在嘈杂的上海，我收到江南文旅作家应志刚先生这样的回复，我的千灯之旅终于成行。

而读到王维的这段话时，我已经下榻在古镇河边的一家民宿里。我的所在，地理上距顾氏老宅不过百步之遥。时间上，距离那个曲沃小除夕却已是三百余年了。

王维的这封信约写于唐开元二十年，即公元732年。那时，王维隐居在陕西蓝田的辋川别业。一封闲信，经历一个人的抄写，在一个闲人的追踪下，不觉间完成了一次跨越一千三百多年的传递。多么奇妙的穿越！

客栈老板、青年雕塑家天佑先生以他上好的红茶招待我。天佑来自上海，像很多艺术家一样，脑后扎着小辫。他与夫人一道，打理着一个主营城市园林雕塑的小公司。

现在的生意不好做。他说，如何安顿自己，有时会很困惑。

他是否与我一样，年纪尚未老，在努力打拼的间歇，却常不自禁地考虑退休后该怎样生活呢。

天佑的眼光很独到，他认为顾炎武是这千灯古镇的一张名片。这些年来，江南水镇的开发潮对顾炎武似乎是一个不经意的忽略，以至于在这古镇水边连一个像样的旅馆也难以找到，直到天佑的到来。他的项目得到镇政府的大力支持，一个包括住宿、茶道、工作室和画廊的复合型文化空间已经初具规模。

在江南俊杰中，顾炎武或许是最不应被忽略的。尤其是他四十五岁时离家出走、远游华北的漂泊岁月，颇具特立独行的意义。

顾氏为江东望族。1613年七月十五日，顾炎武诞生于千灯镇，并在这里度过了优渥的青少年读书生活。遗憾的是他屡试不中，二十七岁时，顾炎武断然放弃科举，转而投身经世致用之学。他遍览群书，着重辑录和研究有关农田、水利、矿产等方面的文献记载。

清兵入关后，顾炎武被南明朝廷授兵部司务，但尚未赴任，南京就被清兵攻占，于是他与好友归庄、吴其沆一道，投笔从戎。这是一段悲壮的历史。吴其沆战死，生母何氏被清兵砍断右臂，两个弟弟被杀，嗣母王氏绝食殉难。国难当头，家难并起。因家族财产纷争，1657年，顾炎武被迫变卖部分家产，揖别故乡，掉头向北。

在长达二十五年的游历生活中，顾炎武考察了河南、河北、山东、北京、山西、陕西等地，自称"九州历其七，五岳登其四"。他一路行走一路著述，真正做到了"读万卷书、行万里路"。

　　漂泊江湖的士人多了，但像顾炎武这样的恐怕绝无仅有。他一不做官，二不依附权门，三不接受馈赠，而是自食其力，坚持独立的学术活动。即使在今天来看，这都值得惊叹与敬仰！

3

　　忘了是谁说的：人本身只不过是一个事件，它只能发生，却无法给自己做出任何判断，判断人的，始终是他人。

　　而对顾炎武这个"事件"做点"判断"，其实很困难，也很有趣。

　　多年来，他在世人眼里是一个"遗民"、一个处心积虑"反清复明"的"爱国者"，而我首先关注的，则是他在游历中的经商。一个读书人如何实现财务独立，才是他首先要面对的最大、最现实的人生挑战。

　　与我在古镇石板路上想象的不一样，顾炎武没有做贸易。在江南仇家逼迫期间，他"稍稍去鬓毛，改容作商贾"，贩卖过布匹和药材。但在北游期间，他则将家产变卖的部分资金用来放贷，这恐怕是他最便于操作的理财方式了。也由此契机，他无意中进入了农垦领域，并成为他日后最重要的经营事业。

　　在山东章丘，顾炎武放贷给田主谢长吉，谢因故无力偿还，顾炎武最终获得了其抵押品——十顷庄田。这是顾炎武北游后的第一个垦殖基地。此事大约发生在1665年，顾炎武时年五十三岁。

此处田产为他带来了一笔稳定的收入。由于顾炎武四处出游，他采取了"委托管理"的方式，就是聘任职业经理人为他打理。对于经营策略，他曾在写给受托经理的信中说道："恐此庄向日租银每年一百六十两，若安派庄头办课之外，尚可宽然有余，此为久策。"

他的农垦事业与其遗民、学术活动交织在一起。1666年，他与山西学者傅山等二十余人集资，于雁门关北垦殖。他亲自策划，采取了股份制的方式，并从南方聘来能工巧匠，引进水车、水磨等生产工具，教会农民开展水利灌溉。在给弟子潘耒的信中，他说："大抵北方开山之利，过于垦荒，畜牧之获，饶于耕耨，使我有泽中千牛羊，则江南不足怀也。"这个垦殖项目的经营绩效据说"累之千金"，颇为成功。

1679年迁居陕西华阴后，顾炎武再次购置田产。清代学者全祖望记述："先生置五十亩田于华下供晨夕，而东西开垦所入，别贮之以备有事。"按全氏的解读，顾炎武将东边章丘、西边雁门的垦殖收入作为其学术、遗民活动的资金来源，而将华阴田产的经营收入供日常生活所需。

不难看出，此时的顾炎武同时经营了章丘、雁北、华阴三个大小不一的垦殖项目。这些项目支撑了顾炎武较为庞大的生活与学术开支，包括日常花销、旅行盘费，尤其是投入较大的购书、刻书等事项。也可见当时资本借贷是有保障的，土地可以私有和买卖，事业经营似乎也较自由。没有这样的条件，顾炎武将寸步难行，更遑谈万里北游。

4

千灯之行后，我一度为顾炎武的矛盾所困惑：

他十多次拜祭明陵，穷极"刁遗"行状，但他的挚友中不乏清政府官员，他甚至愿意为他们在工作上提供某些指导。

他多次断然拒绝到清廷任职，甚至以死相抗，但并不反对他的外甥徐乾学等近亲参加科考和担任政府要职。

他尊经，倡导回归"六经"，但并不为其章句所累，而是坚持了"六经皆史"的传统，并用以指导自己行走山河、考察史实，在筚路蓝缕中开一代实学风气。

他复古，讴歌尧舜禹"三代"理想社会，所倡议的社会治理方案夹杂着宗法色彩，但他又石破天惊地重释"周室班禄爵"内涵，认为君、卿、大夫、士与庶人平等，他们之所以得到俸禄，是因为承担了服务民众的事务而无暇耕种。他承认"人之有私，情固不能免"，主张保护私人财产，鼓励经商，藏富于民。在一个专制政治极度腐朽的时代，他的思想与近代政治学说不谋而合，达到十七世纪中国知识者思想的巅峰。

他有家仇国恨，四处漂泊，反复"图谋"，但他所提方案的实现途径却不是武装斗争，而是进行分权制衡的渐进改革，包括重新调整君与臣的关系、中央与地方的关系、刑法与教化的关系，尤其在乡村自治和庶民议政方面，给予了浓墨重彩的论述。

他的"超越理性"一直不被人所真正认知。他对历史的观察和提出的社会改革主张，远远超越"刁遗"的狭隘视野，而具有三千年的历史纵深。他提出的"天下兴亡，匹夫有责"口号，更是超出"政府""国家"的范畴，上升到了社会和文化的高度。

他的脚踏实地一直难以被人所真正仿效。他依靠事业经营获得经济来源，保持了独立的学术品格。他常常用两匹骡、两匹马驮着书卷资料旅行，开展实地考察、访问土著和亲历者，对已有的记录进行核对与更正。《日知录》《肇域志》《天下郡国利病书》等，都是经过这样反复考证而写成的巨著。

也许因为他身处剧变的时代，使他本身色彩斑驳。也许其实没有一个时代不是各种矛盾纠葛，他的观察者往往被自己的时代焦虑所蒙蔽。

顾炎武，不是一个可以轻易就被懂得的灵魂。

5

顾园有一副对联给我印象深刻：

莫放春秋佳日过，最难风雨故人来。

古镇一夜无梦。为了此联，次日一早我再次游览顾园。顾炎武与山西曲沃的缘分一度令我好奇，终究在此联中感悟到个中滋味。

曲沃过潼关，距离华阴约二百公里。从记载看，顾炎武因讲学与访友，前后五次访问曲沃。居住时间最长的一次正是他生命的最后时光，即康熙二十年（1681）八月至康熙二十一年（1682）正月。

"流落天涯意自如，孤踪终与世情疏"。顾炎武一路向北再向西，固然是他的治学规划所致，实际上无形中也为友人的踪迹所牵引。

1662年，顾炎武自河北游山西，在太原三晋书院结识著名理学家、曲沃人卫嵩，此后便与曲沃结下不解之缘。顾炎武有《赠卫处士嵩》，诗云"与君同岁生，中年历兴亡"。可以谈"兴亡"故事的人，在当时都非泛泛之交。

1679年，在定居华阴后，顾炎武到曲沃访问卫嵩，下榻在其主持的绛山书院。因嫌城内嘈杂，不久搬到县城南五里的东韩村韩宣的宜园。韩宣，字旬公，进士。在宜园，顾炎武与傅山、卫嵩、李二曲等名士切磋学术，撰写了大量研究讲稿，并在此完成其扛鼎之作《日知录》。

1681年二月，顾炎武再次来到曲沃访问老友。他受到了新任县令熊僎的热情款待，相处甚欢。熊僎，江西新淦人，进士，勤奋好学，对顾炎武非常敬仰。当年秋八月，顾炎武再次来到曲沃，熊僎相迎到县城西三十里的侯马驿。至曲沃后，顾炎武不料"大病，呕泄几危"。朋友们安排他在宜园长住下来，一为养病，也为经常见面。

康熙二十一年（1682）正月初八，先生早起参加朋友们的聚会，上马失足坠地，病情恶化，"竟日夜呕泄不止，初九丑时捐馆"。朋友们为他办理了丧事，并护送灵柩归葬昆山。至此，一代大儒终于魂归故里。

再伟岸的灵魂，也似乎只有在柔软的友情中才能真正回归安宁。

6

十七世纪的全球史风云变幻、意味深长。

1646年，入关不久的清政府恢复科举，依旧以"四书五经"和八股文取士。而此年，英国物理学家牛顿虚岁四岁，他后来提出万有引力定律，创建经典力学基本体系。

1683年，顾炎武去世的次年，清朝攻占台湾，确立了对中国全境的统治。而同年，一个身体孱弱的英国学者追随着他的领导流亡荷兰，此人是约翰·洛克。在流亡期间，他完成了名著《政府论》，成为西方体制的主要奠基者。1689年，英国爆发"光荣革命"，颁布了著名的《权利法案》，洛克的部分思想得到了实践。

随即，1689年，法国启蒙思想家孟德斯鸠诞生；1692年，中国思想家王夫之卒；1694年，法国资产阶级启蒙思想家伏尔泰诞生；1695年，中国思想家黄宗羲卒……

1782年，在顾炎武逝世一百周年之际，正逢清朝最大的文化工程《四库全书》编成。其《总目提要》中这样评价顾炎武："生于明末，喜谈经世之务，激于时事，慨然以复古为志，其说或迂而难行，或愎而过锐。"

——十七世纪启动的时代风云，无论对于中国与世界都是声色俱厉，全球版图由此悄然裂变。

在中国，那个老者出走半辈子的艰难行脚，被狂沙所掩埋，成为地火，两百年后，重燃光明。

2019 年 1 月 1 日　北京

苏州园林，读懂已中年

1

这次苏州之行，可谓"难得"二字。

在春光明媚的周末，我再次在青石弄拜访了陶文瑜老师。喝茶聊天，云淡风轻，解我不少惑。为了让我多长见识，陶老师在新聚丰饭庄要了包间，点了远超两人食量的一大桌子菜，逐款给我介绍。有趣的是，这位江南文化名士竟主动跟我聊起了人工智能。你以为"文人"都只会写诗吗？

在繁华的月光码头，当年大学同班的查同学盛情邀请夜宴。雄心勃勃的工业园管委会新近整合了所属的文化机构，优秀的查同学荣任一个专业的负责人。眼下他正着手筹备陈逸飞先生作品展，事业不可限量。

令人惊喜的是，他还请来了毕业后芳踪渺然的忠伟兄。想当年我埋首图书馆做书虫时，忠伟是系足球队主力，而这些年我跟跄奔忙于商海，他却学业精进，已是执教于此的哲学教授了。世事难料，说的就是这个意思吧！

见识了苏州的文人盛事，我还重新见识了苏州园林。

以我"老驴友"的本事，效率果然高。花了半个下午走了拙政园，再用一个早餐前的时间游了网师园。加上上次与上海许召辉兄共游了沧浪亭，我也算与三座苏州园林亲密接触了。

苏州上百座私家园林，我只能取一瓢饮。

2

二十年前初游拙政园，就像刘姥姥进大观园，觉得这个园子大而无当。我迷失其间，基本不得要领。这次总结教训，租了一个语音导游器，听着解说慢慢走。园子还是那个园子，竟不觉走了两圈。

网师园在巷子深处，果然别有洞天。最值得赞赏的是这里早上七点半开放，是个贴心的安排。一个小时游完，不耽误回酒店吃早饭、准备工作。这也算一份难得的雅缘。

一句话说说这次的游园印象，就是觉得：这些当年的私家园林简直穷尽中国文化的古典之美，不过赞叹之余，又觉得美得有点"蹊跷"。

之所以这么说，是因为置身其中后，你会不禁暗生疑惑：不就造个花园嘛，酒足饭饱后散个步，朋友来了有个静雅的聚会之所，何至于用心到这个地步？

这用心，首先是在空间上。苏州园林之美学特点，叶圣陶先生有"图画美"之说。就是说，无论站在园子中的哪个位置，都将看到一幅体现美学定律的景观。佳山美水，亭台楼阁，动静之间，无不优美，无不体现中国古典的宇宙观。空间构造手法繁多，比如以门窗取景，便可见自然的四季演绎。所谓"借景"手法，更是登峰造极，拙政园的北寺塔影，就是典范。

比空间构景要难得多的，是在时间上的用心。一方不大的园林，以人为中心，春夏秋冬的光阴轮转，在这里都会有精当的阐述。通俗一点的，总结个"十景""八景"作为游览的指南，而真正的个中微妙，恐怕只有主人内心深知。比如"一亭秋月啸松风"，看到这样的匾额，你会作何联想呢？

最重要的，还有在内涵意韵上的用心。

内涵要靠形式来表达，有两种意趣。一种是不要太计较。比如那些个假山究竟像不像狮子，别太计较。"道可道非常道，看得懂看，看不懂算，就这么一回事。"（陶文瑜语）不刻意中有禅意，有大自由。另一种是"很计较"。选什么花种什么草，题什么匾写什么联，有大讲究。比如花草的标配往往是"岁寒三友"，松、竹、梅，随处可点缀，而海棠、茶花、兰花也能入主人法眼。有时隆重到一株茶树、几棵海棠就可以搭配一个庭院，其自然意趣与人生理想浑然天成。

至于题额，先不说创意繁复的堂、馆、轩、亭、榭、台该写什么，单以园子的名称来说，就很有趣。这几个园子，从字面来直解都似乎带着点情绪。如"拙政"者，是说参与政事半辈子后，发现自己不过是个"笨拙的人"。如"网师"者，意指若做一个渔夫，似也是个不错的选择。而"沧浪"二字，则立即让你联想到耳熟能详的古句："沧浪之水清兮，可以濯我缨；沧浪之水浊兮，可以濯我足"，那份进退自如，颇为潇洒。

可见一座园林，无论大小，山水、自然、四季，一园尽收，就是一个小小宇宙——

既体现了主人对自然的归依，又不无微妙地反映了他们对"宇宙"的掌控意志；

既体现了对高尚、清洁的审美追求，又无不微妙地反映了一种自况，一种对墙外世界的标榜；

既体现了兼济天下的儒者雄心，又无不微妙地反映了随遇而安的道家情怀，甚或是"躲进楼台成一统"的方外之思。

这种丰富的蕴涵，自然是园主内心的投射，是时代精神的镜像。这种对世道人心的曲折而精妙的表达，或是苏州园林的魅力之所在。

3

因此，若不追踪一下这些私家园林曾经的主人，大约不要夸口自己见识过苏州园林。

陶文瑜在《苏州记》里有考证，苏州园林建造历史悠久，明清时期发展到了顶峰，明朝时有二百七十一座，清朝时有一百三十座，这还是数得着名号的。

明清时期私家园林成规模地在太湖之滨崛起，的确值得玩味。这里四季分明、物产丰富、宜居宜业，既是王朝政治中心的后花园，更是手工业和商品经济之都。

如果有足够的资料做一个园主的统计分析，一定会有有趣的发现。园主中有不少富商并不稀奇，最值得注意的群体，恐怕当是遨游宦海的文人士子。他们带来的是丰富而深刻的时代信息。

沧浪亭主人苏舜钦，大抵是苏州游宦文人造园的先声。在《沧浪亭记》中，他开门见山就说："予以罪废，无所归，扁舟吴中。"

资料显示，苏舜钦是北宋仁宗景祐元年（1034）进士，曾任县令、大理评事、集贤殿校理、监进奏院等职位。这些佶屈聱牙的官职名称可先放下不管，且说他因支持范仲淹的"庆历革新"而被政敌盯上，就很容易理解他的境遇了。御史中丞王拱辰等人弹劾他，罪名是他在进奏院任职时用卖废纸所得的公款宴请宾客，他因此被罢职。

从文献上看，网师园主人史正志是南宋能臣，南宋绍兴年间，官至刑部、兵部侍郎。史正志对边患治理独具眼光，他因反对张浚将军北伐中的冒进军事行动而招惹了皇帝。宋孝宗淳熙元年（1174），他退居姑苏时筑园，因府中藏书万卷，故名"万卷堂"，并于一侧构筑花圃，名为"渔隐"。他自号"吴门老圃"，在这里垂钓养花，读书著述。

他的著述选题很有趣。除《乾道建康志》《保治要略》《恢复要览》这类"治国平天下"的著作，还有《清晖阁诗》《大隐文集》以及著名的《菊谱》此等意蕴深远的题材。而这部《菊谱》，正是宋代留存至今的四大菊谱之一。

拙政园的主人中，也有类似人物，比如首任园主王献臣。

王献臣祖籍苏州，明弘治六年（1493）进士。他的第一份工作是在"行人司"衙门担任"行人"，类似于办公厅工作人员，负责传旨、册封等事务。八品小官，但职责重要，升迁机会多。他很快被提拔为监察御史，但此后仕途却不再平静，甚至是屡屡受辱。

有研究者认为，王献臣家族出身锦衣卫，这个出身使得他屡遭东厂攻击。这种"互为地狱"的政治倾轧确无道理可言。张廷玉《明史》记载了他两次遭贬，均拜东厂之赐。第一次他下了大狱，交罚金，受廷杖三十，降职为福建上杭县令。第二次则被贬为广东驿丞。

约在1509年，时年四十、正当壮年的王献臣退意已决。他致仕还乡，开始筹划买地，要兴建一座园林供自己"安享晚年"。

我们也知道，这一年，另一位同朝小官僚王阳明则刚刚结束在贵州龙场驿丞的贬谪生涯，调任江西庐陵（今江西吉安）县令。

拙政园第三任园主陈之遴的经历，则更为坎坷。1638年清兵入侵墙子岭时，他的父亲陈祖苞时任顺天巡抚，因驰援不及被崇祯皇帝问罪，最终死于狱中，陈之遴也因"奸臣子"身份，被宣布"永不叙用"。1645年，他愤而降清，官至礼部尚书、弘文院大学士，但1658年却以"结党营私"的罪名，全家被流放辽东，客死塞外。

陈之遴购得拙政园后，从来没来看过一眼，是最令人唏嘘的一位拙政园主人。他为什么要购买此园，而且不惜重金"重加修葺，备极奢丽"，成了一个谜。

4

当然，并非所有园主都是仕途不振的倒霉蛋。

比如网师园主人史正志，据说后来并没有在"万卷堂"终老，而是再度出山，卒于安徽庐州知府任上，享年六十。

拙政园第四任主人叶士宽，更是一位"成功人士"。他是康熙五十九年（1720）举人，历任多地知县、知府、台道，仕途坦畅。1746年，他调任宁绍台道，后因父丧回到老家吴县，不愿再出仕，而是买下了已荒废的拙政园西部加以修葺，取名"书园"。"书园"景色如画，有野圃疏香、北郭归帆、戴溪月色、双沼荷风、秋原获稻、阳山积雪之类"十景"。

叶士宽最有趣之处，还不只是造园，而是他亲自编写了"畅销书"《居官必览录》，大大方方地总结当官为政心得。这的确潇洒至极！

学而优则仕。中国传统政治中，士人从政固然可以申"治国平天下"之志，但他们的隐逸思想却往往同样浓郁。"穷则独善其身"对于他们而言，除了洁身自好的自许，更有明哲保身的警惕。

从政似乎也是一个风险偏高的职业，这么说的重要证据，恰恰是这极有传统的"隐逸"文化。"伴君如伴虎"，一个臣子的政治生命乃至肉身安全，往往系于一人一时的喜怒无常转换当中，或者在"争得一人宠"（实则争权夺利）的势力倾轧中险象环生。这种例子简直数不胜数。

聪明如战国时期的范蠡、西汉的张良，他们功成身退，成了实践"隐逸"智慧的典范。但这毕竟是大智慧，往往形势不易立判，危险时时存在。于是一些人，在吃亏或尚未吃亏之际，于太湖之滨经营一方私园，丰俭由人，重要的是有诗为伴、自成一统。这里进可攻、退可守，可蓄势，亦可疗伤，更可以在春花秋月中消磨岁月。

一曲曲《游园惊梦》，千百年来就这样在这个江南温柔富贵之乡，一遍遍上演。

5

在繁华中读出落寞，在闲逸中读出艰险，在历史纵深中读出苍茫。这就是我感知的苏州园林。

在这夜深的灯下，我忽然想起去年十二月二十日写的一则笔记，抄录于下：

今年的脐橙开摘月余，我已美美享受两三箱了！乡里嘉果，伴我长夜，感念赣南兄弟们的惦记。

赣南为橙，赣北为红。我是赣北人，老家也种植一种类似的水果，名"化红"。赣南脐橙规模种植，产量大，足可富民。赣北化红则零星家养，但化痰清火功效显赫，民间传为神品。老家庭院里有两棵老树，每年也不过收果二三百枚，父母收摘后也舍不得吃太多，而是用松树针保鲜，贮藏在二楼阴凉干爽处。常有远近乡亲慕名而来，为家中患病老者恳求几枚。父母慷慨仁义美誉，也由此闻名乡里。

今天好奇心起，索隐化红种植的源流，有一说是源自明朝乡贤周期雍。张廷玉《明史》记载，周是正德三年（1508）进士，授南京监察御史，是与刘瑾阉党斗争的重要成员，也是王阳明平定宁王叛乱的重要策应，曾官兵部、刑部尚书。后周期雍辞官归乡，回到故里江西修水县西港乡。县志记载，经他带回种子，苦心培育，遂有老家的化红种植。据说万历年间此果已盛产，至今是赣西北甜橙类唯一品种。

我曾托乡人探访周期雍遗迹，坐标是修水县溪口镇北岸村。他发来几张照片，是一座周公夫妇墓碑，高近丈，有石龟背负。还有倾圮的老屋，已经淹没在繁茂的草木当中了。

——是啊！有人辞官后到苏州买地筑园，但这样的人毕竟是少数。这样的园林，可数得着的也不过百十座。

更多的人，则是带着他们熟读的"四书五经"回归乡里，再次归隐于布衣。黄河长江流淌过的田野大地，到处都是他们的园林。

当然，这些风景大多已消逝在历史的烟尘中了。

2019年4月7日　北京

艺圃的晚明时光

1

一杯茶，这片山水就是你的了。

当然，这是我的想象。来到艺圃的延光阁茶室时，临水的位置已经坐满了人。这可能是周末的缘故。我们勉强在墙角找到一个座位。

当年几位艺圃主人，从袁祖庚、文震孟到姜垛，一定很享受这样的日常时光。他们在此做得最多的，恐怕就是"一杯茶"吧。

与网师园相比，这个水榭显得开阔大气得多，仿佛可以更舒心地呼吸。也许因为如此，如今这里演变成了苏州人一个小小的公共空间。

有的是一家子来的，带着切好的水果盒、糕点吃食，稳稳当当地坐下来。小孩在一旁玩耍，女人们边聊天，边做起了女工。

有的带着纸笔墨，是来写字消遣的，用文具占着位子，人却已经不见了，估计在园子里一边溜达着，一边寻找着灵感。

有的就是来聊天，亲朋好友三四个，要上一杯绿茶，散淡而从容，时光就在吴侬软语间慢慢流逝。

——寻常日子，就本该过成这个样子。安然自得中，透着坚定与自信。

还有我这样的过客，即使只有小半天闲暇，也要在探询中"诗意地栖居"，就像林语堂先生的幽默。他说真正嘴馋的人，若只有半个梨，决不简简单单地吃了，而会不惜跑几里地，找个师傅做成一道蜜饯，再慢慢品味。

我大概是这样的人。

2

对艺圃的关注，始于与陶文瑜老师谈论苏州园林。苏州名园何其多，而他独荐艺圃，没说原因，我也不问。

没想到真是一条曲折幽深的小巷，出租车都不愿进去。这里位于阊门内不远处，难怪当年那个叫袁祖庚的人，将他草创的园子题额为"城市山林"。

袁祖庚是吴县人，曾祖父因家庭变故入赘到此地，可见其出身并不显赫。1529年王阳明去世时，小袁十岁。普通人家的孩子，走的是读书仕进的常规路线。

在著述成风的明中晚期，袁祖庚没有留下著作，这令我有点遗憾。还好好友徐学谟给他写了篇《墓志铭》，使得我们可以看到他一个模糊的背影。

据说小袁天资聪颖，十四岁"下笔如流"，十六岁补县学，"郡院试俱第一"，二十二岁果然高中进士。

袁祖庚的职业生涯主要在司法领域。据说因出色的才干，他仕途亨通。在绍兴推官任上，他"以精严用法为名"。礼部当主事、郎中时，"以高蹈闻于前"，就是说，他是个"很有见地"的官员。在荆州知府任上，"能先修百姓之急，以驯服悍王有岂弟神明之称"，更是个德才兼备的好官。

在荆州干了三年，他升任浙江省按察副使。

在明朝，省按察使是三品大员。人们感叹，他以一介平民的十多年奋斗，有此成绩，应该算是"成功人士"了。

但究竟发生什么变故让袁祖庚的仕途戛然而止，竟至于遭受降职继而削职为民的严厉处分呢？

史料语焉不详。

3

明朝仕途险恶，到晚明似乎尤甚。

明太祖坐了天下，"按例"诛杀开国老臣也就算了，对官员当朝打屁股（"廷杖"）等野蛮体罚竟也成了制度。连王阳明这样的高级干部也不免受辱，其他官员就更难说。

在艺圃主人中，至少文震孟和姜垛都遭受过"廷杖"，这是有记载的。

1380年，洪武十三年，老朱干脆宣布永久废除中书省，也就是废除宰相制度。这是一个分水岭。以宰辅为志的读书人，好日子是到了头。

宦官成了明朝政治的基本特色。宦官无后，不会觊觎皇权，但文化水平整体不高，政事还得靠读书人来处理，于是设内阁大学士，实际上是个秘书班子。这是当时读书人的最高荣誉了。但皇帝更信任宦官，锦衣卫之后，有东厂、西厂、内行厂，宦官势力渗透在国家政治经济的各个领域。

明朝政治的黑暗，就是这么造就的。"阉党"，一群"不健全的人"控制朝政，争权夺利，没有底线，其效应之一，可能就是冤假错案丛生。袁祖庚的案子恐怕就是这样。

据说袁副使与戚继光等在台州、磐石一带抗倭颇有成效，获得了朝廷嘉奖，但因有部下私自外出时被倭寇所杀，袁被"一小吏"指控。谁指控他，指控他什么罪名，为何就受了处分直至"双开"，我找不到具体资料，终究成了谜。

一个社会底层的青年才俊，靠自己的努力，四十岁不到而官至副省级，因为一点可能勉强的罪名，一切归零。这个跟头栽得有点大。

1558年，他回到苏州故里，买地筑园，取名"醉颖堂"，意思是饮酒作诗之所。徐学谟说他，"世之梦梦者常以醒为醉，而佼佼者反以醉而为醒，而公之自逃于酒也。"

他一住二十余年，直到1590年去世。

名流官宦之后文震孟的仕途经历，也同样坎坷。

这位文徵明的曾孙，竟然十次会试失利。直到天启二年（1622）一飞重天，高中状元，授翰林院修撰。这一年他已四十八岁。此后他的职业生涯基本上都是与魏忠贤"阉党"缠斗。他三起三落，头两次是被迫辞职，第三次在礼部左侍郎兼东阁大学士任上被革职。

他于1620年购得此园，更名"药圃"，每次仕途失意后都回来居住，其中一次时间最长住过五年。"药圃"这个名字是什么意思，也只能猜测。文震孟酷爱《楚辞》，有人查其中的"药"与"芷""兰"同义，文公自喻清幽高洁。这个有可能，没有新意，也是文人的惯常做法。

很多案例无不表明，袁、文等明朝士大夫们的职场生涯，往往在内部争斗中瞬间逆转，大起大落，莫名其妙之间，冰火两重天。

官场如此艰难，使得休养生息就更加重要。一座园林，无论大小，对他们来说，似乎都成了必需品。

4

世道在变，朝堂变得不可靠了。读书人逐渐回归书斋，他们以此为据，或走向民间、走向社会，或完全回归自我。

虽然"义利"的坚冰在消融，但他们走向社会的方式总是有限。

在晚明日益发达的市场经济大潮下，他们也有"做生意"

赚钱的，不过似乎都是小儿科。比如帮别人写墓志铭，明码标价拿润笔费。在冯梦龙的笔下也有"弃儒从商"的故事，比如从事丝织行业，但仅限于较低级的儒生。像顾炎武那样的大儒，去搞放贷、招股办垦殖，应当是特殊情景下的个案了。

他们走向社会的方式也不过是讲学、结社，基本离不开主流。前者典型有王阳明，后者有复社等士人团体。

在王阳明那里，儒学吸纳了禅宗，放下了居高临下的姿态，主张"人人皆可成圣贤"。阳明心学，引领快失去活力的儒学悄然转型，从不可靠的朝堂决然走向广阔的民间。结社，则是儒生或文人诗酒聚会的延伸，成为一种社会活动，直至抹上议政的色彩。

当然，更多的读书人沉浸或者坚守在他们的书斋中。像刊行于天启四年（1624）的《小窗幽记》描述的那样，"净几明窗，一轴画，一囊琴，一只鹤，一瓯茶，一炉香，一部法帖"，形成一道颇具特色的晚明风景线。

就这样，袁祖庚四十岁建"醉颖堂"，直到七十二岁在此去世，1558—1590年间，在这里居住了三十二年。

文震孟四十六岁购得此园，略加修葺，改名为"药圃"。直到他六十二岁在此逝世。1620—1636年间，他在此断断续续居住了十六年。

那么姜埰呢？

5

碧螺春茶过两泡，说有免费讲解服务。

艺圃的现有建制基本上形成于姜氏父子之手，值得去听听，而且在我心目中，苏州的讲解员无疑是顶级的。

这位先生果然合我意。他四十岁左右，一身灰色西服，皮鞋擦得一尘不染。胸前佩戴着工作证，手里拿着纸和笔。字正腔圆，抑扬自得，举手投足间，是按捺不住的儒雅之风。虽然听众只有临时凑齐的三个半，但根本不影响他的专注与兴致。那半个是个十岁左右的小姑娘，由妈妈领着，不时成为他巧妙互动的对象。

他把姜垛的"遗民"身份在这座园林中的体现，讲得透彻且妙趣横生。

姜垛是明崇祯四年（1631）进士，担任过密云县令、仪真县令。因有政绩而调回朝廷，担任过礼部主事，选授礼科给事中。

"给事中"是设在六部各部的"言官"，品级较低，但职责较重，负责各部官员监察。据说姜垛在弹劾权贵中触怒了崇祯帝，受廷杖入狱，然后被贬到安徽宣城的卫所去当一名戍卒。可还没等到他到达戍所，明朝就灭亡了，于是辗转到苏州，投奔有姻亲关系的文家，侨居在药圃。

1659年，姜垛购得此园，这时已经是清顺治十六年了。他进行了修葺，更名为"敬亭山房"。后其子姜实节拓展了宅院，又改名为"艺圃"。

姜氏父子不仅世代不出仕，而且在艺圃的陆续建设中，淋漓尽致地融入了一代"遗民"的细腻用心。

他浓墨重彩地怀念山东莱阳故乡。不仅将主客厅命名为"莱阳草堂"，还在草堂的一角掘水井一座，寓意"饮水思源"。而有的建筑被直接名为"念祖堂""香草居""馎饦斋""爱莲窝""思嗜轩"等等。如此这般不一而足，其用意其实很明确。

他还在很多建筑中巧妙地暗喻自己的政治理想，如旸谷书堂、响月廊、朝爽台。据解，日出为"旸谷"，日落则有"响月"。旸谷、响月，合而为一"明"字。"朝爽"两字，形态上是"大明"两字分别被刀斧所制，表达了对前朝的刻骨怀念。

池水东侧的"乳鱼亭"也有深意。这座亭子的建造规制体现了主人的官阶品级，这与几个大堂屋檐的官帽构型是一致的，表达了主人内心的桀骜不驯。

艺圃所体现的"高风亮节"，使之成为当时著名的文人活动中心。汪琬在《艺圃记》中说："马蹄车辙，日夜到门，高贤胜境，交相为重。"清初"遗民"中的名士大多光顾过这里。他们在此吟诗作画，留下了丰富的作品，极大地提升了艺圃的文化品位。

姜氏父子，通过回归书斋的方式，捍卫了自己赖以安身立命的文化意识。那种自觉、自信和坚守，显得风骨铮铮，令人印象深刻。

直到康熙三十五年（1696），本地商人吴斌购得艺圃，至此姜氏拥有此园达到三十七年。据记载，厚道的吴斌又收留的姜氏后人，此后又在此居住了三十年。

这算是一种对姜氏父子的致敬吗?

与顾炎武等遗民一样,姜氏父子与新政权长期周旋而得以保全,也算是历史血腥烟云中的一抹温柔了。

6

小小艺圃,冥冥中呈现了一幅晚明士大夫的群像。

命运让他们陆续登上这个舞台,营造于斯,歌哭于斯,绵延四百余年。艺圃,也在大历史中,无意展示了几代知识者的命运与人生抉择。尤其值得深思的是,几百年的漫长岁月间,他们的经历竟然是那么相似!

荣枯之际,这座园林也经历了太多插曲。比如为躲避太平军乱,这个池子淹死过不少拥挤滑落者。这里做过商人的宅院,做过苏州丝绸业公会的会所。这里还用来做过工厂和机关办公场地。

这些遭际,似乎都是一个院子、一座建筑在历史沧桑中的题中应有之义,又都显得不值一提。

唯有三代园主,姓氏虽不同,却似乎可以接续成一个家族的历史,浑然天成一个英才辈出、前赴后继的晚明士人故事,诉说的是同一个关于古老的家国理想。

在历史的宿命里,他们在平庸中崛起,在奋争中幻灭,一次次重新燃起薪火,而至代代相传。他们曾经仓皇而坚定的脚步,汇集为岁月的音符与交响,奏响在这座古老城市的每一个清晨与黄昏。

　　这里是"艺圃"。

　　这里是一座普通的苏州园林。

　　　　　　　　2019年5月25日　北京

一个作家的花样年华

1

自去年十月以来，我访问苏州四次，接连写了四篇小文。从来没有一个地方，让我有这么多感悟要表达。

论"大历史"，重在梳理趋势，非大学问家所不敢为；而论一论其中的"人物"，行脚所至，如同拜师访友，只要将心比心，总归是可以说几句的。苏州，是一个可以体会大历史的舞台，也是一个可以观摩人情世故的窗口。

有趣的是，几篇小文所涉及的历史人物竟主要是明末士人。如昆山的顾炎武，拙政园的几位主人王献臣、陈之遴，艺圃的几位主人袁祖庚、文震孟和姜埰。

这其实是无意的。大约老话说得好，沧海横流方显英雄本色。在改朝换代的末世风云激荡中，人的魅力格外得以凸现。

苏州的话题，的确意犹未尽。

停笔的一个月期间，阅读与思考最多的，仍然是一位明末士人，有不说不快之感。不过他与之前聊过的几位有太多的不同，我一时踌躇，竟不知该如何来讲述他的故事。

这个人，叫冯梦龙。

2

老冯是谁？

你不知道我也不怪你，我也刚刚确切地知道他是苏州人。在我这里，一个人物只有找到他的地理坐标后，他才能"活"过来。

简要的介绍是，冯梦龙（1574—1646），字犹龙，南直隶苏州府长洲县（今苏州市）人。明代文学家、思想家、戏曲家。

明朝的行政建制主体是省、府、县三级。查《苏州府志》，自洪武八年（1375）开始，苏州府下辖七个县，即吴县、长洲、常熟、吴江、昆山、嘉定、崇明，比现在要大不少。十六世纪以来的苏州，因赋税沉重，百姓被迫放弃耕种，投身工商业，加上天时、地利，竟造就成为江南的一大都会。

冯梦龙的地理坐标，在苏州城里据说是葑门一带，但这附近如今已经没有老冯家任何痕迹了。网师园距离这里也不过两公里，看来他没能像那些能人一样，建个园子，读书会友，享受院墙内的精致生活。他和他那位被认定为"理学名家"的父亲，大概都不是有钱人。

不仅如此，与那几位名园主人不同，冯梦龙科举蹉跎，几乎没有获得像样的功名。到1630年，冯梦龙五十七岁，估计受政策扶持，勉强获得了一个"贡生"的称号，他被委派到丹阳（今江苏镇江）任县学训导。1634年，他在朋友的推荐下，被任命为福建寿宁县令，在那里干了四年。他的功名事业到此为止，相对而言，的确是太微不足道了。

3

最近几年间，这个当年没钱、没功名的人突然成为一个小小热点。有人声称在苏州的乡下找到了他的故里，是如今相城区黄埭镇所属的新巷村，本地人称"冯埭上"。

这似乎缺少足够的文献依据。但有一个可走动并借以缅怀古人之处，我并不过于介意。

喝完艺圃的茶，我们驱车前往冯埭上。这一路，河边小草青青，果园绵延不绝，一派江南暮春的怡人景象。约四十分钟后，我已经站立在竣工不久的"冯梦龙广场"了。

如今的"冯埭上"新巷村已经更名为"冯梦龙村"。人们打扫出一所显得简陋的"故居"，讲述了他模糊不清的出身和几个青少年时期的青涩故事。

人们还费巨资建起了一座资料详尽的纪念馆，甚至还拍摄了一部电影《冯梦龙传奇》，讲述他短短四年寿宁的从政生涯，赞颂他"济世为民，两袖清风"，把这里隆重地列为当地的廉政文化教育基地。

　　这里还建起了一座颇有规模的冯梦龙书院，馆藏已经颇为可观。我相信如介绍所说，这里已经是"收集冯氏相关书籍文献最全的图书馆"。

　　这里还成立了冯梦龙研究会，出版了学术刊物《冯梦龙研究》，介绍和研究他的"三言"、笑话、山歌等通俗文学作品的文化"源与流"。

　　—— 这个当年以通俗文学谋生的老儒生无论如何也不会料想到，在四百年后，他竟能有如此"哀荣"。这种殊荣，已经远超那些园林里的衮衮诸公了。

4

　　其实在晚明的苏州，一个考不上功名的儒生是有可能把日子过得活色生香的。冯梦龙就是如此。

　　他出生并生活在一个"对"的地方，碰到了一个"最坏"也是"最好"的时代。

　　首先，他自然要当一名"狂士"，因为他生活在王（阳明）学左派和"异端"李贽的强大气场里。

　　他从尧舜开始骂起，骂孔子"老头儿"，说他絮絮叨叨的道德文章"把好些活人都弄死"。他骂经史子书本，斥为都不过是些"鬼话"。他笑李老聃五千言的道德里、笑释迦佛五千卷的文字中，"那有什么青牛、白象的滋味"。他连达摩也不放过，说他老臊胡来，把这干屎橛的渣儿嚼了又嚼。

其次，他不只是发发牢骚，还要做一个在市井风尘中的风流情种。

他享受生活，是赌博、行酒的行家。他甚至编写了多部生活游戏专著，如《酒令》《牌谱》《马吊脚例》等。据说马吊这种赌博游戏就始自冯梦龙，他甚至因此被指控带坏了青少年，被当时愤怒的家长告了官。他出入青楼，沉湎风月，饮酒唱和，乐此不疲。他拥有这样的朋友圈，比如无涯氏与名妓王冬生、东山刘生与妓女白小樊，等等。他把他们的风流故事都写成了剧本，并在其中寄托自己的怜香惜玉之情。

他也在其中深受生活的作弄。他爱过一个叫侯慧卿的歌妓，却最终眼巴巴看着被有钱的盐商抢走，而自己徒有"漫道书中自有千钟粟，比着商人终是赊"的惨痛哀叹。

不过庆幸的是，一个官场、情场的失意者，却可以靠一直在儒家主流文化里"不入流"的通俗文学谋得一份生计。

这无疑是一个时代的馈赠。

5

十六世纪的苏州，在工商业蓬勃发展之际，一个市民消费阶层同时崛起。

在街头巷尾，人们兴奋地谈论"创业计划"，丝绸织造、大米与瓷器贸易、青楼酒肆等，都是投资热点。有实力的商人，也把眼光投向了欣欣向荣的"刻书"事业。

令人不解的是，想掌控一切的明太祖朱元璋竟然对出版业采取了鼓励政策，不仅降低行业税负，也实行了轻管制。

而此时，所有技术要素都已经具备。纸张和油墨的生产技术业已成熟，生产成本获得长足下降。标准的雕版宋体早已被广泛应用，取代个性的手写体，更易于为工人所快速掌握。明朝教育的普及形成了规模庞大的"读书人"，而科举录用名额并没有显著增加，使得大量的儒生需要另谋生路。在南京、苏州等出版业发达地区，"当个作家"，估计是一个时髦的职业。

到明朝中晚期，官营的"官刻"、文化精英主导的"私刻"以及商人经营的"坊刻"，已然三足鼎立。由于市场化机制，"坊刻"更具活力和效率。一个书商，可以根据市场的需要，随时召集一批作者，创作、编写各种读物。编写、印刷、行销，形成完整的产业链。南京的三山街、苏州的阊门、杭州的涌金门等地，都是著名的图书批发市场。不少书坊在图书上印上自己商标和"翻刻千里必究"的版权保护声明。

冯梦龙流传至今的作品达到二千五百万言，主要在通俗文学领域。他的短篇小说集"三言"蜚声大江南北。杜十娘怒沉百宝箱、乔老爷乱点鸳鸯谱、十五贯，玉堂春、卖油郎……这些经典故事广为流传。他还有山歌集《挂枝儿》等，赤裸裸地展示了当时饮食男女的群像。他还通过广泛的搜集，编有《智囊》和笑话集，是一个个活生生的"内涵段子"，细腻地描绘了一个世俗时代的市民精神。

他不仅是独树一帜的畅销书作家，也拥有自己的出版社"墨憨斋"。他的收入，大概来自自己作品的版权合作以及帮助别的作者出版。

清代的褚人获在《坚瓠集》中记载了这么一个故事：

作家袁韫玉拿着刚完成的剧本《西楼记》向冯梦龙求教，冯看后就放在书桌上，不予评价，袁困惑而别。那时冯家刚刚断粮，冯梦龙说："没事，袁先生今晚会馈赠我一大笔钱的。"叮嘱看门人不要关门，袁先生来后可以直接带到书房。家人都以为他在说笑。袁韫玉回到家，思索徘徊到晚上，突然叫人掌灯、拿钱，前往冯家，发现门依然开着。看门人告知原委，袁大吃一惊。冯梦龙说："我知道你肯定会来的。你写的词和曲都很好，不过还差一段，现在我已经帮你增补了。"是《错梦》这一折。袁韫玉佩服得五体投地。当时《西楼记》大受欢迎，《错梦》一折尤其脍炙人口。

—— 这虽然是个无法考证的掌故，但冯梦龙借出版业赚钱，大约可见端倪。

6

不过，冯梦龙的这些表现，都只是时代世相。在狂逸的外表下，他分明是一个传统士人的本色。

他虽然对"名教"嬉笑怒骂，但却是"情教"倡导者。他字号"情僧"，认为"王道本乎人情。不通人情，不能为帝王"。他用情来教化社会，与宋明理学殊途同归。

他甚至在六经中找到了"情"的位置。在《情史类略》序中，他说:"六经皆以情教也。"他侃侃而谈:《易经》尊崇夫妇的阴阳造化,而《诗经》的首篇,就是情歌《关雎》,《尚书》开篇《尧典》,讲的也是嫁妻于舜的故事。《礼记》记载的是婚俗、离丧之礼,而在《春秋》里,但凡涉及姬姜之女者的事迹,都"详然言之"。那么为什么六经均序以情之言呢?他认为皆因民多愚氓,圣人要开化百姓,以情导之可事半功倍。他总结说,"情"之一物,博大精深,君君臣臣父父子子诸理皆在其中了。

他虽然对科举穷极冷嘲热讽,但却是"治经"高手。估计是养家糊口的需要,冯梦龙注解诸经采取了"科举考试参考书"的形式,比如《麟经指月》《春秋衡库》《春秋定旨参新》《春秋别本大全》《四书指月》等。为便于记忆,他还亲自编写有韵脚的《便记歌诀》。他的书据说在当时洛阳纸贵,连苏州府的地方志都给予了高度评价:"才情跌宕,诗文丽藻,尤明经学,所著春秋指月、衡库二书为举业家正宗。"不过,虽然如此,冯梦龙在考证与注解中贯彻了他的治经原则。比如要探求经传意义的本源,要强调各经间的贯通,要倡导寻找实证、反对臆测。他还在注释中不时表达自己对时局的政治倾向。

他一旦获得公职,却是一个极为端方的儒者和循吏。对福建寿宁县令一职,他以花甲之年,却不辞辛劳,跋山涉水近半年赴任,可见他珍惜这个任职机会。在寿宁四年间,他根据当地"岭峻溪深,民贫俗俭"的特点,主张"险其走集,可使无寇;宽其赋役,可使无饥;省其谳牍,可使无讼",简政轻刑,与民休养,采取恩威并施的治理手段,办了几件好事,为他的生平写下了颇有光彩的一页。这些事迹,记载在他完成于1637

年春季的著作《寿宁待志》中。

而在亡国灭种的时代狂潮中，冯梦龙作为一个传统士子的底色更是表露无遗。他是南明小王朝忠实的追随者，并显示出对时政的深刻见解。1644年五月，清军入京，下剃发令，福王朱由崧于南京即位。当时赋闲居家的冯梦龙撰写了《甲申纪闻》，落款"七一老臣冯梦龙"。八月，他编撰了《中兴实录》，在序中纵论"治乱相因"，痛砭时弊为"六怪"，读来可称得上是"雄文"。

他写道：

> 今日流贼之乱，从古未有。然起于何地？纵自何人？炎炎燎原，必有燃始。当事者从不究极于此，其可怪一也。守土之臣，不能战则守，不能守则死。今贼来则逃，贼退复往，甚则仓皇而走，仍然捆载而归。互相弥缝，恬不知耻，其可怪二也。兵不务精，以众相夸。纪律无闻，羁縻从事。官兵所至，行居戮棘。民之畏兵，甚于畏贼，其可怪三也。饷不核旧，专务撮新。奸胥之腹，茹而不吐。贪吏之橐，结而不开。民已透输，官乃全欠，其可怪四也。京师天府，固于磐石。游骑一临，不攻自下。百官不效一筹，羽林不发一矢，其可怪五也。衣冠济济，声气相高。脚色纷纷，跪拜恐后。举天下科甲千百之众，而殉难才二十人，其可怪六也。

——一个腐朽的王朝、一个精神颓废的时代,一个伦常失序的乱世,在他笔下跃然纸上。

在时局的逼迫下,1645年新春,冯梦龙出走湖州、杭州。七月,明唐王朱聿键于福州即皇位,建立反清政权。冯梦龙自台州赴福州,以七十二岁的老躯,"忽忽念故国,匍匐千余里"。他编撰的《中兴伟略》一书在福州出版,对"虏寇两犯神京"的耻辱事件进行了反思,表达了"协扶幼主,中兴大务,恢复大明不朽之基业"的决心。

然而局势终究不可挽回,1646年春夏间,老儒冯梦龙在贫病中辞世于福建。他究竟死在何地、有何遗言,都已经是一个谜。

冯梦龙,一个作家的花样年华,就这样画上了句号。

在世纪风云中,"流浪"已久的冯梦龙,最终毫无悬念地回归了那个内在的自我,回归到他那修齐治平的儒者理想中,甚至成为当今时代的又一个榜样。

或许,他本来就没有走远过。

7

冯梦龙的故事,是十六七世纪之交中国文化史的一个有趣意象。他太具有"样本意义"了。

他的故事,未尝不是他所尊崇的文化在晚明的一段"花样年华"。耀眼、短暂,壮怀激烈而又多姿多彩。离经叛道、狂狷出走，却又在冥冥中有羁绊，在困惑中无意识地选择回归。既强健、柔韧，又如此自我，而至于在一次次回归后重新徘徊不前。这是怎样的一种文化？

其底层逻辑如此清晰而坚定，如此深刻地决定了一个人、一个族群的心智模式，使之体现为一种自信，乃至一种自觉。然而，在漫长的光阴里，他们又无不幡然醒悟，即使拥有如此丰富、如此高尚的精神资粮，他们似乎仍然过不好生活，依旧在历史的宿命中颠沛流离。这又是怎样一个文化转型难题？

顾炎武们来了！他们在中华大地上浪迹天涯，在黑暗中摸索，又重归沉寂。直到十九世纪的曙光升起，逐渐点亮这个东方大国的天际线。

2019年6月23日　北京

端午祭

在阅读陶文瑜先生《苏州记》时，我才知道古吴地的端午节与伍子胥有关。但在赣西北我的修水老家，这个节日自然属于屈原。

又是一年端午。屈原、伍子胥两个系统的历史知识与生活记忆，都浮现出来。我一一梳理，感觉意蕴虽有差异，却也交相辉映，传递出我们这个族群精神世界中的一些隐秘信息。

汨罗江

老家的俗话说"一年三节"。与中秋、春节一样，端午在家乡的风俗里地位很高，而且有一个特别的称呼，"菖节"。

以中草药菖蒲直接命名，含义不必多解释。初夏时节，万物生长，需要顺应自然运行节奏，做好防疫与养生。不过，印象中在这个节日里似乎家家户户都是喜气洋洋的，亲戚间要相互摆酒席宴请。此时青苗已然郁郁葱葱，正是"把酒话桑麻"的好时节。

制作粽子是家庭女人们的小集体活动。采粽叶、淘糯米、泡红豆、打角包、煮粽子，一个流程下来，粽子熟了，香喷喷上了桌，体己的话也说了个七七八八，可以尽兴地品尝这千年流传的美食了。小孩子得到的最好礼物是染成红色的鸭蛋，一般舍不得吃，用小网兜精心缚好，挂在胸前的纽扣上，奔跑起来得用手护着点。那鸭蛋的余温，似乎至今还留在手上。

那个时候，好像并不太知道屈原，对他结束自己生命的汨罗江就更懵懂了。一个人面前的世界风景，是随着年龄和阅历增长而逐步呈现的。到这个端午，我早早买了新版的《楚辞补注》，要去重温那个"有些亲近"的屈原了。

之所以这么说，是因为接纳这位游魂的汨罗江发源于我的家乡，源头距离生养我的山村不过三四十公里。那股从黄龙山孕育而出的清泉，逶迤向西，细流汇聚，不断壮大，流淌四百公里，注入洞庭湖。

修水古有"吴头楚尾"之说，意思是说，当年这里是吴国和楚国的边界地区。诸侯争霸，你推我搡，这片地界"朝吴暮楚"的情况也是有史可查的。

不过，以一条河为线索，事情就可以简化得多。

湖南的人文界一度溯源而来，将对这个汨罗江源头的最终确认列为他们的重大科考成果。他们甚至以此为由，将修河水系的黄庭坚也纳入汨罗江水系，并为之欢欣鼓舞。这种对文化因倾慕而渴望皈依的情怀，令人感动，更令人对文明所具有的感召力由衷敬畏。

然而遗憾的是，我的脚步虽已经跑过几大洲的天涯海角，却至今没有去过那个三四十公里远的汨罗江源。或许大多数时候，距离我们最近的却实际上最远。好在，有王阳明的隽语可资慰藉：

> 你未看此花时，此花与汝心同归于寂；你来看此花时，此花颜色一时明白起来，便知此花不在你的心外。
>
> （《传习录》）

传统的种子其实在懵懂喜悦的生活仪轨中早已种下。总有一天，它会在内心召唤你。

陶文瑜先生

对于传承的阐释，令我倾倒的是陶文瑜先生。

这本《苏州记》扉页上，留着他的小楷题款和篆章。在一个端午过后的不久，我们在他十全街青石弄的办公室里喝茶聊天，他为我伏案题赠。

说话间，哪个食坊做的糕点正送进编辑部的小院子里来。他出去招呼同事几声，拎了两份回来，邀请我品尝，说这是一流的手艺！他笑道，苏州人的本事，就是把柴米油盐的日常统统过成"风花雪月"。

他主办的杂志很纯净，讲述的都是苏州人的风物人情、家长里短、名物掌故，绝不会有半个字的版面留给商业，矜持中透着一种风骨。与他讨论杂志社的"柴米油盐"从何而来，他哈哈大笑，说这从不是问题，这本杂志是苏州最不愁吃穿的刊物。他每期都亲自写约稿信，用他考究的印花的信笺，还有那阅后就可收藏的蝇头小楷。

那个夜晚，细雨霏霏，在盘门伍相祠附近用了餐，我独自沿着外城河漫步到古胥门。胥江在这里交汇，一路上还留有市民过端午的喜庆痕迹。

在随后的嘉兴旅行中，我也遭遇了伍子胥的踪迹。这有点意外，要知道当年这里可是越国的领地。但人们依然把一座有他传说的山更名为"胥山"，在湖畔筑庙、建塔，依旧尊称他为"伍相"。如今，这里的粽子产业早已成为一张响亮的城市名片。

自古以来，人们并不问屈原、伍子胥从哪里来。那些个"国"，早已融合成"华夏"，百姓也早已完全无差异地接纳了他们。正如陶文瑜说：

……有一些动人的故事，有一份美好的寄托，就是有一个纪念吧。有些地方纪念的是三闾大夫屈原，苏州纪念的是伍子胥，这样的纪念，是一方水土的冬暖夏凉，是一代一代心里不朽的生长。

（《苏州记·龙舟》）

那是我最后一次见到陶先生。几个月后，他病故。不久，一部我们一起谈论过的诗集《随风》面世。

"大时代"

屈原与伍子胥都是楚国人，他们有幸生于一个"大时代"。

在那个时期，中华先民爆发出最具创造力的一面。尤其体现在所实行的"封建制度"及后来的"诸子百家"学说。

大约在二十一世纪初，历史学者何新宣称：

> "封建"一词的语源，出自《尚书》和《左传》。"封"，即分封。"建"即建邦国。分裂国土，建立诸侯及封君的小邦国，这是这个语词的本来语义。
>
> （《中国古代史有待重新审视》）

这个观点并不新鲜，民国学人就已经有了论述。但何新还是搅乱了一池春水。

近年来活跃的易中天先生，以幽默犀利的语言表述得更加系统准确。他认为，周朝的"封建"，包括三个内容：授土、授民、授爵。主权和产权都是周王的，诸侯只有财权和治权。

具体来说，周朝把世界分成了三个层次。顶层叫"天下"，领袖叫"天子"，即周王，也叫周天王，是"天下共主"。次一级叫"国"，也就是"封国"，领袖叫"国君"，其爵位分五等，公、侯、伯、子、男。再次一级叫"家"，即"采邑"，领袖叫"家君"，也就是"大夫"。大夫也是世袭的，叫"某氏"。

这三个层次算是周朝的贵族阶层，其次就是平民、奴隶。

春秋晚期，礼崩乐坏，"士"阶层出现。他们可能来自失去采邑的破落贵族子弟，也可能是平民阶层通过奋斗或某种机缘上升而来。"士"们专门为国君或家君提供智力或武力服务。他们在各诸侯国间自由流动，谋求职业，建功立业，甚至获得封赏。

比如孔子，鲁国不留爷，自有留爷处。他带着弟子到处找工作。他这么干，鲁国人并不觉得有什么不妥。

说起来，孔子差点获得楚昭王的封赏。孔子一行来到负函（今河南信阳）时，他六十三岁。楚昭王要封给他七百"社"。一"社"有二十五户，七百"社"可不是个小数目，因此这个想法遭到楚国贵族反对。楚国的令尹是楚昭王的庶兄，担心孔子夺权，楚昭王只好作罢。

孔子在楚国的遭遇，说起来有点遗憾。如果他在楚国获得成功，不仅获封采邑，而且有机会推行他的"仁政"理想，中国版的"两河文明"又将是怎样一番情形呢？

负函，成了孔子周游列国到过最南的城市。不久，这位千古一"士"黯然北返。这是公元前489年的事。

到屈原的时代，诸侯争霸进入"合纵连横"的大国博弈阶段。公元前221年，即屈原投江五十年后，秦灭六国。

一切都被改变。

伍子胥

按这个封建宗法体系，伍子胥是"士"，而屈原是"大夫"。

伍子胥的父亲伍奢是在担任楚太子建"太傅"职位上出的事。受小人费无忌谗害，伍子胥的父、兄都被楚平王杀害。伍子胥逃亡，最终落脚在吴国，成为吴太子光（阖闾）上位和称霸的得力助手。因此伍家在楚国属于"士"阶层，是没有疑义的。

伍子胥在吴国的表现很优异。公元前506年，伍子胥与孙武联手攻入楚都，掘楚平王墓，鞭尸三百，以雪冤杀父兄之血仇。吴国倚重伍子胥等人，建筑阖闾大城，西破强楚、北败徐、鲁、齐，成为诸侯一霸。

对伍子胥的逃亡与复仇，司马迁的态度很鲜明。他说：

> 向令伍子胥从奢俱死，何异蝼蚁。弃小义，雪大耻，名垂于后世，悲夫！
>
> （《史记·伍子胥列传》）

此前如果伍子胥与父兄一样赴死，死得与蝼蚁一样不值。他能够不拘小节，为父兄冤死复仇而名传后世，悲壮啊！

《史记》中甚至有这样的情节：

> 至江，江上有一渔父乘船，知伍胥之急，乃渡伍胥。伍胥既渡，解其剑曰："此剑直百金，以与父。"父

曰:"楚国之法,得伍胥者赐粟五万石,爵执珪,岂徒
百金剑邪!"不受。

(同上)

这个情节说的意思,就是连楚国的普通百姓都支持伍子胥
逃亡,宁可不要巨额悬赏,也要帮他!

公元前496年,吴王阖闾在与越王勾践的一次战役中重
伤,临终嘱咐夫差不要忘记杀父之仇,并嘱托老臣伍子胥辅佐
他。——又是一个"杀父"之仇!

夫差急于灭齐称霸中原,而伍子胥则主张"联齐灭越"。
如此不放过越国,难道真的因为伍子胥只是个一心报杀父之仇
的"复仇男神"吗?当然不。这固然有先王阖闾的临终嘱托在
身,更是因为他看到了越王勾践的潜在危险。

《史记·伍子胥列传》记载了他两劝吴王夫差。第一次是阖
闾死后两年,此时吴国伐越取得了初步胜利。伍子胥谏曰:

"越王为人能辛苦。今王不灭,后必悔之。"吴王
不听,用太宰嚭计,与越平。

第二次是五年后,夫差要出兵伐齐。伍子胥谏曰:

"勾践食不重味,吊死问疾,且欲有所用之也。此
人不死,必为吴患。今吴之有越,犹人之有腹心疾也。
而王不先越而乃务齐,不亦谬乎!"吴王不听,伐齐。

两次劝谏，都是基于他对勾践的观察和判断。一是"为人能辛苦"，二是"食不重味"，三是对百姓"吊死问疾"，显然是"欲有所用之也"。他由此得出勾践胸怀大志，越国必是吴国的"腹心之疾"。这个结论很有说服力。

夫差不听，反而丧失了对伍子胥的信任。公元前484年，赐剑令他自尽。伍子胥留下遗言，要家人把他的眼珠挖出挂在东城门上，亲眼看到越国军队灭掉吴国。这"毒辣预言"，不幸言中！

在《吴越春秋》等史籍记载中，伍子胥被夫差"盛以鸱夷之器，投之于江中"，百姓自发救助，用粽子喂饱鱼虾，而把伍子胥供奉成"水神"。

屈　原

"士"者伍子胥可以逃亡他国甚至复仇，而"大夫"屈原却没有那么潇洒，他只能承受贬谪与流放。

对于黄河流域来讲，位于长江流域的楚属于不发达的"蛮夷"，因此楚国国君只配给个子爵爵位。楚国有三姓大夫，屈氏、昭氏、景氏。屈原与楚王同姓，算是一个家族的。在这个封建等级体系中，他的身份是"大夫"。事实上，他也担任过"三闾大夫"这个职位，负责三大姓的宗族事务。

与伍子胥时代不同的是，此时的楚国已灭吴越，称雄南中国，但一个"强秦"正在商鞅变法的"耕战"国策催化下野蛮生长，成为楚国的巨大威胁。

士们，诸如苏秦、公孙衍、张仪等游走于列强间，以当初的地缘政治，有"横成则秦帝，纵成则楚王"之说。楚国处于历史的风暴眼之中！

"大夫"屈原一度担任楚国的"左徒"，是楚国内政外交的主要执政人。他提倡"美政"，概括讲就是对外主张联齐抗秦，对内主张明法度、用贤人。他曾出使齐国，努力践行这个战略。

有人认为，屈原是继吴起之后在楚国再次推行"新政"的改革者，史称"草宪变法"。但时代久远，史料匮乏。但在他的诗篇《九章》中，还是可以读到这样的叙述：

> 惜往日之曾信兮，受命诏以昭时。奉先功以照下兮，明法度之嫌疑。国富强而法立兮，属贞臣而日娭。

> （《惜往日》）

忆往昔，他受到楚王信任，曾受命起草诏书实行改革，借鉴了先王的成功经验，国家富强而法度明晰，国君任用贤臣，自己也能够轻松地游乐。看来他的执政是有成效的。

但他的内政、外交政策都损害了当权贵族的利益。

《史记》记载，上官大夫"争宠而心害其能"，发生了"夺稿"的朝廷斗争。法令还没定稿，上官大夫等要按自己的政见修改。在遭到屈原拒绝后，他们就向楚怀王进谗言。

他"联齐抗秦"的主张也遭到抵制。令尹子椒、上官大夫和宠妃郑袖等人，受了秦国使者、纵横家张仪的收买，在怀王面前诋毁屈原，屈原开始遭到流放。顷襄王即位后，屈原因坚持反对与秦和好，再次被流放。

他被楚王流放三湘大地，很愤懑，但没有像伍子胥那样流亡，恐怕与他的身份有关。有人说他的投江是"士权"的抗争，这不够准确，他毕竟不是"士"。在楚国三姓中，屈氏势力最大。在楚怀王时，军界有屈匄、屈景，政界还有屈盖。这是他不能像伍子胥那样潇洒的原因。

因此，他只能在流放地孤独行走，与渔夫对答，问卜者凶吉，问天问地，写下著名的诗篇。

端午精神

纪念什么，就是传承什么。这要掸去历史的烟尘，回到"文化"的层面去寻找真正的价值。

伍子胥和屈原的端午，最值得纪念和传承的大概是两个方面：一是质朴的人性之美，二是多彩的文明之光。

"质朴的人性之美"，体现在伍子胥的有仇必报，也体现在屈原的直抒胸臆。

的确，对伍子胥来讲，还有比报杀父之仇更高的"大义"吗？比如，有人说楚国是他的"祖国"，他怎能带着吴国的军队攻打楚国来报私仇呢？这个说法似是而非。这是以现代观念来要求一位战国时代的"士"，很不妥。

而对屈原来讲，还有比对百姓民生更高的"大义"吗？还有比家族之国被摧毁更痛苦绝望的灾难吗？他在这个角色上，追求"美政"而不可得，呼唤"香草美人"般的贤君贤臣而不可得，还遭受长期流放的迫害，他的怨恨的确可以深重。

他们的选择，都是人性的基本逻辑。

在此期间，我的阅读体验的确遇到了困难，觉得屈原以如此华丽的语言怨天尤人，未免令人嫌恶。五代宋词中多有怨妇之声，是不是也滥觞于此？我把疑问提给了几位学养深厚的朋友，请他们解惑。

古典文学教授W兄回复最快，他把屈原的抱怨做了区别：

> 怨词固然刺耳，但是面对不正常又无力反抗的社会环境，未尝不是一种进步的呼吁。只有无病呻吟才没什么价值。

企业家Z兄回复了一首自撰的古体诗，他纠结的仍然是屈原在事功上的失败和怀才不遇：

> 香草兰蕙都是怨，秦国诈力气难消。楚虽三户志不改，泪泉和墨写离骚。

古典哲学教授D兄则道出一个我自己也浑然不觉的"秘密"：

> 我的理解是，喜怒哀乐，人之常情。中国人取道

中庸，以礼节制情感，务使调和适中，不使情感失之
径直粗率。怨是怒与恨之中和，古人托物言志，情感
细腻而委婉，径直粗率之人不喜其怨妇之声，孔子所
谓"性相近也，习相远也"。在我则觉此种感情才是人
与动物的区别之一。其中理性与情感的张力，可窥人
类不忍人之心，隽永有味，胜出粗率径直的情感表达
远矣。

　　他对"屈原之怨"也有独到的解析，是"怒与恨之中和"，
或许以屈原的身份而言，在远离朝堂的旷野，他的"怒"和
"恨"都失去了斗争的对象。他在大地漫游，时间据说长达十多
年，已然变身为一个纯粹的"游吟诗人"。
　　"多彩的文明之光"，则主要体现屈原的究天诘地和瑰丽诗
情上。
　　距伍子胥两百年后的屈原，以其《离骚》等作品，展示
了黄河流域先秦诸子中难得一见的诗性瑰丽。他对天接连发出
一百七十多问，显示了他对一些本原问题和历史演进规律的深
度思考。
　　但自汉代开始，很多研究者纷纷将屈原归于儒家系统。这
令人扫兴。甚至有人将其精神内核归结为"忠"，这就更买椟
还珠了。
　　皇皇中华史，在战国末期，在黄河体系之外的长江流域出
现了一个稍有"异质"的文明代表，以其绚丽的想象力和浪漫
诗情，以最自由的姿态，歌吟了人之为人的内心情感，甚至还

表现出对现实一定的超越精神，这是多么难能可贵啊！

惯于宏大叙事的"儒士"，在中国文化史中多一个不多、少一个不少，但"诗性"屈原及其异质于诸子执着于事功的心智模式，却是绝无仅有、无可替代。

或许，对人性正义的歌咏、对文明多样性的接纳，应当就是我们的"端午精神"。粗粝、荒诞的种种"日常"依旧汹涌，我们无疑要更强健地去斗争、去抗争，去获取胜利，而有时也不免要更明快、更超然，去把那些柴米油盐都统统过成"风花雪月"。

他们是远古的文化使者

最后再做点归结：

伍子胥，在吴王赐死后，曾在自刎前如此对家人说：

> 抉吾眼县吴东门之上，以观越寇之入灭吴也！

他用诉诸誓言的方式，表达了自己对幽暗人性的深刻把握，是事功者的洞察、血气和决然。

二百多年后，在远离中原文明中心的湘沅大地，屈子曾这样歌吟：

> 路漫漫其修远兮，吾将上下而求索！

又有谁知道屈原苦苦求索的到底是什么呢？他发出的是一个诗人的"天问"。

—— 他们都是远古时代派来的"华夏文化使者"，他们代表全人类。

2020年7月11日　北京

辑四　岭南　岭南

放逐者的土地

1

我与林兄大概都没想到会有机会一起旅行，而且是在他的故乡海南，而且是在椰风送爽的春节。

此前他的消息，其实一直隐隐约约。

我记得，在MBA同学时他已创业，遨游商海，风生水起。毕业后十八年间，我们同住一城，各忙各的，联络很少，只知他住城南郊县，我住城北。他似乎一直在写毛笔字兼教书法，而我以私人写作为最好的休养生息。

我一直默默关心这位老同学，不知道什么时候加过他的微信。他会偶尔在我的公众号里留个言，说：学长，此文好，我分享了。我不知道他为何称我为"学长"，会把文章分享给谁。

一个事业折腾奔忙了五年后，我终于偃旗息鼓。有了时间，可以读闲书，编旧稿，以及去一些一直欠着的地方。

比如海南儋州。这是苏东坡漂泊生涯的最后一站。

问汝平生功业，黄州惠州儋州。建中靖国元年（1101），东坡获赦自海南北返，在镇江停留时曾如此自我解嘲。而这些年呢，我居徐州、过杭州、访黄州、走惠州，无意有意地，竟然逐步靠近他的晚年时光。

在年末欢乐的氛围里，我与林兄的某个机缘，似乎悄然凸现起来。

2

与苏轼悲情的《渡海帖》描述的不同，我是坐在豪华的公务舱里越过琼州海峡的。慷慨的航空公司给我升了舱。有意带了一本林语堂的《苏东坡传》来陪伴我的旅程，读过多遍，却也常读常新。放下书，从舷舱里欣赏这久违的南国椰岛，有一种淡淡的期待在内心升腾。

儋州，并不遥远。

林兄已经在机场出口处等候。行前我们默契地互发了近照，彼此对着手机屏幕，哈哈一笑泯恩仇。——十八年同城而住但竟然未曾晤面，这时光的恩仇该有多深呢。

见面时我们都异口同声地说，你没变！林兄还是那个林兄，质朴、热情、干练。汽车载着我们，一头扎进了文昌生机勃勃的绿色乡村。

林兄卜居在这里的一个小镇上，这也是他的祖居。每到春节前夕，他就从寒冷的北京早早南归，陪同老母亲过冬。这里一派田园风光，在林兄的引导下，我得以领略这文昌南郡的魅力和他最本真的生活。

给我印象深刻的，首先是他的书房。其实有两间，一间是居住兼藏书，一间是书法工作室。一条大长案，布上纸笔墨砚，漫不经心地堆放了各种字帖，有的已经翻得很破烂了。这是林兄多年的事业和私人世界。村里的公共建筑上的题匾，楷隶草篆，均出自其手笔。居家的三层小楼里，则挂着各种作品，有的是他所作，有的来自朋友的馈赠，内容无不隐隐体现了他最好的人生理想。

我忽然发现，林兄其实是健谈的。他诚恳的语调总体上平平淡淡，但有一股藏匿不住的热情。我则饶有兴味地听他讲述，他的特立独行，一直是我心里的一个小小的谜。

他在北京的公司的确都交给了夫人打理，而自己几乎全部时间都沉浸在书法世界里，对物质的欲求降到了最低。他的书艺虽然享有某种声誉，但他不是任何协会组织的成员，与书法圈子很少发生联系。只因偶然的机缘，他应邀在家附近的老年大学担任书法老师，或者在家长们的邀请下给孩子们授课。

林兄父辈留下来的老屋，离小镇仅两三公里。现在人们都移居镇上，整个村子人去楼空。一片海南风情的传统民居就这样安静地隐藏在森林里，被完整地保留了下来。村间小道覆盖着飘落的枯叶，一层又一层，在脚底下发出沙沙的声音。人们那些过往的寻常日子，似乎突然被凝固了在某个时间，安详而神秘。这里充满着林兄过往的生活记忆，对于他来说，当然还是鲜活的。

在故乡，父亲是当然的主题。林兄的父亲曾是琼崖纵队的成员。不过，林伯父的故事，尤其是他对孩子们近乎严苛的"家训"，我则是第一次听他说起。在震动之余，我不知道他还有这么一份父辈"遗产"，显得有些沉甸甸。而这于我，似乎是在饱览一幅风云变幻的山水画卷之后，发现留白处有一幅题跋，行楷端庄，字字千钧，结尾处还钤了一枚朱红的篆章，令人过目难忘。

3

为不过于骚扰林兄家人，我下榻在镇上旅馆，步行几分钟可达。早上林兄过来，一起去吃早茶，一起看着街上的人们渐渐忙碌起来。我们在文昌漫游，去了热闹的老街，也去了显得偏僻的宋氏祖居，自然也见到了林兄不少老友。他们中有乡村干部、摄影家、作家、企业经营者，其中不少是他的发小。

林兄则如鱼得水。他随意地在乡邻的果园里采摘，仿佛进出自家的菜园一般。他用土语与见到的人们相互打招呼，拉几句家常。他还在人声嘈杂的茶座大排档里，为我寻觅带着他童年记忆的舌尖美食。晚上，他叫上相处默契的弟弟和几个邻里密友，摆上家宴，斟上好酒，讲述一些悠远时光的故事。饭后，我们则在书房里聊聊书艺，尤其是他偏爱的魏碑，兴致所至时挥毫写几个条幅，然后我才带着满足的微醺回旅馆，半躺在床上翻阅《苏东坡传》，享受这小镇寂静的夜晚。

这真是理想的市井客居生活！

我们的次日行程始终为即兴的话题所决定，直到我们很自然地谈到儋州、谈到最近拍卖出四点六亿港元天价的东坡《木石图》。很快，我们就做好了前往儋州的安排。

次日一早，我们从小镇出发，到海口接上林兄的朋友洪峰兄，改由他亲自驾车，踏上这期待已久的旅程。洪峰兄是一位企业家，早年一直在外企工作，做到比较高的职位后，他急流勇退自己创业，已经颇有成绩。他目前往返于上海、深圳和海口之间。海口，是家人的所在。

从海口到东坡书院所在的中和镇，走高速公路，车程不到两个小时，一路风景秀美，令人心旷神怡。一个显得神秘的所在，就在不远的郁郁葱葱的森林里等待我们的到来。

其实东坡的儋州行迹，我在文献上已颇为稔熟，对具体场景也不知臆想过多少次。

1097年暮春月，在惠州的苏东坡穷其所有，刚刚盖了房子，安顿好家人。他准备在惠州定居下来。正要稍做喘息，他又接到朝廷一纸贬令：改派"琼州别驾"、昌化军（儋州中和镇）安置。此时，他已是六十二岁的老者。

在当时，这个安排的严厉程度据说仅次于满门抄斩！

一个政府要员对当时的新政策有点不同意见，而且以调查研究为基础提点批评，需要一再受到这样严厉的惩罚吗？不支持新政就是"旧党"，这种非"新"即"旧"、非"君子"即"小人"的思维背后，是一种怎样的心智模式？对苏轼下狠手的，不仅有御史台的何正臣、舒亶、李定等，后来儋州之祸竟主要出自老朋友章惇之手！是什么原因能够让朋友反目至此呢？

这一切，于公于私都令人困惑。

读不懂这些，大概也别说你读懂了苏东坡和他所在的王朝。但这历史深处的隐秘，似乎一部二十四史也没有书写殆尽。

然而，海南则幸甚！这个当时"孤悬海外"的蛮荒之地正需要一粒来自中原的文明火种，而他们迎来的，竟然是一位旷世巨子！

4

好一片华丽的"东坡书院"建筑群！我不由惊叹。

在黄州、惠州寻找东坡遗迹，我都轻而易举地得到一个同样美轮美奂的纪念馆所。然而我其实知道，无论在哪里，当年的苏东坡又曾经多么穷困潦倒呢！有时甚至到了缺衣少食、无处栖身的窘迫地步。

这里收集和排列了一些史料，介绍苏轼的生平，不算精细，而我更感兴趣的当然是他在儋州的日常生活。

有两处很有趣，一是桄榔庵的来历，二是东坡手迹《献蚝帖》。

1097年七月十三日，苏东坡父子抵达儋州中和镇。昌化军使张中敬重东坡，将他安顿在昌化军官舍吃住。这自然是破了例。次年四月，董必任湖南提举，察访广西时得知此事，特意派人到儋州将苏东坡父子逐出官舍，还革了张中的官职。

这个"提举"即"提举常平司"，是北宋中央向地方派出的官职，负责管理地方常平仓和免役等财政事务，还负有地方官员监察职责。此中据说有个有趣的细节，说董必欲渡海亲自严查，其随从劝他说"别忘记你也有子孙"，他才醒悟过来。

这个董必，《宋史》说他是宣州南陵人（今属安徽芜湖），熙宁进士。"尝谒王安石于金陵，咨质诸经疑义，为安石称许。"可见是很有学问的。《宋史》也记载，彼时章惇力排元祐党人，董必在湖南任上"承其意，系讯无辜，多死者"，也是个下得了"狠手"的角色。

在百姓的帮助下，失去住所的苏东坡父子，在儋州城南桄榔林中盖了三间茅屋借以栖身，称"桄榔庵"。同年十一月，张中邀请东坡访问本地隐士黎子云，众人商议凑钱替东坡在黎家旧宅之上建造房舍，并邀请东坡在此讲学。屋成，取《汉书·扬雄传》中"载酒问字"的典故，名"载酒堂"。这成了远近士人问学东坡的去处，如本郡的黎子云兄弟、秀才符林、王霄等，还有琼州的姜唐佐、潮州的吴子野等，形成了一个影响越来越大的士人团体。

这个载酒堂，就是以后"东坡书院"的前身。

在载酒堂的西庑廊的墙壁之上，可以找到东坡吃蚝这个著名的美食段子。1099年，苏东坡写《食蚝》一文，记载了他的这段美食经历：

> 己卯冬至前二日，海蛮献蚝。剖之，得数升。肉与浆入与酒并煮，食之甚美，未始有也。又取其大者，炙熟，正尔啖嚼……每戒过子慎勿说，恐北方君子闻之，争欲为东坡所为，求谪海南，分我此美也。

可以看出，苏东坡吃生蚝有两种食法：一是酒煮。小个生蚝可以剖开取肉与汁，和酒一起煮。二是烤。大个的生蚝可以用火烤着吃。重要的是，这段妙文不只保留在苏轼全集中，还有明代拓本《晚香堂苏帖》里收的苏轼《献蚝帖》。这个帖笔力充沛行健，在东坡手迹中所罕见。研读把玩之间，那个乐天的老者得意扬扬挥毫的顽皮情景似乎就在眼前。

游完载酒堂，我们仍然难以满足，于是继续按图索骥，到镇上去寻找那个著名的"桄榔庵"以及其他东坡遗迹。

这并不好找。好在本地居民非常热情，不仅愿意答问交流，甚至主动要给我们带路。他们对东坡的好感仿佛融入了血脉。

不过，桄榔林已然不见，那三间栖身的茅屋自然更是不可能还在。眼前这片菜地，长得青翠可喜，一个红装的妇女在浇水，并不理会我们，估计来这里寻访的人她见怪不怪了。在菜地一侧的灌木下，我们寻到一道石碑，字迹已经漶漫，连惯于研习古碑的林兄也难以辨识。

东坡井还有完整遗存。一侧的草丛中立有一小石碑，是"重修东坡井序"，落款是"道光丙午年四月"。井水盈盈，但水井周边一片荒芜，似乎看不出有维护的用心。据说是东坡开凿此井后，百姓始得清洁的饮用水源，消除了一些常见的流行病。我们与一位正在巷子里赶猪回栏的老者攀谈了片刻，俚语村言，主要靠林兄的翻译，大体可印证一下"昌化军"建制的蛛丝马迹。

资料说，镇上有个"符林秀才旧居"，想是苏东坡在社会交往方面的难得遗存，但反复询问，已不可得。

这些本来带着生活气息的旧址被遗弃在一边，与东坡书院反差不小，这未免令人遗憾。中和镇，其实有条件还原一个立体的东坡生活场景，让后人更加丰满真切地感知一个花甲老人的荒岛余生。

把这个巨子还原成一个普通人，才是对他最大的尊重。

5

苏轼并不是从中原来到海南的唯一流放者。据说海口的"五公祠"里，还供着唐、宋时期贬谪到海南的五位名臣。不过苏轼时期，这种贬谪风潮则呈现出一种奇异景象。被分为"新党"与"旧党"的诸位臣工，在宫廷皇权的更替下轮番登台，又交错被对手所放逐。

在所谓"新党"中，王安石两次拜相两次辞官，最终黯然隐归江宁，身后留下无穷无尽的口水。章惇贬汝州、贬湖州，最终死在湖州团练副使的任上，与东坡当年在黄州的"官职"一模一样。不过，他死后还得到过一道新的贬令，这种对死人也不放过的较真，令人啼笑皆非。

在所谓"旧党"中，司马光早早离京，外放西安，继而又辞官回到洛阳，著述十五年，始有《资治通鉴》巨著。苏轼、苏辙兄弟一再南迁，直到被远逐岭海，兄弟俩隔海相望。黄庭坚则一贬西南彭水，再贬广西宜州，最终病逝在那个中原人想象力都有点够不着的地方。

以前读史时，留下深刻印象的，往往是那些在宫斗风潮中衍生出来的"投机小人"。比如与苏轼相关的，有我们熟悉的副相王珪，御史中丞李定，监察御史舒亶、何正臣，国子博士李宜之，等等。这些人似乎多如牛毛，令人无暇仔细端详，却又是一股令人生畏的巨大力量。

这里可能隐藏着中国历史待解的密码。不过在稍稍做点功课后，我就默默撕掉了有点冒失地贴在他们头上的"小人"标签。一叶一世界，其实他们个个都有故事。

就看看这个有点"臭名昭著"的舒亶吧。

舒亶与李定同劾苏轼，是"乌台诗案"的始作俑者之一。但这位王阳明的余姚前辈，从小是个学霸，二十四岁高中状元，进士及第。在其官宦一生中，政绩可圈可点，以至《宋史》《东都事略》都为他立传。比如，在新政前他曾出使西夏，不顾个人安危，单骑赴会，使西夏接受了宋朝划定疆界的意见。他被认为胆识过人。

在王安石变法中，舒亶是坚定的"新党"后辈。进入御使台（官员监察机构）后，他以忠直著称，与不利于"新法"推行的一切言行与势力做斗争。他掀起的郑侠案、同文馆案、太学案和让他蒙尘的"乌台诗案"，个个都是大案要案。

不过，当我读他的奏折时，那些暴风骤雨般的语言也是令人心惊肉跳。比如在"乌台诗案"中，舒亶弹劾驸马王诜，他说"案诜受国厚恩，列在近戚，而朋比匪人"。他直接把苏轼定性为"匪人"。他在诛伐苏轼等人的同时，直接炮轰近二十位大臣，称之为"辱在公卿士大夫之列"。他还写道："臣伏见知湖州苏轼近谢上表，有讥切时事之言，流俗翕然，争相传诵，忠义之士无不愤惋……"在此，他直接标榜自己为"忠义之士"，换句话讲，苏轼就是不忠不义之徒。

他像一个无畏的斗士，大义凛然，真理在握，行走在政治斗争的风口浪尖上。

显然，在名臣舒亶的"语言暴力"中，我们看到的不仅是他的学问与胆识，还真切地感受到了他那非"新"即"旧"、非"君子"即"小人"的思维特点。当时朝堂对异见的有效协调机制也明显缺失，党争一起，意气勃兴，忠恕之道全无，饱读诗书的人们甚至无法共存于一个屋檐之下。

好在我泱泱中华有着广阔的版图，可为失意者们提供一片栖身之地，甚至成为他们的道场。如今，苏轼的儋州就像一块磁石，吸引了全世界络绎不绝的瞻仰者。

6

儋州归来，我们在澄迈县福山镇下高速。在洪峰兄的盛情下，品尝了美味可口的福山烤乳猪和农家饭蔬，之后我们去品尝这里的咖啡。洪峰兄的朋友在这里经营着一家咖啡馆。

如今的福山已是椰岛咖啡文化风情名镇。1935年，归国华侨陈显彰先生从国外引进咖啡豆种，种植至今。福山也曾因"福山突破战"而名垂青史。1950年，琼崖纵队在此成功接应了解放军渡海作战的先锋部队，建立了赫赫战功。

应该说，除了舞台上的"红色娘子军"，我对琼崖纵队的了解几乎为零。林兄则由衷感叹说，这支队伍其实长期与大陆失去联系，但竟然奇迹般地一直坚持了下来，直到迎来解放军的渡海战役。这不能说不是一段传奇。他对先辈们的坚贞和意志充满着敬意，这里边有他的父亲。

林伯父直接参与了这段传奇般的历史。革命胜利后，他担任了地方领导，在波澜壮阔的历史洪流中又经历了诸多考验，做出了很多贡献。而他给孩子们的教诲，则颇为特殊。林伯父说：你们成人以后，做一个对社会有用的人就可以了。一不要当官，因为每个职位都要杀伐决断，你们可能做不到；二不要经商，因为要赚钱生存就难免要耍奸使滑，你们也可能做不到；三不要当兵，因为你有父母，你的枪口对准的人也有父母，我不希望你们去这样做。

"知子莫若父"。按林兄的理解，经历了时代淘洗的父亲可能深深了解他的孩子们的特点，才说出这番话来。林兄视之为"家训"。这是不是林兄逐步退出世俗事业、潜心书法艺术和过着近乎隐士生活的内在原因呢？我不得而知，也无须追问吧。

林兄的背后，是如今声名显赫的"国际旅游岛"。当年，这片土地接纳过苏东坡等中原放逐者，他们在这里安抚疲惫的心灵，创造了新的文明。

一千年后，一杯咖啡的醇厚滋味在我们的舌间缓缓扩散，一如他们艰辛备尝的苦难。

2019年3月5日　北京

岭南之子

1

这些年，我的行脚常停驻在岭南一带，那里似乎有一股魔力。

除了广、深，我的足迹遍及潮汕、惠州、东莞、佛山、顺德、中山、新会、珠海、开平、肇庆，以及广西的北海与南宁，海南的三亚、文昌与儋州。

资料说，"岭南"一般指越城岭、都庞岭、萌渚岭、骑田岭、大庾岭为主的五岭以南，以广东为核心区域，包括了广西、海南和港澳地区。中原王朝曾一度将这里视为蛮荒和化外之地。虽然"五岭"的逶迤绵延已难阻隔当代人的行旅，但那道心理上乃至文化上的分界线，似乎依旧隐约甚至分明。

不过，穿越风云际会的世纪时光，岭南早已"逆袭"。不仅成为中国发展的原创思想的策源地之一，也成为各种社会改革试验与实践的重镇。从"十三行"到"通商口岸"、从"特区"

到"综合试验区"、从旧学私塾到维新学堂、从"租借地"到"一国两制"等等，匠心独运，波澜壮阔，层出不穷。如今，北上广深，中国的四座"一线城市"，这里赫然占据了两席。

岭南的逆袭，显然是一部大历史中熠熠生辉的华章。

2

我曾想，如果没有岭南，中国会怎样？

放在以前，似乎也不会怎样，就是中原朝廷的那些失意的人少了一些去处。

唐诗里会少了韩愈的"一封朝奏九重天，夕贬潮阳路八千"的人生感喟。宋词里会少了苏东坡的"不辞长做岭南人"的自得，文天祥也无须写下悲愤的"零丁洋里叹零丁"。岭南，是中原精英生命大放逐的舞台，他们在这里歌哭，在这里成就。

还有呢，就是针脚过于密集的中原文化少了一点自我观照的喘息空间。

"不识字"的惠能不知道在哪里可以"亮出身份"，道出"性本自净"的禅宗真谛。不知道是否还会有个张九龄，在失意时也能吟诵出"海上生明月，天涯共此时"的清丽与隽永。而在明代儒者那里，可能就没有了陈白沙的"六经皆糟粕"的棒喝和在以"自然为宗"的发现我心、没有了湛若水的"随处体认天理"的觉悟以及薛侃的岭南阳明学。一道岭的好处，就是可以稍稍阻挡来自中原季风的脚步。

到了近代似乎就不同了。沐浴南太平洋季风的岭南蓬勃生长，逐渐成为中国的一极，甚或"无岭南，不中国"。从这里出发的一次次面向中原的挑战，强有力地塑造了华夏历史。

这里是天主教耶稣会士利玛窦在中国传教的起点。1582年，利玛窦应召前往中国传教，八月七日到达澳门，次年到达广州，经批准在肇庆建造了一栋两层楼房，取名"仙花寺"。他从肇庆开始，一步步北上，直至北京的皇宫。如今，他甚至泰然地躺在北京市委党校的大院里，安享他的天堂酣梦。

一群群读书人在这里风云际会。这里孕育了洪杨运动。一个广东花县的落第秀才借着改头换面的异教，在中国大地掀起一股汹涌狂流，由南而北，持续了十四年。陈澧、朱次琦等学人，分别于科场或官场急流勇退，潜心学术，举办学校，促进了林则徐、魏源的经世致用。康有为、梁启超等士人部落，以万木草堂为最初的舞台，挥舞"新学"的武器，开启近代中国的启蒙时代。

当然，这里面朝大海，成为著名的侨乡。更多的岭南民众远下重洋，走出去看世界、闯天下，开枝散叶。在民族危难的时刻，他们继而回顾，开展艰苦卓绝的"救亡"探索，汇集成孙中山的北伐劲旅、南洋机工的抗日洪流。

享有了一道岭的阻隔、一片海的开放，岭南这片曾经蛮荒的土地成为异数，引领中国历史别开生面、走向纵深，获得无限的生机。

3

新会，是岭南之南。

从广州、顺德而来，越走越荒凉。这似乎是岭南的某种边缘地带。

在新会下榻的酒店显得年久失修，不过我看中的是它的高度。这里正好面对烟云缭绕的圭峰山，俯瞰古香古色的新会学宫古建筑群。

始建于北宋庆历四年（1044）的学宫，如今是新会博物馆，展示了中原王朝在蛮荒之地的儒化成就。资料显示，到北宋这个时期，广东一带每个州都设立了州学，一半以上的县设有县学。岭南子弟捧起了四书五经，在书声琅琅中，品味来自中原的经典教义。而在学宫身后的圭峰山，则是陈白沙的心学道场，这里有他著名的讲学处。在此，岭南士人发起了对程朱理学的最初反叛。

不过，我来到新会另有原因。

熊子乡茶坑村，是梁启超先生的出生地。这是我在这个早春季节漫游的目的地。

两千五百年前，孔子曾说"智者不惑、仁者不忧、勇者不惧"。1922年十二月，晚年梁启超在苏州学生联合会邀请的演讲会上，接续了夫子的话题。他以自己大半生的激荡生涯为基础，恳切地与青年们交流，如何"做一个不惑、不忧、不惧的人"。

在我心目中，这个岭南子弟，正是孔子精神的纯正传人。

长期以来，这句话指引了我辈，并暗示了中国哲学中蕴涵的大智慧。他也成为人们精神生活中的重要指引者。在可能的地方，如广州长兴里的万木草堂、长沙三贵街的时务学堂、北京琉璃街的新会会馆，他影响了无数人，风靡了一个时代。

岭南或许可以没有，但不能没有新会，更不能没有茶坑村。

4

茶坑不产茶，产两样奇物，一曰"推陈"，二曰"出新"。

"推陈"者，这里有柑园万亩，常年郁郁葱葱，陈皮飘香，酸甜生津，裨益脾胃，早已成为富民产业，是新会的重要地理标签。"出新"者，梁任公是也。他出身一户寻常的半儒半农家庭，天赋异禀，在四书五经的旧学中奋力挣脱，剑指北方。他毕生维新，而终究事业未竟，在亲历欧美的行旅中再度陷入沉思。任公育有九子，其中沐欧风美雨者达七人，均从不同领域继承了父志，成民族栋梁之材。他是一代人的精神之父。

我要感叹，新会者，堪称新世纪中国的风云际会之所在。

漫步完茶坑村的村舍巷道，在熊子塔下的梁启超雕像前，我编写了一条笔记，发表在朋友圈上。很快，引来上百个回应。

多数朋友并不知道茶坑村。

在我的眼里，这个村子也的确不算出众。村舍虽然打理得整齐，但多数房屋大门紧闭，所见者仅有老人和小孩。村务公开的告示墙上，从各类公告中可以轻易地推算出他们稍嫌菲薄的公共资产数据。我甚至怀疑，如果不是梁启超，谁会留心这个隐藏山麓丛林中的小村呢？

而中原的风早早就吹到了茶坑，以至于1925年梁启超在撰写《中国文化史 —— 社会组织篇》时，用了两千余言的篇幅，回忆他当时的美好的"乡治"制度，给我们描绘了一个完全不同的景象。他说：

> 吾乡曰茶坑，距崖门十余里之一岛也。岛中一山，依山麓为村落。居民约五千，吾梁氏约三千，居山之东麓，自为一保，余、袁、聂等姓，分居环山之三面，为二保，故吾乡总名亦称三保……

他特别强调："此种乡自治，除纳钱粮外，几与地方官全无交涉（诉讼极少）。"

在茶坑，有着秩序井然的自治机制。全乡由三保组成，每保设保长一人，专门与官府对接。本乡治大小事项各自由本保决断，共同问题则由三保联治机关"三保庙"裁决。本保的自治机关是梁氏宗祠"叠绳堂"，由五十一岁以上的三耆老会议执掌，有功名的秀才监生以上者亦有发言权。耆老会议每年两次，是一乡的最高法庭。

乡设有乡团，承担护卫乡里之职，由壮年子弟志愿参与，但要经过耆老会批准。还设有蒙馆三四所，本族儿童无力支付学费的，也不得拒绝入学。正月放灯，七月打醮，是乡民的主要公共娱乐。还设有为乡民服务的组织，如类似信用合作社、消费合作社等。

这是十九世纪末岭南乡村的样板，一个儒化化育而成的完美世界，一个风俗醇美的世外桃源。没有人能料到，它将以自己独特的方式反哺中原。

一个茶坑子弟，从这里出走。

5

遗憾的是，世外桃源并不存在，故乡再好，都是用来"出走"的。

据许知远的梳理，六岁时，梁启超正式上学，蒙馆是祖父开设的"怡堂书室"。入学时，要给孔子牌位叩头，给老师跪拜。梁启超的父亲梁宝瑛在多次科考失利后，终于偃旗息鼓，子承父业，成为学堂先生。

八岁时，梁启超正式开始学习"制艺"，就是学写八股文。十岁时，他前往新会县城，在专门的经馆里学习。整个家族都把希望寄托在这个男孩身上，父亲会经常提醒他，"汝自视乃常儿乎？"

梁启超的确不是一个普通的孩子。据说他九岁时就能下笔千言，十岁时已经赢得了"神童"的美誉，并在童试中顺利地通过了县试。县试的地点，就设在新会学宫旁的考棚里。

随即，他前往广州府参加府试。当时，新会与广州之间的轮船尚未开通，考生们往往结伴合租一艘小船，沿西江而上，一起度过这三日的水上行程。梁启超是船上最小的一位，其他大都是屡试不中的学兄学长。他们在漫长的旅程中相互切磋，打发稍显沉闷的舟行时光。

1884年，梁启超通过广东省学政主持的院试，成为一名生员，即秀才。也就是说，梁启超进入"特权阶层"时年仅十二岁，比常人至少提前十年！

1885年，梁启超来到了广州学习，迎接三年一次的乡试，继续他的科举之路。他进入了著名的私人书院"学海堂"，此时，当年学海堂山长陈澧的开明务实的治学遗风尚存。他同时也是菊坡精舍等几家书院的"院外生"。四年后，梁启超获得乡试第八名，主考官李端棻将自己的堂妹许配给他，认定这位农家子弟前途不可限量。

梁启超似乎即将开启他的开挂人生。但此时在他的学问世界里，除了段玉裁、王念孙父子的训诂学略有新意，尚"不知天地间于括帖之外，更有所学也"。直到他在这里遇到"恩师"康有为。

后来，梁启超回忆道："先生乃以大海潮音，作狮子吼"，令他感到"冷水浇头，当头一棒"，进入一种眩晕状态。

这个旧学世界的"神童"、正在科考路上昂首阔步的年轻人，在康有为五味杂陈、狂风暴雨式的西学思潮中，首先开启了自我启蒙。

广州，才是梁启超人生的真正起点。

6

但凡"出走",无论是付诸行旅的跋涉,还是思想的"改弦更张",总是有可商榷之处,尤其是对一个作为思想家和启蒙者梁启超的"出走"。

他一直被误会,更被低估。

戊戌政变失败后,康有为避走加拿大,梁启超在日本使馆的帮助下来到日本,而谭嗣同等"六君子"血洒菜市口。如此不同的抉择,使得康、梁一度陷入激烈的物议中。他们的行为,不符合大多数人的道德要求。

他思想的"多变",更令人困惑至今。他在《时务报》与时务学堂期间,猛烈批判君主制,而一旦皇帝支持变法,则改变为君主立宪。在流亡日本期间,他又一定程度上赞成革命党的"破坏主义",主张民主共和适合中国,几乎与孙中山建立某种同盟。而1903年他离开日本赴美考察,行程横跨北美大陆,一路上,对国民性的悲观重估使得他的主流观点剧变,更改为虚君保皇,主张"开明专制",并以此作为君主立宪的过渡。1919年,他考察战后欧洲游历,在一片衰败景象中对欧洲文明产生了巨大的质疑。他随即退出政坛,回归学术,全心投入对文化重建的深入思考。

对于人们的褒贬,他也曾有所说明,但这终究要抛弃就事论事,归结到他的基本人生观。

1922年十二月二十七日,梁启超应苏州学生联合会的邀请,做了一个题为《为学与做人》的演讲,他对自己大半生探索和努力进行了某种意义上的总结，从中或可窥见他心路历程的底层逻辑。

这一年，梁启超年届"知天命"的五十岁。

"智者不惑、仁者不忧、勇者不惧"，怎样才能不惑呢？他说，"最要紧的是养成我们的判断力"，要有相当的常识，对于自己要做的事须有专门知识，还要有遇事能断的智慧。

如何做到不忧？他认为"大凡忧之所从来，不外两端，一曰忧成败，二曰忧得失"。他认为，"仁者人也"，意思是说人格完成就叫作"仁"。一个人格完满的"仁者"，必然知道宇宙和人生是永远不会圆满的，这样才需要我们去创造与进化，但他同时也懂得，一个人所能做的工作对这宇宙的进化而言又算得了什么呢？不过"知其不可而为之"而已。这样的话，又何来成败与得失呢？

如何做到不惧呢？"头一件须要心地光明"，须要从一切行为可以公开做起。第二件要不为劣等欲望所牵制。自己应该做的事，一点不迟疑，扛起来便做，"虽千万人吾往矣"。这样才算顶天立地做一世人。

在那世纪之交"三千年未有之大变局"中，中国的走向有多种可能性，需要实践、需要估量、需要不断反思。这是煎熬的时代，也是幸运的时代，毕竟有新路可以走。在其间，我们可以清晰地看到一个儒者的身影，或许并不魁梧，却有着持续不衰的改造世界的激情、理性探索的胆识与付诸行动的勇气。他不是传统的道德主义者，而是一个独立思考、坚韧不拔地谋求"维新"的人。

他无须做任何辩解，他至今也并没有被真正超越。

7

离开茶坑村，我们去寻找那片海。

这片海，是宋元崖山海战的所在地。这里终结了汉族王朝南宋。有人说，"崖山之后无中华"，这里也是千百年来观念交锋的战场。

崖山有两处遗址可供瞻仰。一处是流亡王朝的行宫，现在已经是规模宏大的纪念场所。历朝历代的人们，都在这里建庙、塑像、题词作诗，讴歌宋朝军民的忠贞和气节。另一处是崖山炮台，是当年宋元的最后搏杀之地。炮台依旧雄伟，炮口默默地对准江面。极目眺望，大江波涛翻滚向南，流向浩瀚的南洋。

在祖父的带领下，少年梁启超也曾多次游览崖山。有趣的是，我们很少读到他的相关记载和感受。不过，在《三十自述》中可以看到他这样的介绍：

> 于其省也，有当宋元之交，我黄帝子孙与北狄异种血战不胜，君臣殉国，自沈崖山，留悲愤之记念于历史上之一县。是即余之故乡也。

虽然他称蒙元为"北狄异种"，但纵观其一生著述行止，可以肯定的是，梁启超不是"汉族主义者"。身处"驱除鞑虏"

喧嚣尘上的时代，他甚至不"排满"。

1897年八月十八日，他在《时务报》发表《〈春秋中国夷狄辨〉序》一文，对宋儒以来"尊王攘夷"观念源自孔子《春秋》的观点进行了批驳。他旗帜鲜明地指出：

> 后世之号夷狄，谓其地与其种族；《春秋》之号夷狄，谓其政俗与其行事。

这是说，孔子的"夷狄"，不是具体指称某个地区某个种族，而是指一种政治、风俗和行为的蒙昧状态。这个状态，哪个种族都会有。这是对孔子"夷狄论"的一次有力的拨乱反正。

"崖山之后无华夏"的论调，不过是"华夷之辨"的现代版。这个汉文明至上的天朝梦魇及其变种，至今仍然像幽灵一样徘徊在中华大地的上空。这一点，也是梁启超并没有被真正超越的明证吧。

他终究是"岭南之子"。

2019年7月28日　北京

惆怅的人

1

那天我们刚刚坐下，倒上茶，这窗外的雨就密密地下来了。片刻，就从湖面传来清越的淅淅沥沥的声音。

真是天遂人愿！我与方兄相视大笑。大玻璃窗外，岭南初夏的湖光山色清新可人。对岸山顶上塔影绰约，在雨中别有一番意境。——天亦有情，这分明是看在我们老友难得一见的分儿上。

这家临湖的酒家位于方兄寓所不远，距离我们此行目的地东莞可园也很近，都只有十分钟左右的车程。

方兄与我是中学同学，也不知是什么星下凡，一个家底瘠薄的山里娃，却自小酷爱昂贵的绘画。高中毕业后，我勉强上了大学，而他则闯荡南方，行囊里只有几管画笔。

岁月悠悠。方兄从打工到创业，以他独到的质朴与执着，在金融风暴、出口加工低潮和地方经济"腾笼换鸟"政策的一轮轮考验中，不仅存活下来，甚至获得逆势成长。

不唯如此，他有一个幸福的家庭。贤惠能干的妻子是他事业的亲密伙伴，一双千金更是掌上明珠。有趣的是，大女儿似乎继承了乃父的艺术天赋，正在备考广州美术学院。

我这些年则无所事事，唯有读书写字，随性行走。出于某种机缘，对这经常造访的岭南，兴趣竟日益浓厚。因此只要来到广东，就常常挤出时间与方兄同游。

难能可贵的是，对于这样的出游，方兄往往一拍即合。他可以轻松地放下他的生意，开着他的大路虎，兴高采烈地与我同行。由此我们寻访了不少岭南名胜，消磨了许多快乐时光。

听说我要去可园，电话那头的他不由得愉快地大笑，说，那就在我家附近呢！可园，是我去年以来重游苏州园林之后确定的目的地。园林是栖居之所，因此游园自然就是读人、读史、读大千世界。同是园子，分属江南与岭南，比较着读才有意思吧。我是这么想的。

何况是与方兄同游呢？

2

约略了解，这位可园主人张敬修颇有意思——

他出身行伍，沙场鏖战多年，以赫赫战功官至江西布政使（从二品）。意外的是，这个连秀才都考不上的人却尤爱梅与兰，并以之入诗入画。他诗画俱佳，有《可园遗稿》传世。

这还不算，他还利用繁忙公务当中返乡的间隙，以超过十年之功，亲自筹划、建造了一座私家园林，命名为"可园"。有公论的是，可园的人文意蕴堪比那些著名的江南佳构，在岭南名园中也颇显卓尔不群。

这还不算。他的身体力行带动了家族几代才俊投身艺术，写诗作画，甚至纷纷建造自己的园林，形成"四个园林，人有一集"的岭南文化奇观。据考证，"四个园林"，除了可园，另有侄儿张嘉谟的道生园、侄儿张嘉齐的学圃、侄儿张嘉言的欣遇园，可惜都没能保全下来。"人有一集"，张氏多人编纂了自己的诗文集，可惜除了《可园遗稿》，其他文集在百年沧桑中也大多佚失，值得庆幸的是仍存诗文十六家共三百七十五首、绘画五家共一百四十幅。这在岭南著名家族中，无人可望其项背。

这还不算！以美术为背景的方兄说，可园还是"岭南画派"的滥觞之地。原来，张敬修的好友兼军中幕僚居巢和居廉伯仲，长期居住在可园，直到敬修去世。"二居"在这里获得了优渥的生活保障，潜心绘画艺术，独创和发展了"撞水"和"撞粉"技法，并将大量岭南瓜果、风物入画，活色生香，生机盎然，竟成"岭南画派"鼻祖。

更令人震惊的是，张敬修于1864年病逝，享年仅仅四十二岁。天妒英才，世上的事就是这样不完满。

3

享用了岭南美食，我们驱车来到可园。断断续续的雨，此时又热烈汹涌起来。我心里一动，这岭南的雨天，也应是当年敬修先生的生活日常吧。

某个此刻，他可能与我们一样刚风尘仆仆从外面回来。带着一点归家的急切，绕过门前的莲花池，进入东南门厅，被夫人笑吟吟地迎接个正着。虽有仆从勉力撑着雨伞，但仍难免打湿了靴子和长衫的下摆。

他也可能在那所著名的"草草草堂"与朋友们盘桓已久，正从容地起身，穿过长长的"环碧廊"去给母亲请安。雨太大了，一些地面流进了雨水，变得湿滑。他一边躲避脚下的水渍，一边招呼家丁做一些必要的清理工作。刚刚写完的《草草草堂序》墨迹犹未干，正在朋友们手中传阅与品评。

他可能独自在"双清室"读书喝茶。正放下了有些潮润的书卷，欣赏起这活泼泼的初夏大雨来。雨水汇集，从屋檐奔流而下，在台阶上溅起晶莹的水花，卷起阵阵舒爽的凉意，迎面扑来。他独爱双清室这个不算大的空间，在施工时，要求工匠精细到每天只可铺两块地砖。

他可能陪同朋友们在"绿绮轩"谈论琴艺。雨声嘈杂起来时，这曲目是听不成了。有客人说，这雨声何尝不是一曲《碧涧流泉》？有的则说，何必要拘泥眼前的情景呢？拟为《怀古》应更加传神！他就这样，在朋友们的意领神会中消磨这难得的乡居时光。

他也可能在"邀山阁"，那是园林的最高处，与居氏兄弟等朋友谈论这雨天题材的绘画创作。此时，阁楼所有木格窗均已被推开，在密密的雨脚中，南粤的天际线隐约展现。这样热烈的山水，又该将如何入画？

——其实，在张敬修戎马倥偬的短促人生中，并没有多少岁月静好的居家辰光。算一算，自他"服官粤西"后算起，加起来也不会超过区区十年吧。

他处于一个快速崩坏的时代，帝国正踏上"三千年未有之大变局"的苍茫而迷离的轨道。

4

热情的方兄知我，张罗着请来了导游，来讲讲这位可园主人的人生故事。

在可园"草草草堂"的历史陈列中，他短暂的一生被概括为"三起三落"，而可园的建造，也基本上是在这起落之间断断续续完成的。

1841年，十八岁的张敬修考秀才未中，主持家务的二哥张熙元说："习举业何能报国，盍投笔从戎，以宏展布。"考科举怎么能够报效国家呢！不如投笔从戎，谋求发展。其时，东莞一带受海盗等骚扰，地方颇不安宁，而所谓的"鸦片战争"已经开启，清军首战惨败。人们还在懵懂中，不知等待他们的是怎样的命运。

在二哥的支持下，敬修按当地惯例捐了个同知。捐官，自然只是谋个出身。岭南人的不纠结，可见一斑。

二哥果然有见识。第一次鸦片战争后，割地赔款，国库亏空，清政府加重了赋税，加上腐败的吏治，激发了此起彼伏的民众暴动。清政府被迫从草根阶层中加速起用人才，左宗棠、江中源等一批汉族精英由此走上舞台。

军事才能初露峥嵘，加上二哥慷慨，不时捐款弥补军费，敬修的机会很快来临。

1845年，张敬修以在家乡修筑炮台等有功，被委任到广西思恩剿匪。很快，他以军功被授为庆远县同知，后在百色、平乐、柳州、梧州等地担任知县，1847年又升任知府，此时他年仅二十四岁。

同年，天地会首领凌十八在广东信宜县揭竿而起，一时波及整个粤西地区。广东督抚希望加以招抚，敬修则力主派兵镇压。他认为，"贼既饱掠，挟制求招"，如果就这样同意招抚，"是谓海盗"，将起到很坏的示范效应。他的主张没被采纳，便以弟弟病逝为名辞官归家。这是第一次起落。

敬修在家乡住了近三年。其间之所以发愿要建造一个宅子，据说是要安顿母亲。他从冒氏家族购得其老宅作为基础，全身心投入了工作。为了修建园林，敬修不惜倾其所有，居巢曾说他"拼偿百万钱，买邻依水竹"。

但张敬修注定没有福分安稳赋闲。1850年六月，洪杨在金田起事。张敬修受尚书杜受田力荐，决定复出。他在东莞招募了三百名兵勇，于次年正月开赴广西作战。因成功解除象州之围有功，五月被授浔州知府实缺。此后，他不断获得战功，连升右江兵备道、广西按察使。

在太平军兴起的影响下，清朝统治在广西的形势日益困窘。

1855年，陈开、李文茂起义军先后攻克梧州、浔州，在那里建立"大成国"。敬修因此被问责撤职，但仍被挽留在军中效力。1856年春，他在浔江水战中，右腿被炮弹击中，败退至平南，便以伤病为由，再度辞职回乡。这是第二次起落。

这次返乡他住了两年多，大大促进了可园的建设进程。虽文献匮乏，但可知到1858年，可园基本完工。

就在这一年，英法兵舰进犯广州内河，张敬修率儿子振烈再次慨然复出，奉命督守东江。次年二月，在梅州大败翼王石达开部。他又以战功官复原职，署理江西按察使，1861年又兼署江西布政使。他全力筹集军费，终日操劳，身体终于不支，于七月病倒，被迫回到东莞休养。这是他的所谓第三次起落。

三次辞官回乡，两次是应为身体原因。我无从得知是天不假年，还是浔州的炮伤严重影响了他的健康，1864年正月，敬修病逝于可园。

他终究在可园度过了人生最后的两三年时光，短暂而得其所，大约可为之庆幸了。

5

该细细领略一下这座园子了。

在《可楼记》中，张敬修写道："居不幽者，志不广；览不远者，怀不畅。"他对私人园林的营造理念和追求，至今仍可以被鲜明地感受到。

可园大致呈三角形，分三个功能区：东南门厅为入口所在，是接待客人和人流出入的枢纽。以门厅为中心，建有草草草堂、擘红小榭、葡萄林堂、听秋居等建筑。

北部厅堂，是居游、读书、琴乐、吟诗作画的地方。有可堂、问花小院、雏月池馆、绿绮楼、息窠、诗窝等建筑。临湖设游廊，题为"博溪渔隐"，有钓鱼台、可亭等，皆尽显幽居之趣。

西部楼阁为款宴、眺望和消暑的场所，有桂花厅又称"可轩"，有双清室，还有厨房和侍人室。最具特色的是"可楼"，其顶层即"邀山阁"，高约十七点五米，是当时东莞最高建筑，共四层，取"邀山川入阁"之意，是可园主人的得意之笔。

可楼立面造型是碉楼式，是全庭的构图重心，体量虽大，但前有双清室烘托，侧有曲廊和平台陪衬，故也显得协调。在此登高望远，远景近影，尽收眼底。他得意地写道：

> 楼成，则凡远近诸山，若黄旗、莲花、南香、罗浮，以及支延蔓衍者，莫不奔赴、环立于烟树出没之中，沙鸟江帆，去来于笔砚几席之上。劳劳万象，咸娱静观，莫得遁隐。盖至是，则山河大地，举可私而有之。苏子曰："万物皆备于我矣"。惭愧，惭愧，今日享此，能不忸颜？

> （《可楼记》）

站在可楼上，远近山水都可以收揽在书案之上、笔砚之间，山河大地似乎成了我的独享。这个感觉，正如东坡先生所说的那样美妙啊！

巧妙的是，环绕庭院布置有半边廊与环碧廊，将三大建筑组群紧密地连接在一起，形成一个畅通的整体。

在二千二百平方米即所谓"三亩三分"的土地上，可园建筑面积一千二百三十四平方米，把住宅、客厅、别墅、庭院、花圃和书斋等糅合在一起。"咫尺山林"的造园手法，使得在有限的空间里再现了大自然的魅力。

—— 至此我不免感叹，一个以打仗为主业的将军，却亲自筹划、建造了一个人文意趣浓郁的园林，恐怕是世所仅见吧！这究竟是怎样一个人？

敬修虽有《可园遗稿》传世，家人也多有遗墨，但至今缺少笺注与研究，其多数作品的写作时间与背景都难以考证，这的确影响了我们的理解。不过，这些作品是写在军旅中还是乡居时，倒还可以辨别。

按跟随他征战的居巢的笔记，敬修在高强度、快节奏的军旅中，也是"不忘风雅"的。他照样写诗作画，而且写的画的，是梅、兰这种花草。这是一件饶有趣味的事。

他有一首《军中画梅偶题》，是这样写的：

> 澄清未遂鬓毛加，雨雪天涯感岁华。
> 钟鼎山林两惆怅，频年马上看梅花。

这是一个将军的私人志趣，却很有文人的胸臆。乡居时，他写了一篇题为《兰说》的赋，在小序中他说：

> 频年戎马奔驰，每思故山香草，安得风尘顿息，
> 得赋遂初，东兰西蕙，虽八州督，吾不易之。

这种深厚活泼、矫健的生命意识，丰盈而灵动，令人既感动又惊奇。

一个沙场百战的将军，不为钱、不怕死，更不跋扈、不骄奢、不钻营，念念不忘的却是一个"幽"与"远"，在那个年代，在他同侪中恍若另类。这种清新深沉、独立于世的生命意识，又是从何而来的呢？

6

这个问题难以索解，但又那么吸引我。我的思考大约不出三个维度：

首先，可能与他的家族先祖有着某种精神联系。

宗谱显示，张敬修的先祖可以追溯到唐代宰相诗人张九龄的弟弟张九皋。张九龄是首位在中央政府担任辅宰的岭南人，也是连接岭南与中原的大庾岭通道工程的负责人。而就是这样一位位高权重者，却写下了"海上生明月，天涯共此时"的诗句。

张九皋其实也很有成就。他十八岁登孝廉科进士，官至光禄大夫、岭南节度使，封南康郡开国公，在宋州（商丘）刺史任上

还提拔过高适，但他长期生活在兄长阴影下，显得低调而谦卑。

东莞文史学者杨宝霖先生考证，南宋绍兴年间，九皋后人张岘任广东海丰县尉，当他经过东莞时，"乐兹土之美，因家于此"，定居圆沙栅口（今莞城外西隅花闸门一带），是东莞"如见堂"张氏的一世祖。这个张岘，显然也是个性情充沛而果决的人。

到父亲张应兰这一代，功名事业不过一个县试附贡，事迹多已不详，据说有《素行堂文抄》行世，已佚。在他仅存的《题寒窗读史影图》这首诗中，他写道：

> 穷愁读书，唯彼太史。快哉浮白，何如子美？千古以还，谁会其旨？搓溪有人，风流自喜。性傲孤松，心同水止。无宠无惊，不衫不履。静对寒窗。闭户下帷，得神入髓。和靖之清，启期之齿。大隐山林，小隐城市。怀兮葛兮，柴桑一轨。

读史必崇太史公、写诗必仰杜子美，并以风流安隐自况。一个性格鲜明的士子和隐者形象呼之若出。这就是敬修成长的家庭氛围。

其次，二哥煦元善于经营而致富，给敬修提供了一个殷实的家境。

张应兰生五子，敬修排行老幺。长兄张源深，不事生产，家庭事业由二哥张煦元操持。煦元善于经营，财货日丰，逐渐成为地方首富。张家从事何种产业，没有明确记录，但东莞一带在明清以后已经有很好的开发。桑基鱼塘、香料以及借滨海之利从事物产贸易，都是发家致富的途径。

重要的是，这个张煦元的经营能力不只表现在生意上，还表现在对富裕家族所应承当的社会责任上。他不仅为子弟捐功名，还热心捐助弥补军饷，在乱世中护乡卫国，做了力所能及的工作，由此获得了"毁家纾难"的声誉。家族的富有和长辈们的开明通达，似乎使得敬修更有可能淡薄于财货，保留着一份超越的士人之风。

当然，更重要的原因，可能还是来自其独特的人生经历和生命体验。

敬修短暂的一生中，戎马倥偬，难得消停，使得他常有光阴易逝、人生易老的感喟。三起三落的跌宕中，宦海波涛，兵事频频，无法像太平时期那样读书与任事，一切处于动荡与不确定中。他身体带着战争的创伤，估计也会给他的内心带来某种暗示。由于资料的缺失，我们无法了解，在生命终结前的病中岁月，他在可园是怎样度过的。

然而，一个对生命体验始终保持着敏感和行动力的人，却无意中深刻地获得了生命的真正意义。

7

金秋时节，收到方兄的中秋祝福信息。夏初可园揖别以来，他可谓心想事成。尤其是大女儿成功考入广州美术学院，如了他的愿。

他先后在北京、上海等地参加行业展览和峰会，展示推介他苦心孤诣推出的用3D打印技术制造的产品，他还承担了特斯拉汽车零部件相关模具的研制任务。对于他来说，这是一个来自市场的肯定，令他感到欢欣鼓舞。

更重要的是，他又重新拾起抛下多年的画笔，开始自驾出行采风。去云南、福建、婺源等地，写生与旅游兼顾。有了稍满意的作品就拍照发布，在朋友圈中分享。他还不时回到赣西北的老家，带着齐全的绘画家伙什，一遍一遍地在画布上涂抹那些老屋、河堰与古树。那是一些宁静安详的风景，但对于一个在外拼搏的游子来说，却显得分外意味深长。

生命的意义是什么？这不禁让我想起可园的前门对联："未荒黄菊径，权作赤松乡。"人们对可园主人在此联中所寄予的心愿，有截然不同的解读。有的说，可园主人是希望像陶渊明那样退隐种菊，像张良那样急流勇退（张良后来遁入道门，自称"赤松子"）。也有的从中似乎读出了作者内心不甘的微澜。

两种解读，都是妙解。人生该进则进、该止则止，"可也！"这也是道生园主人、敬修侄儿张嘉谟对"可园"寓意的解读。

而敬修也有自己的表达。我以为他有同样贴切的诗句，不惜再次抄写在这里：

钟鼎山林两惆怅，频年马上看梅花。

2019年9月28日　北京

寻武者不遇

1

去顺德过春节，真是个不错的主意！

南粤大地，和风习习，郁郁葱葱。最好的新春生活，莫过于泛一艘七座的"扁舟"，偕父母家人优游此间。

我们体验到了这里的处处惊喜：有清晖园为代表的岭南版园林，讲述了一个与烟雨江南意趣迥异的故事；有逢简村为典型的岭南版水乡，浓墨重彩地表现了汉民族迁徙路上的文化传承；有老同学温兄的热忱，他闻讯专程驱车来到我们驻足的地点，以一顿饕餮顺德美食，展现了岭南风情的醇厚与热烈。

我这里要说的，是另外一个小小发现。手机地图显示，李小龙是顺德均安镇人，这里还留着他的祖居。

这令人兴奋莫名。这意味着更出乎意料的可能是"岭南版的武林"。咏春、蔡李佛、洪拳、佛山无影脚，一个隐秘的武林江湖徐徐展现……

整个佛山都值得玩味起来。

2

叶问是佛山人，在佛山南海有他的故居，这我是知道的。但独木不成林，"发现"李小龙，仿佛发现了岭南武林的更多踪迹。

这里是一方怎样的水土，而至于可以武林高手辈出？现代社会还有没有所谓的"武林"，高人们又到哪里去了？

思索间，百度已经把我们导航到了均安镇上村的"李小龙广场"。

这个广场质朴到简陋，毫无创意。矗立着的两座名人塑像，制作也毫不精良，但这都不重要。重要的是，这一文一武，均是本村才俊。文的是李文田，咸丰九年（1859）探花，授翰林院编修，官至礼部右侍郎、工部右侍郎。武的是李小龙，在这里有他的祖居，我们知道，他其实出生在美国旧金山。

祖居非故居，不过可以探求小龙的身世。逼仄小巷，简朴门脸，自非富贵人家，但吸引了不少瞻仰者。广场边的大榕树下还有一座李氏祠堂，修缮得古香古色，有简略的李家祖先名人介绍。在广东，祠堂就是公共社交场所，村民们在这里打牌、聊天。

网上有关李小龙的介绍资料，重点放在位于村口的"李小龙乐园"上，这让我误认为是遍布神州的又一个粗糙的儿童乐园。直到我们驱车扬长而去半个小时后，才又在资料检索中发现：这个"乐园"里有一个颇具规模的"李小龙纪念馆"。

没有犹豫，我们掉转了车头。

这是一个不可错过的纪念馆，建筑用心，规模不小，资料汇集系统而细腻，体现了人们对这位乡贤的拳拳之心。李小龙被誉为"武之圣者"，在武术创新和中华功夫文化传播方面，都创造了无人可及的奇迹。

对我这个旅者来说，更重要的是：站在李小龙的"高地"，瞻前可以探索佛山武林的历史风貌；顾后，则可以尝试着领会现代武林社会形态的巨大变迁。

3

有人说，人们对武术的需要往往源于街头争斗，这大体不会错。

李小龙的童年和少年时光是在香港度过的。因身体瘦弱，父亲便教他练习太极拳以强健体魄。但他迷上武术，很大程度是因为顽劣少年在街战中屡屡吃亏，迫使他寻找提升战斗力的有效途径。据说，他受好友、咏春弟子张卓庆的影响，1954年拜入在香港收徒的叶问门下。这一年他十五岁，他一学六年。

有趣的是，整个佛山武林的崛起似乎"异曲同工"，也源于"街战"。

记得在写扬州时，我说过"有大利益就有大搏杀"。佛山也是这样一个战场。衣冠南渡以来，大量北方人口迁徙，带来了许多有技术的手工业者。早在明成化、弘治年间，佛山居民就"大率以铁冶为业"。冶铁、陶瓷、药材等工商业的繁荣，使得佛山人口快速增长，财富日益聚集，成为岭南经贸重镇。

佛山工商业的发展靠的是地利。这里位于珠江水系要津，航运发达，又背靠中国南部最大的通商口岸广州，商机丰富。它的铁矿石来自周边地区。据《佛山明清冶铸》记载，这些铁矿主要分布在罗定、云浮、南雄、韶州、连州、怀集以及阳江等地。《两广盐法志》卷三十五也有记载："盖天下之铁莫良于广东，而广铁之精莫过于罗定，其铁光润而柔，可拨为线。然其铸而成器也，又莫善于佛山，故广州、南雄、惠州、罗定、连州、怀集之铁，均输于佛山云。"在"南海一号"沉船发现的大量文物中，就有佛山铁锅。

在元代的时候，佛山已经可以铸造巨大的铁锅。到明朝，佛山制造的铁锅成为御用品，造就了著名的"广锅"品牌。到了清代，佛山一直是全国最大的冶铁基地，全盛时期拥有铁匠超过三万个，每年能产出铁器超过六千万斤，是首屈一指的"铁仓"。

但政府对岭南地区的治理模式可能有别于内地，主要依靠民间自治，因此曾经一度乱象丛生。劳资之间、行业之间，乃至外来强盗洗劫，各类争斗层出不穷。

明代卢梦阳《世济忠义记》称，"佛山尤地广人众，力田者寡，游手之氓充斥道路"。道光《佛山忠义乡志》有不少事件记载。比如道光四年（1824），"奸民刘亚添、张有等聚众至千余人，勒赈不遂，拆毁有司官署及抢劫居民房室"，"其时文武带兵缓至一日，则佛山为墟矣"，可见本地并没有配备维护治安的驻兵，因此连政府办公场所都难以自保。

佛山的富庶也经常吸引了外来盗贼的洗劫。从明万历年间，佛山市民就成立了自卫组织"忠义营"以抗击流贼。有史料记载的事件也非常之多。如道光《佛山忠义乡志》记载：

顺治三年（1646），"时有黄头贼数百袭杀田营官，拆毁忠义营，大为乡患。乡人协力讨之，杀贼一百七十余级。"

顺治十二年（1655），"海贼流劫入栅下，乡夫击之，杀贼数十人。"

康熙二年（1663），"海贼流劫本乡，乡夫击败之。时贼锐甚，乡夫一炮伤其旗手，贼遂惶乱退走。又，邻乡石硝被劫，乡夫往救，击杀贼数十人，石硝获安。"

产业与财富需要保卫，个人与家庭需要自卫，于是武术就成为佛山居民的共同需要。

说一说李小龙的师祖梁赞先生，大概可以看得更清楚一些。

梁赞于1826年出生于佛山清正堂街家中，是晚清著名武术家，惯称为"佛山赞先生"。其父精通岐黄医术，在佛山筷子大街市场内开设"赞生堂"药材店，是本地有名的药材商号。清光绪初年，梁赞在"赞生堂"内收徒传技。

这种"商+武"的配置，在佛山大概是个普遍现象。类似的还有我们熟知的黄飞鸿家族，拥有"宝芝林"商号。蔡李佛拳开宗者陈享的家族，干脆就是镖师出身，提供专业的武装护卫服务，后来成为天地会等组织的重要人才来源。

由梁赞、叶问而李小龙，自咏春而演绎出截拳道。这一被认为并不"最为纯正"的咏春师传，竟然在太平洋彼岸的武林中打出了一片天地。李小龙显然是一个值得深究的武者样本。

4

正史对帝王的文功武略向来不惜笔墨，而对体制外的武林中人及其事迹则是谨慎有加。文献记载的缺失，无形中给武林蒙上一层神秘的面纱。

南佛山，北沧州，号称南北两大"武术之乡"。我没去过沧州，但去过登封、武当、邯郸永年等武者聚集之地。其实，中华大地无不遍布武者的踪迹。他们的事迹虽稀见于正史，但多见于野史笔记与民间文学，活泼、神秘、除暴安良、快意恩仇，具有很强的生命力。

在参观少林寺时，我很关注"十三棍僧救唐王"是否历史真实。拜问知者，其文献依据现存两通。一是清末绘于少林寺白衣殿内东壁上的壁画。不过这是少林寺方面的作品，孤证不立。另一份是《皇唐嵩岳少林寺碑》及镌刻在此碑背后的《少林寺牒》，唐贞观六年（632）由中央政府颁布。这就是政府公文了。

我找到了这道碑，位于少林寺大雄宝殿左侧，碑文记载了事件的过程：唐武德四年（621）四月二十七日夜，少林寺十三武僧夜间进入辕州城，擒住了辕州城最高统帅王仁则，并将其交给了唐军。也记录了政府的评价："若论少林功绩，与武牢不殊。"意思是说，十三武僧助唐生擒王仁则的功劳，堪比唐军在武牢关战役大胜窦建德。辕州位于少林寺与洛阳之间，是隋文帝赐给少林寺的庙产，因位置险要，被隋末枭雄王世充占据，并派其侄子王仁则驻守。

但即便如此重要的事迹，在新旧《唐书》里并无半点痕迹。

一支为了保护寺院及田产而组织的僧兵武装，怎么可以写入正史呢？按此逻辑，其他在野的武林人士就更不可能了。

一般的看法是，《史记·游侠列传》是体制外武林人士在正史中记载的绝响。《史记》成书于公元前91年，这"绝响"未免来得太早了点吧？

这似乎也可理解。"独尊儒术"之后，体制外的势力，弄不好就是体制的挑战者。

政治视野里的武林，武术人才通过"武举"等方式纳入体制，或者通过募兵收归军旅，为朝廷所用。没有进入这个视野的，对于统治者而言恐怕就是潜在的异己了。

5

野史和民间文学的强大传播能力，其实往往更盛于正史。这在太极拳重要传人杨露禅身上可见一斑。

传奇小说《偷拳》讲述的是一个励志故事，写尽了一个普通乡下孩子对武学的痴迷。

1982年，李连杰主演的《少林寺》首映，风靡了中国城乡的少年部落。1983年，还处于亢奋骚动中的少年们迎来了连环画《偷拳》，上中下三册，是孩子们眼里的皇皇巨著。那时我的家境尚可，自然是第一时间看了电影、第一时间拥有了这部"巨著"。记得当年在煤油灯下一遍遍地看，成为"秉烛夜游"的重要内容。

两个都是少年拜师学武的故事，但二者太不相同。一个为报家仇抗暴政而学武，故事荡气回肠，令人感悟武功和武林所具有的强大社会功能。另一个呢，则是为学武而学武，情节舒缓绵长，令人体悟人生原本有另一种可能性、另一种自我秘境。

后来我曾晚自习课上偷偷看《七侠五义》，被严厉的教导主任当场抓获，书被没收，次日早操后被当众训诫。

与许多同龄人一样，再后来自然是古龙、梁羽生和金庸。但奇怪的是，这些阅读虽然展现出一个丰富而全新的武学与武林世界，但似乎仍然无法与《少林寺》《偷拳》对少年心灵所带来的震撼相提并论。这使得我在人到中年后对少林与邯郸永年的随缘寻访，多少带上了点精神寻根的意味。

位于邯郸附近的永年古城，保存完好，也很有市井气息。似乎有意给我一个历史情景的还原，让我能较快地靠近那个潜心学武的少年杨露禅。我注意到，从这里到焦作温县的陈家沟，现在的高速公路也有三百公里，这在当年恐怕就显得很遥远了。

民国时期宫白羽的武侠小说讲述了这个故事。农家子弟杨露蝉，世居冀南广平府永年县，家庭条件较好，但从小多病。父亲担心他活不长，在读书之余，聘请拳师教他习武，小杨也由此迷上武学。为拜陈家沟太极拳高手陈长兴为师，他不惜装哑巴、装乞丐，混进陈家做了仆人，利用各种机会偷学拳艺。他的痴心打动了陈长兴，终于尽得真传。后来，杨露禅在陈氏太极拳的基础上，创编了杨式太极拳，成就一代宗师。

这个武林故事因纯粹而迷人。没有意识形态，没有宏大叙事，有的只是对武学的推崇、钻研，不仅揭示了武学传承的江湖传统，也浓墨重彩地描述了一个武者的自我探索。

6

不过，冷兵器时代对武学的推崇，到近代则出了很多洋相。尤其是在义和团"拳乱"中，"刀枪不入"的迷信，在枪炮火器之下暴露了民众集体愚昧的可怜与可悲。不过细细一想，这与庙堂之上衮衮诸公对"船坚炮利"的恐惧，可谓异曲同工。

技术进步与制度演变所摧毁的，不仅仅是武术在古典时代所具有的核心社会功能，可能还有它的灵魂。

比如武当山的堕落，曾令我震惊。

几年前我借主办一场行业论坛的机会，组织与会者参观了附近的武当山。当时缺少经验，地主也没有提示，我们的武当之行严重缺少策划，以至遭遇"黑店"。至今，我对朋友们还略感歉意。

记得抵达山下时，刚下车还没来得及反应，我们就被引入一座建筑，要求参与求签活动。就这样，每人多半被迫掏走几百至上千元不等。我本人花费了三百元，得到一张粉红色的正方形纸片，上面印了什么、道士讲解了什么，全都不记得了。记得的只是隐隐的愤怒与抱歉，以及当日在武当整个行程的不快。

我至今对武当山和那个合作举办论坛的地方政府都心怀不满，并且不再与他们联络。这确有些"迁怒"了。在"武当派"的核心道场，英雄匿迹，侠义消弭，只剩散发恶臭的套路。这是当代武林江湖的一个典型世相吧。

在当代，"武术"变身为体育与娱乐，"武林"更多以"功夫明星"的形态为人所认知。可喜的是，在商业化的道路上狂奔的李小龙，身上最耀眼的仍是他的"纯粹精神"。

在均安镇李小龙纪念馆，我吃惊地发现，在李小龙结束他的香港街战与学武时代后，回到美国，不久进入华盛顿大学心理学系，他学的竟是哲学专业。在西雅图，他重新开启了自己的武林生涯。

其间他娶妻生子、荣登美国国际空手道冠军宝座，并开馆收徒。他在实战中创新自己的武学理论与格斗技术，创造了富于中国哲学精神的"截拳道"。重要的是，他通过完全商业化的"功夫电影"形式，将他的武学探索精彩纷呈地呈现在世人面前。在三十三岁的短暂生命里，他取得了世俗事业的辉煌成功。

李小龙留下了一批宝贵的武学著作。在浮华喧嚣的名利场中，他显示出深刻的自我反思自觉和对人生真理的探求精神。他的合作伙伴约翰·里特（John Little）将他的遗著整理出版。

某日，我获得了这样一部名为《生活的艺术家》的李小龙文集。

在作为搏击攻防的社会功能被逐渐消解之后，无论是"武学"还是以人为核心的"武林"，均出现了有趣的转向，即由外而内，走向对自我的探索。李小龙完美地完成了这个转向。这是他作为武林大侠所提供的意义。

不仅如此，他还为当代武者提供了"意见表达"的一个新型工具，即"功夫电影"。他用自己的实践证明，这个工具同样可以锐利而有效。他用"四部半"电影缔造了不朽的东方传奇，许多外文字典里因此出现了一个新词："功夫"（kungfu），成为中国文化呈现在全球视野的另一个独特标签。

李小龙对武学"内圣"与"外王"功夫的成功实践，可能是一个标志，即"武林"的新时代，已经来临。

2019年5月2日　北京

一个人的战争

1

此次疫情暴发时，我与家人刚刚抵达惠州的海滨，开启一年一度的岭南行。

消息很快就抵达海边小镇。一夜之间，几乎所有的公共场所都被关闭。我们被困在酒店，正好面朝大海、烧水煮茶。

惠州曾是苏东坡生活过的地方。那是公元1094年十月到1097年四月，他在此居住了两年零七个月。"日啖荔枝三百颗，不辞长做岭南人"。东坡写下过不少脍炙人口的诗句，但实际上，他缺衣少食、多病寡欢，还因"时疫"袭击而痛失亲人。惠州，是他人生中最惨痛的"滑铁卢"。

在中原王朝的版图上，岭南此时还是荒蛮之地。《宋史》有记，诏曰："以东兵戍岭南，冒犯瘴疬，得还者十无五六。"从外地派去的驻军，因染上病疫能够活着回家的连一半都不到。这是皇帝诏书上的记载。而官员被流放到此，则叫"万里投荒"。那等待东坡的，又将会是什么？

的确，他个人的情况似乎并不太好。

1095年，他说"余迁惠州一年，衣食渐窘，重九伊迩，樽俎萧然"，竟然贫困到连吃饭穿衣都渐渐成了问题。此前他在黄州当了几年农民，自力更生，开荒打粮，才刚刚解决温饱。

不仅如此，他的身体似乎也一直不好。1096年，他说："去岁三月，自水东嘉祐寺迁居合江楼，迨今一年，多病鲜欢。"而这一年给予他最为沉重的打击，是他的老来伴侣王朝云死于"时疫"，年仅三十四岁。

即使堪称"儒医"、有着丰富抗疫经验的养生家苏学士，在流行病前仍然难逃命运的作弄。

"玉骨那愁瘴雾，冰姿自有仙风"。在惠州西湖的东坡故地，史迹处处，其悲悯和无奈至今犹可触摸。在六如亭上，写着这样的楹联：

> 不合时宜，唯有朝云能识我。独弹古调，每逢暮雨倍思卿。

记载说，王朝云是念诵着《金刚经》的偈语而逝的："一切有为法，如梦幻泡影，如露亦如电，应作如是观。"这样的临终遗言，可谓道尽世间真谛。

而话虽如此，生老病死，如影随形，事来则应，该做的还是要做。在东坡先生这里，"养生家"的称号，就是由一部"抗疫史"来炼成的。

2

来到惠州的东坡，已经抗击过好几次"时疫"，估计已经誉满朝野。不管是飞黄腾达还是官场折戟，对于"抗疫"这件事，用现在的新闻语言来讲，他始终"战斗在最前线"。

规模大一点的抗疫情活动，发生在谪居黄州期间和第二次任职杭州期间。这是他广为人知的经历。

1080年，黄州大疫。此时的苏轼，刚因"乌台诗案"在湖州太守任上落马，发落为黄州团练副使，不得过问公事。这个职位其实是个虚职。宋朝奉行优厚士子的祖训，顾及读书人的体面，实际上是被看管起来。东坡在惠州、儋州的情形，也是如此。

"拣尽寒枝不肯栖，寂寞沙洲冷"。自身难保的苏轼，却在疫情面前挺身而出。

他从同乡、名士巢谷那里求得其家传药方"圣散子"，不惜打破不外传的承诺，将其传给了蕲水人、名医庞安时，嘱他尽快投入救灾，据说"所全活者不可胜数"。后来庞安时将此方收录在他的著作《伤寒总病论》中，成为救助民众的抗疫名方。

这个药方也在同时暴发疫情的江西筠州（今高安）派上了用场。《雍正江西通志》说，"时大疫，乡俗禁往来动静，惟巫祝是卜。"正在此任盐酒税监的苏辙在大哥的帮助下，为筠州的疫情引入了药物救治。

1089年，苏东坡以龙图阁学士知杭州，下车伊始就赶上杭州大旱，"饥疫并作"，不少感染者正在死去。

此时作为地方行政长官的苏东坡，迅速采取了措施。

首先是解决饥荒。他上书朝廷，将本路上缴的稻米减少三分之一，以稳定米价；申请到了剃度僧人的牒文三百个，换成救灾米；同时降价出售常平仓的储备粮，救助被困的百姓。

其次是开展救治。他炮制药剂，派人带着医生分发。并意识到杭州是水路交通枢纽，感染和死亡人数多，要做长久打算。时人记载，他"以私帑金五十两助官缗，于城中置病坊一所，名安乐"（《清波别志》）。这个"安乐坊"类似于当年的北京小汤山医院，主要用来隔离救治患者，"三年医愈千人"，发挥了很大的作用。

再就是疏浚西湖与六井，系统性地整治城市环境，改善饮用水源。这是一举多得的壮举，不必尽述。

苏轼的作为可谓尽显儒者风范，比较之下，难怪有人要发出"世间已无苏东坡"的悲叹！

3

在医学修养高深、"抗疫大咖"的苏东坡面前，朝云的死就凸显了惠州"时疫"的残酷性。

要知道，当时的宋朝是全球最大的经济体。人口快速增长，朝廷比以前各个时期更重视公共卫生事业。但即使如此，传染病引发的公共卫生事件也是时有发生，人们称之为"瘟疫"。

"瘟疫"作为一种统称，包括伤寒、鼠疫、麻风病、痢疾、疟疾、肺结核等烈性传染病，在全球历史上都很常见，在古代中国也不例外。

首先是暴发频次高。华中师大龚胜生教授做过统计，从春秋至清末近两千年间，每四年一次。北宋时期一共有五十九个疫年，即每近三年一次。疫灾多发于高温的夏季和青黄不接的春季，多发于首都开封周边和人口密集的长三角地区。而根据中科院韩毅研究员不同口径的统计，有宋一代三百二十年间，疫灾发生了二百九十三次，几乎每年有一次。

其次是杀伤力之大，罄竹难书。以宋代的记载为例，1033年，"南方大旱，种粒皆绝，人多流亡，因饥成疫，死者十二三"；1075年，"两浙无贫富皆病，死者十有五六"；1092年五月，"浙西饥疫大作，苏、湖、秀三州人死过半"；1094年春，"瑞安大疫，邻里亲戚绝不相问讯，极置棺他室密封"。这样的记载太多太多。

这些有记载的大疫，死亡率都非常高，因此在当时，传染病的防治也从来就是民生大事。

宋朝以文官治国，儒家精英们将瘟疫视为"疫水旱畜"四大灾之首，重视发展公共卫生事业，建立了防治结合的治理体系。

一是重视预防。宋朝逐渐认识到了环境与瘟疫发作的关系，在人口密集区域，采取了很多整治环境、推广医疗等措施。时人有"沟渠通浚，屋宇洁净无秽气，不生瘟疫病"等记载。

二是编撰医方。宋太宗下令编纂了医药学巨著《太平圣惠方》，宋仁宗时先后颁行了《庆历善救方》和《简要济众方》。

三是稳定人心。瘟疫之下，往往流言四起。为安抚人心，朝廷会采取一系列措施，如皇帝发布"罪己诏"、赦免罪犯、减免赋税、举办祈禳仪式等。这些办法具有时代特色，在心理疏导上作用很大。

四是建立救助体系。宋朝有较完善的医疗机构，如设御药院，为皇家服务。设太医局，培养专业医生。设翰林医官院和太平惠民和剂局，为民间提供医疗服务。翰林医官院隶属于翰林院，是一支设备精良、医术高明的医护队伍，常受皇帝指派奔赴疫区，是抗击病疫的主力军。

宋朝还在地方发展官办药局。如南宋临安府，设有五所官办药局，平时"应济军民，收本钱不取息"，疫情发生时会提供免费医药服务。

五是充分发动民间力量。地方乡绅和富户捐钱捐物，修建隔离设施，保障救灾物资。医家到疫区参与救治，撰写医方，炮制药剂。道家、佛家等宗教人士则积极承担志愿者工作，如苏东坡创办的"安乐坊"，就是由僧人主持的。

因史料短缺，我们无法简单评判宋朝传染病防治系统的优劣与高下，值得一提的是，其关心民瘼、周济苍生的价值指向是非常鲜明的。《宋史·赈恤志》说："宋之为治，一本于仁厚，凡赈贫恤患之意，视前代尤为切至。"其治理体系也堪称周全。

宋代的行政系统在作为，士人更是在行动，比如苏东坡。

4

苏东坡对以医救世有一种天然的自觉，其内在动力来自何处，是个有意思的话题。

据说是他自己身体不太好，因此很讲究养生。不过，东坡讲究养生是真，身体健康状况却不太好确认。

他常常感叹自己的苍老多病，但多数情况是对心境的描述，这是中国文人独特的生命体验。如他自称"老夫聊发少年狂"时，是在密州，他三十八岁。他感喟"早生华发"时，是在黄州，也不过四十四岁。他说自己"多病鲜欢"时，是在惠州，他五十九岁，但一个花甲老人跑到当时的岭南去居住，身体不适肯定是有的。而他画风大变，写下"九死南荒吾不恨，兹游奇绝冠平生"诗句时，是自儋州北返渡海之后，他六十三岁。老爷子的生命力何其强大！

有人研究，宋朝平均寿命是三十岁到四十岁，宋代十八个皇帝的平均寿命是四十六岁，而历经了常人难以想象的困苦生涯的苏东坡，却享年六十六岁。因此，他的身体状况大体是不错的。

依我看，苏东坡以医救世最重要的动力，来自他儒者的文化人格，而当时儒道释大融合的潮流，也创造了有利条件。

范仲淹说，不为良相，便为良医。这是东坡父辈的志向，但其思想渊源其实更久远。唐代医学家孙思邈在《备急千金要方》里语出惊人。他说："上医医国，中医医人，下医医病。"这与儒者的理想高度契合。

价值观的力量是多么强大啊！

在唐代振兴儒学道统的基础上，宋代儒学则实现了开放式的复兴，儒道释三教走向融合。其重要效应，就是三者在养生理论与方法上的相生与互补。清心与节制是其共同底色，而拥有《黄帝内经》这样的皇皇经典的道家，更是发展出中医"岐黄"之术，为儒者践行"兼济苍生"的志向所用。人们称这样的儒士为"儒医"。

宋代以来"儒者知医"蔚成风尚，知名人物自然不止苏轼，可以列出一个长长的名单，让你叹为观止。

不少士大夫将医学作为其实践儒学"格物致知"的有效方式。如王安石，自称"至于《难经》《素问》《本草》、诸小说，无所不读"。北宋末的寇宗奭，则针对《本草》中的错误，利用在各地任职的机会，深入实践，反复验证，写成《本草衍义》。金元时期的名医朱丹溪，也是由儒入医的代表人物。清代兵部尚书吴其浚，公务之余广收植物标本，编成《植物名实图考》，在本草学方面有很高的价值。

"儒医"既可坚守儒者精神又可借以谋生，因此成为部分落魄士子的出路之一。这样的名家不胜枚举。如宋代董汲，科举失利后从医，成为崇宁大观年间名医，著有《斑疹备急方论》等。北宋元祐三年（1088）进士朱肱，因忤旨罢官，他以贾谊"古之人，不在朝廷之上，必居医卜之中"的古训自勉，隐居杭州，潜心研究张仲景《伤寒论》，写成名著《类证活人书》。

因各种原因放弃科举、潜心医术的人还有太多。如元代的葛可久，苏州人，著有《十药神书》；明代的汪机，安徽祁门人，著有《外科理例》等作品；李时珍，湖北蕲水人，著有《本草纲目》；杨继洲，浙江衢州人，著有《针灸大成》；清代的汪昂，安徽休宁人，著有《汤头歌诀》和《医方集解》；陈念祖，福建长乐人，著有《医学三字经》等。

这些人由儒而医或亦儒亦医，形成了中医史上颇为壮观的"儒医"群体。他们以深厚的儒学修养，格物致知，积极实践，著书立说，取得了远高于普通医家的成就。

这种成就取得的奥秘，正在于儒者价值观和医者技术的完美结合。《四库全书总目》这样点评《苏沈良方》：

> 盖方药之事，术家能习其技而不能知其所以然，儒者能明其理而又往往未经试验，此书以经效之方而集于博通物理者之手，固宜非他方所能及矣。

这的确是有很见地的分析。

在苏轼及一代代"儒医"身上，可以分明地感受到华夏传承中的儒者精神，一脉相承，生生不息。

5

上医医国，中医医人，下医医病。世间当然有苏东坡！

苏东坡在岭南的抗疫活动，随着他人生的艰难迈进而升华，很自然地延伸到公共领域治理和先进文明的传播。

在惠州期间，他的一个重要抗疫项目，就是帮助广州创建"城市自来水系统"。

1094年，苏东坡被贬惠州，其时广州正暴发瘟疫，死亡人数众多。他一到惠州就接到朋友、广州太守王敏仲的求助信。

从现有的文献中，我们可以看到苏东坡的建议：

一是建医院。"广州商旅所聚，疾疫之作"，"莫可擘划一病院，乃长久之计"。他还给王太守推荐了擅长防疫与小儿科的林忠彦医生。

二是浚水源。经过调查，他了解到广州瘟疫主要是因为饮用水源不洁所致，于是研究了一个自来水供水计划，并建议由他的朋友、罗浮道士邓守安来实施这一工程。

在苏东坡给王敏仲的信中，我们可以了解到这一天才设计：

> 惟蒲涧山有滴水岩，水所从来高，可引入城，盖二十里以下耳。若于岩下作大石槽，以五管大竹续处，以麻绳、漆涂之，随地高下，直入城中。又为一大石槽以受之。又以五管分引，散流城中，为小石槽，以便汲者。不过用大竹万余竿，及二十里间，用葵茅苦盖，大约不过费数百千可成。
>
> （《苏东坡全集·尺牍》）

他说，从距城二十里的蒲涧山（今白云山）滴水岩引干净水源，在岩下开凿一座大石槽储水，用五根大竹筒把水引到城内的大石槽，再用五根竹筒分流到城中的小石槽，便于居民汲水。

苏东坡对这一设施日常维护的资金来源，还提出了非常具体的建议。他说：

> 须于循州置少良田，令岁可得租课五七千者，令岁买大筋竹万竿，作筏下广州，以备不住抽换。又须于广州城中置少房钱，可以日掠二百，以备抽换之费；专差兵匠数人，巡觑修葺。则一城贫富同饮甘凉，其利便不在言也。

> （同上）

即在珠江上游的循州（今惠州、河源等地）购置少量良田放租，租金所得，用作购置竹管、更换管道的经费，同时在广州城中建一批公屋放租，用来开支日常养护所需经费。

民国初年，广州拆除城墙时曾发现一个南宋的石水笕，经考证，就是苏东坡工程中用来连接竹竿的石制管道。人们认为，直到南宋这一自来水设施仍在使用。

6

1097年四月，年届六十一岁的苏东坡再次被贬谪海南岛，开始了他在儋州的两年多荒岛生涯。这里的原始状态，却给了他一个综合发挥的机会。

他将一生所学全部投入这里的移风易俗、公共卫生、教育和社会发展上，成为文明的播火者。

首先，仍然是解决百姓的饮水卫生问题。

路过海口时，东坡在城东驿站暂住，发现当地百姓喝的都是容易致病的咸积水。他主动带领村民寻找地下水泉眼，并指导开凿。据说这口泉如今还在海口的五公祠内。

儋州百姓饮用的也是容易引发疾病的池塘积水。他带领乡民凿井，并在当地推广。如今，最初的那口井仍在，人们称之为"东坡井"。

其次，开辟药圃，推广医药防疫。

东坡初到海南，"食无肉，病无药，居无室，出无友"。百姓得病后的诊疗也主要依靠巫术。他记载，这里"病不饮药，但杀牛以祷"。

老先生又行动起来了。他到乡野采摘草药，发现了荨麻、苍耳等有疗效的药材。他从广州王敏仲索来黑豆，制成辛凉解毒的淡豆豉。据说当地自此开始种植这种黑豆，并命名为"东坡黑豆"。

为更好地解决药材短缺问题，他开辟药圃，自种药材，如人参、枸杞、地黄、甘菊、薏苡等。他以这些药材为题写了诗作《小圃五咏》。

再次，最值得称道的是，他对岭南的"瘴疠"进行了深入研究和体会，刷新了中原人对岭南的认知。

在《与孙运勾书》里，他介绍了对本地人养生御瘴方法的调查研究情况。在《书海南风土》中，他阐述了自己的认识：

"岭南天气卑湿，地气蒸溽，而海南尤甚"，"然儋耳颇有老人，年百余岁者，往往而是，八九十岁者不论也"，"乃知寿夭无定，习而安之，则冰蚕火鼠，皆可以生"。也就是说，他认识到环境对人的寿命长短并不是决定因素。

他进一步认识到，人的疾病与生死与南北也没有必然关系。在《答潮州吴秀才书》里，他说："夫南方虽号为瘴疠地，然死生有命，初不由南北也。"在《与王庠书》里，他更具体地安慰他的朋友：在这个"瘴疠之邦"，人们因病而死去的重要原因，主要还是养生不当所致，"非寒暖失宜，则饥饱过度，苟不犯此者，亦未遽病也"，而"瘴疠"只是外因之一。

苏东坡的观察与黄庭坚的研究心得可谓殊途同归，当时黄庭坚正谪居广西宜州。他们认为，人的疾病的重要根源是内心情绪的波动，此心若安住，疾病也就失去为害的着力点。他们相信，"安然"才是真正对抗风土病瘴气、瘴毒的良方。

为助力身心的安定，苏东坡还积极进行食疗养生的研究。他在《小圃五咏》里多有体会，如地黄、枸杞可以抗衰老，薏苡也有非常好的"御瘴"功效。他还独创了一些适合自己的偏方，如自酿桂酒，"吾谪居海上，法当数饮酒以御瘴"。他将桂酒的做法记载在《桂酒颂》一文里。

海南的贬居生活并没有把老先生的身体拖垮。公元1100年，宋徽宗继位，朝廷政治风向逆转，东坡安然北返。他的经历震动朝野。

他谪居岭南期间所写的众多书信、诗文，当时就广为传播，极大地改变了中原人民对岭南的认知。北宋逐步实施了更加积极的南方开发政策，与"苏黄"等一批南贬官员有着直接关系。

他们是投入到当地生产生活实践中的第一批知识精英。

7

这些年来，东坡行止所到之处，我几乎全部访问过。

我的内心常常感到震撼，这个一千年前的儒者，是如此的不同凡响——

他在与病疫的一生抗争中，经历过失去至亲的惨痛，主要以一个普通士人的身份，把自己的生命轨迹如此紧密地与中华大地的开发进程相融合，如此深刻地影响甚至改变了历史。

他在与病疫一生的抗争中，经历了难以想象的磨难，又如此完美地体现了他那儒生的抱负、民本的底色、文人的浪漫、工程师的理性、官员的行动力，成为民族个体人格的千年标杆，如此深刻持久地滋养着我们这个族群。

这又是何等的荣耀！这荣耀，对于他是如此，对于我们这些与他文化血脉相连的后来者，又何尝不是呢？

风流岂被雨打风吹去！他让我相信，抗击"瘟疫"首先是一个人的战争。这个个体，可以居庙堂之高，也可处江湖之远。而众多个体的"挑战与应对"，最终汇集成汤因比的历史演进模型。

美国历史学家麦克尼尔（William McNeil）在其著作中曾经写道：

传染病在历史上出现的年代早于人类，未来也将
会和人类天长地久地共存，而且，它也一定会和从前
一样，是人类历史中的一项基本参数以及决定因子。

（《瘟疫与人》）

人类与瘟疫的战争，永远不会结束。但人类的历史并不会
由瘟疫来直接改变，而是将继续通过人类对它的反应来改变。
我们每一个人，都是那个"决定因子"、那个"基本参数"。

2020年2月11日　北京

辑五　苍茫西北

朝着温暖的南方迁徙

1

生活是残酷的，但残酷自有"残酷之美"。这是我在大同云冈石窟佛像前的刹那领悟。

是啊！那些精美到不可思议的巨大佛像，似乎无论你站在哪个角度，它都温柔地看着你。它身体微微前倾，暖暖地微笑着，仿佛要挣脱那凝固的石头，起身向你款款走来，握住你或许冰凉的手。

这个情景，看得人不觉两眼模糊。道场如此宏大，到底有着多少苦难的心灵曾经渴望慰藉呢？

不只是云冈佛教造像，这座古城内外所有的古建筑，无论皇家的城墙、王府，儒家的文庙、关帝庙，还是佛家的华严寺、善化寺、悬空寺、应县释迦塔，都有一种独步天下的非凡气质。既器宇轩昂，又拨动人心。这里的庙宇中，正在听法的菩萨是会露齿一笑的。这里的文庙属史上首创，首创者却是中原人所蔑视的"夷狄"。这里的寺庙可以挂在绝壁上，直接将释迦牟尼、孔子和老子供奉于一殿，为天下所仅见。

大同之行回来一个多月了，我的心事还停留在那片温热的岩石边，还流连在那些华美的佛殿里。于是，我干脆把自己沉浸在鲜卑人故事的历史讲书中。当我行进在北京的车流中时，依稀自己也加入了他们迁徙的马队。

你好，鲜卑人！

2

在汉人的史书中，鲜卑人是充满争议的族群。

他们从大兴安岭的林莽中走出，到草原争夺领地，磕磕碰碰，最终停驻在中原腹地河洛。他们从原始丛林的狩猎转而游牧，逐水草而生，不时南下劫掠，最终走向汉民族的农耕。有史书说，他们是"乱华的胡族"。

但实际上，他们一路历经苦难。在迁徙的歧路口，他们剧烈争执，或部族离析，或父子相杀，或兄弟反目。他们的衣衫血迹斑斑，肉身伤痕累累，内心悲欣交集。他们的迁徙历程也是本族群的离乱史。

他们一路风尘仆仆，车辚辚，马萧萧，驰骋在朝霞里，沐浴在夕阳下，风情壮美，生机勃勃。他们创建自己的国，把腐败的汉人王朝逐出中原。他们与割据的匈奴、羯、氐、羌等族群政权博弈，重新打通河西走廊，实现一统北中国的伟大功业。

有史书说，他们是"入华的胡族"。

但实际上，他们在向南一州一县的占领中，却不得不一步步放弃自己的语言、服饰、习俗乃至族群制度，进行痛苦的自我革命。他们用一百四五十年的时间，轰轰烈烈地完成一个强悍民族的消亡史。

那么，他们为什么要朝着南方迁徙，那里有他们要追逐的"水草"吗？

3

扎根北京的涿州人D兄，要领我去大同寻找他出生的那个院落，于是有了我的大同处女行。

我以为，大同这座著名的"煤城"，应该与我到过的很多山西州县一样，空气中带着点呛人煤灰，大型煤车轰鸣着，牛皮哄哄地碾过干旱赤裸的土地。

不过我错了。我抵达大同时发现，那"煤"的意象，似乎躲进了出租司机揶揄的笑里，而浓墨重彩地凸显的正是那"城"的宏大主题。"煤"与"城"，正在有意无意地发生某种疏离。

这位载我们的出租车师傅在矿井里干了十多年之后，终于失去了耐心，觉得要回到地面上才能自由地呼吸。古城旅游业日益繁荣，给了他改换门庭的机会。他如愿以偿。

而想象中的那座古城，显得格外巍峨雄伟，再次矗立在那晋北高原之上。门楼、角楼、瓮城、护城河，一应俱全，建制恢宏。各个楼阁所悬挂的匾额，汇集了可以想到的天下名墨。文庙、关帝庙、代王府、牌楼、商业老字号，标志性的建筑一一重现，展示出这个古都的历史纵深。夜幕降临时，华灯升起，既可以登上城墙，像古人一样居高临下地巡游，也可以一头扎入街市，去享受现代人的红尘滋味。

——所有景象都显示，当今的大同人正在实施他们雄心勃勃的"建都计划"，一如当年从草原杀出来的拓跋珪。

东晋太元十一年（386），鲜卑拓跋部首领拓跋珪在牛川（今内蒙古土默特左旗东）称"代王"，定都盛乐（今内蒙古和林格尔），重建他的祖父之国"代国"。同年四月改国号魏，史称"北魏"。北魏皇始三年（398），拓跋珪迁都平城（今大同），同年十二月称帝，是为太祖道武帝。

他带领自己的部族，由北而南，无意中越过了两百毫米和四百毫米等降水量线，一脚踏进了另一个文明类型的广袤领地。

这是一次难以回头的命运抉择，伴随而来的是持续百年的艰难蜕变。儒教与佛教，草原部落所不熟悉的两种文化横亘在他们面前，成为其巨大挑战，也成就其巨大机遇。

4

D兄出生的院落自然早已荡然无存，取而代之的是待价而沽的仿古四合院。这是意料中的事。在这喧闹的街市中，只有他那些上树掏鸟、上房揭瓦的旧事还可堪追忆。

　　我们也不急，边走边逛，参观了沿途遇到的文庙、关帝庙，品尝了本地的知名小吃，如凉皮、麦芽糖等。还在关帝庙广场驻足，欣赏了一出本地晋剧团演出的《辕门斩子》片段，唱的是杨家将抗辽的故事。当年，这里是辽国据以与宋对峙的军事重镇。这是后话。

　　北方来的鲜卑"胡族"在此碰到的第一个问题，就是如何面对中原的汉人士族。不断征战的一个重要"副产品"，就是王朝版图上的汉族士人越来越多。

　　公元396年，拓跋珪大破后燕，占领定州（今属河北），大批士人归降。南方刘裕篡晋后，司马氏及关联的门阀士人被迫逃亡北方。太武帝拓跋焘在挥师统一河西的过程中，学养深厚的大批凉州士子被纳入囊中。与此同时，为统战的需要，北魏王朝也开展了面向汉族高门的征召。公元431年，太武帝一次就征召到了三十五位士人。

　　大量出现的汉族士人，是原有鲜卑部族体制无法接纳的。事实上，这些人大部分担任过中原朝廷官职，熟悉典章制度，可以为新政权所用。此时的北魏王朝也急需创建文官制度，以适应中原地区统治的新形势。他们一拍即合。

　　一场持久的所谓"汉化"改革启动了，改政制、兴儒学、征图籍，拉开了一幕波澜起伏的历史大剧。

5

第一出，就是所谓的"天兴创制"。

拓跋珪称帝后，天兴元年，宣告以黄帝为始祖，以后燕为蓝本开展了改制。这次以"改政制"为目标的汉化改革，初步奠定北魏中央集权的政治制度。主要内容是确立了中央以"曹省"（尚书省）为基础、地方以刺史和太守为基础的文官体制，以及相应五个等级的爵位制度。

儒学教育同时得到了施行。在迁都平城的第二年，拓跋珪就在汉族士人的建议下，"五经群书各置博士"，设立国子太学。五经博士由汉族士人担任，其重要职责就是向皇帝讲授儒家经学。

但"汉化"是在"反汉化"的文化自卫意识中艰难推进的。这样的微妙心态屡屡见诸史料。比如鲜卑大臣贺狄干的被杀。当年，贺狄干奉命出使后秦和亲，被后秦姚兴扣留，被迫长期生活在长安，"因习读书史，通《论语》《尚书》诸经，举止风流，有似儒者"。归国后，道武帝竟愤然把他杀了。史料是这样记载的：

> （道武帝）见其言语衣服类中国，以为慕而习之，故忿焉，既而杀之。
>
> （李延寿等撰《北史》）

贺狄干的弟弟也从后秦归来，因为为人儒雅正直，也被拓跋珪所杀。道武帝对中原文化的排斥，在当时竟至如此地步，乃至苏东坡有诗：

> 羊犬争雄宇内残，文风犹自到长安。
>
> 当时枉被诗书误，惟有鲜卑贺狄干。
>
> （《读后魏贺狄干传》）

鲜卑大臣尚且有如此遭遇，汉族士人被无辜杀害的灾祸也就常常难免。太武帝对汉臣、清河士族崔浩掀起的"国史之狱"，就恐怖到了顶点。在此案中，崔浩被满门抄斩，遭受株连的还有范阳卢氏、太原郭氏和河东柳氏等北方大族。招祸的原因据说很简单，是因为崔浩等负责编撰拓跋国史时，直书了其先祖的一些不愿人知的历史。这实际上是对汉族大族的一次大规模迫害。

好恶终究是人之常情。为了在中原立足，建立稳固的统治秩序，儒家思想仍然在北魏得到了有效的推行。事实上，北魏精英们具有很强的行动力，甚至独创了中国府学的"庙学合一"体制。

《魏书》记载，太武帝始光三年（426）二月，"起太学于城东，祀孔子，以颜渊配"。这是中国历史上在学校立孔庙的最早记录。这座"庙学合一"的北魏平城太学自此绵延了上千年，为历代少数民族政权所沿用。辽西京时设为国子监，金时复称为太学，元时改为大同县学，明洪武八年（1375）建为"府学"，后迁址到云中驿，即现大同文庙的所在地。

2008年，地方政府启动了文庙修复工程。据说他们参照史籍原样，重建了尊经阁、配殿、廊庑、碑亭、碑廊、泮池、棂星门、义门，对尚存的六处古建进行了修复，整个文庙的占地面积达到四万平方米。

对天下图籍的搜集也一直得到重视。如397年拓跋珪破后燕时，"获其所传皇帝玺绶、图书"。495年，孝文帝下诏广求图籍文献，同时"借书于齐，秘府之中，稍以充实"。

当一代雄主拓跋珪首次捧读《论语》时，会是一种怎样的情景呢？

6

历时十五年的孝文帝"太和改制"，则推动拓跋鲜卑在"汉化"的路上走得更远。

在冯太后的支持下，孝文帝实行了一系列影响深远的改革举措。如施行"俸禄制"，给官员发放固定俸禄。这实际上终结了游牧民族的"掠夺制"，很大程度上遏制了腐败。如施行"均田制"，使耕者有其田，相应调整租调制度，减轻农民负担，增加国库收入。如施行"三长制"，五家设"邻长"，五邻设"里长"，五里设"党长"。这种编户管理制度，类似于后来的"保甲"，有效地维护了地方稳定，强化了中央集权。

公元490年，冯太后去世，孝文帝亲政，推进了更加激进的改革。最著名的，一是迁都洛阳；二是改用汉俗，包括姓氏、语言、服装、通婚；三是设姓族，按门第取士。这基本上是对部族体制的彻底颠覆。

当我读到这样的史料时，不禁哑然失笑。

孝文帝引见朝臣，诏断诸北语，一从正音……于是诏：年三十以上，习性已久，容或不可卒革。三十以下，见在朝廷之人，语音不听仍旧。若有故为，当降爵黜官。

（《北史》卷十九）

孝文帝下诏，禁止朝臣再使用鲜卑语。不过他也是讲理的，规定三十岁以上者因"习性已久"，可以慢慢来，三十岁以下的，如果明知故犯，就要受到降爵罢官的处罚！

试想那是怎样一个场景呢？可能与我们初学英语时有点相似。当年老师规定，课堂上所有交流不得使用汉语，否则罚站。于是大家面面相觑，小脸憋得通红，磕磕巴巴地用"散装英语"对话。

从这一点，我不得不对这个从草原走来的族群刮目相看。他们那种持续自我变革的精神，的确是无有出其右者。

7

与接受儒教的矛盾心理不同，拓跋人对佛教接受与推广显然相对容易些。

"八王之乱"爆发后，北方中国战乱绵延，百姓凄苦，佛教逐渐盛行。各族政权在强人主导下，也积极在本国推行佛教，如后赵石勒、前秦苻坚等。然而，佛教教义与儒家伦理激烈冲突，一直难以深得人心，他们推行的成效均不够理想。

中原僧团改变了其传教策略。据记载，道武帝曾会见僧人领袖法果时，法果摒弃"沙门不敬王者"的传统，施行了跪拜之礼。法果倡导：

> 太祖明睿好道，即是当今如来，沙门宜应尽礼，遂常致拜。谓人曰："能鸿道者人主也，我非拜天子，乃是礼佛耳。"
>
> （《魏书·释老志》）

把当今皇上尊为如来礼拜，也算是佛子弘法的"便宜行事"。事实上，这是富于洞察的。初入中原的鲜卑拓跋政权，既学习儒教，也急需一种与儒教抗衡的思想资源，使得自己不完全被汉人士族所轻视。

中原僧团无疑取得了极大的成功。在法果的支持下，道武帝大兴土木，在平城内外建设五极大寺和八角寺等寺庙。五极大寺，就是在舍利坊内建有五极浮屠的大寺，是华严寺的前身。八角寺，是善化寺前身。

昙曜和尚也沿袭了这样的策略。他致力于修复太武帝拓跋焘"灭佛"运动带来的创伤，采取了有效的行动，利用佛教参与社会管理，有效地促进了社会安定。

他带来的"绝活"不是建寺庙，而是河西僧团所擅长的"石窟造像"和译经。

他在城西的武周山岩壁上开创了为后来所尊的"昙曜五窟"，至今仍是云冈石窟的灵魂之作。五尊巨佛，以五位北魏皇帝为原型，甚至包括了那位实施"灭佛"政策的太武帝拓跋焘。昙曜借此体现了佛者的无比宽宏与慈悲。

他主持了成效卓著的译经工作。在"灭佛"运动中，佛教经典遭到焚毁，偶存断简残篇，也是错谬百出，真伪难辨。昙曜在云冈石窟通乐寺设立译经处，邀请沙门大德开展翻译和整理工作。他们推出《入大乘论》《净度三昧经》，用通俗的语言，引导民众皈依沙门、守持戒律。还推出了《付法藏因缘传》，以佛法东传、传灯不灭的历史，坚定民众对佛法心灵依归的信念。

他还利用佛教协助政府开展社会管理。如创立"僧祇户"，帮助政府管理归降的汉人。设立"佛图户"，帮助政府管理叛乱中的罪犯、俘虏和归降者。安排他们积极投入农业生产、发展经济，并通过佛教施以安抚和教化。昙曜所做的工作，在当时是无人可以替代的。

8

在儒教与佛教的助力下，北魏结束五胡十六国的割据时代，统一北方中国，实现了长治久安，国祚达到一个半世纪。

　　然而，一个来自草原的游牧部落，他们要面对儒教、佛教两大"外来思潮"的挑战，在时代狂澜中不断实现自我鼎新，这种复杂而艰难的局面，在中国政治史上或所仅见。

　　他们要用不属于自己的语言、思想、制度，乃至完全不同的生活习俗，建立一个全新的胡汉融合的王朝。这需要巨大的"面对自我"的勇气、高超的内外博弈智慧。当然，其中天然地伴随着巨大的妥协乃至牺牲。

　　这对拓跋贵族执政核心，尤其是那些身居皇权顶端的人，是一件"高痛苦指数"的工作。

　　为此，他们时时要提防那些住在旧都的鲜卑贵族，因为这些人不免怀有二心。当他们迁都平城时，要小心盛乐。当他们迁都洛阳时，要小心平城。而且越往南迁，那些手握重兵的北方六镇将领的潜在威胁，就越加严重。

　　为此，孝文帝不惜将对抗迁都、拒不执行政令甚至阴谋反叛的太子拓跋恂杀掉，以彰显自己的决心。

　　为此，他们还要承受胡汉两重制度对个人人生的巨大压迫。比如鲜卑旧俗下的"子贵母死"，即后宫首位诞生皇子的嫔妃必须赐死，以此避免外戚干政的危险以及"叔侄争位"的鲜卑魔咒。由此，立为太子的皇子不得不自小失去母亲。这样的制度也成为宫斗的手段，导演了一幕幕皇家人伦惨剧。

　　再如宦官乱政。一个宦官宗爱，竟然成功地接连弑杀两位皇帝，手段极为拙劣和残忍。宦官制度在汉王朝历史上扮演了十分特殊的角色，在北魏宫廷政治中，可见也不例外。

　　还有"垂帘听政"。小皇帝即位后，常常是太后摄政，比如冯太后、胡太后。治理绩效先不论，小皇帝因此形成巨大的心理阴影，有的一辈子也走不出来，有的则成为其执政风格最隐秘的影响因素。有人推测，孝文帝强势实施迁都洛阳等显得"激进"的决策，未必没有要走出冯太后阴影的内在冲动。毕竟，孝文帝亲政时不过二十三岁，逝世在南征军中时也不过三十三岁。

——在鲜卑人身上，尤其在其皇家一脉传人这里，我读出了"人生本苦"，或许还能读出更多。

鲜卑人带着他们的刚毅果敢，驱逐了腐败的晋朝门阀，为中华历史的演进注入了一股强健的基因。余秋雨先生点评道：中国由此迈向大唐。——大唐，那是中华最自信、雄健的王朝。

鲜卑人血统最终完全融化于华夏，我宁可视为这个族群的最大荣光。因为，或许我们每一个人的血液里，都有鲜卑人的基因，体现在我们这个族群的开放、远见、进取和自我牺牲的品格之中。

9

二十年前，一位知名的政治经济学学者曾经赠我两部他的著作。在其中一本的扉页上，他写下这样的话：

在人类社会发展的历史进程中，没有永恒的正义，只有生存的选择。

在二十年后的大同之行中,我脑海里总是浮现这句话。虽然一直难以完全认同,但我大概读懂了他。

所有的文明,是否都是这个历程呢?他们率领自己的族群不断地长途跋涉,朝着温暖的南方迁徙,为的是离开"苦寒"、离开"饥饿"、离开"暗昧"。

据说,在南方,有更足的光照、更长的生长季、更丰美的食物、更安好的生活。

2020年11月22日　北京

入铜川记

1

决定去铜川，与很久以前对一个作家的阅读记忆有关。

在西安的酒店里，一个空闲的周末即将来临，奔波的灵魂正等待安顿。而对着地图良久，却有些茫然。

往南，可以去终南山，像那个叫比尔·波特的美国人一样"问隐"；还可以深入秦岭，领略自然地理分界线所特有的神奇景观。往西，可以去咸阳，踏勘草丛中神秘的秦皇遗迹，或者访问我那位"官司惊动红墙"的"愣娃"老兄长以及他做茯茶生意的老伙计。往东，可以去白鹿原，重读那个厚重的文本，探究一个民族的心灵秘史……

那往北呢？往北是泾阳，再往北，是铜川。铜川！一个名字像一道流星，闪亮地划过记忆夜空。

是一位铜川籍作家，我藏有一本他的早期文集，记得叫《远行人独语》。据说他最近出版了十四卷的文集，但我也只读过这一本。记住他，就是因为他曾经是一个"远行人"。

二十世纪九十年代初，内地掀起"海南潮"，我熟悉的不熟悉的一些人纷纷奔赴椰岛，去追逐他们的梦。闯关东、走西口、下南洋……中国人逐梦的脚步，似乎永不停歇。梁同学停止了学业，奔赴海口，去追随他闯世界的兄长。在母校中文系任教的一位讲师兼作家，听说也放弃了教职。他后来写了不少以南下经历为背景的小说作品，记得其中有一部题目叫《淘洗》。

而这个"远行"的铜川人闯入我的阅读有些偶然，主要是因为他来自"文学陕军"。他独自远走海南的行动，在那个年代需要相当的勇气，这使得他成为"文学陕军"中最独特的一个。记得他写道：

> 从拉上家门那一瞬间起，你的远行已经构成。你已走出并走入久有的梦想，终于敲定了出发的日子并将它用不惑之年的脚板踏响。
>
> （《远行人独语》）

就像我反复讲过的那样，故乡就是用来"出走"的。从西安和老家铜川出走时，他大约四十岁吧？

没想到，我的铜川之行中，与他在陈炉古镇的耀州瓷坊里竟然再度"遇见"，近年来一直盘旋在我心头的那个"还乡"主题，再度轰然奏响。

2

车过渭水，便是泾阳。

原本准备沿途即兴挑选几个"风景点"浏览一下算了，但我发现，陕西就是陕西！汉阳陵、郑国渠、柳公权墓，赶路的我们猝不及防，一路忍痛割爱，一路唏嘘不已。哪里知道这么多有趣的历史遗存，竟然都深藏于此呢？

我们参观了"大地原点"和茯茶小镇。

去看"大地原点"，纯属文科生看到路标后的冲动。这里是泾阳县永乐镇北流村，拐进村子，有一个灰砖围起的大院。围墙里外，芳草萋萋，一派人迹罕至的样子。

细看介绍，这地球测绘科学原理还真有点烧脑。大地原点是国家地理坐标，是经纬度的起算点和基准点，在国家经济建设和国防建设的规划测量中有着重要作用。1976年，国家测绘局确定选址方案，1978年建成交付使用。而此前，中国测绘坐标系统引用的是苏联的大地原点，位于列宁格勒的普尔科夫天文台。

管理处的主体建筑是一座七层圆顶框架式塔楼，像一个眺望塔。我们进入一楼大厅，直奔主题寻找"原点"，只能看到大厅中央有一根圆柱，上面挂着一个写着"中华人民共和国大地原点"的金色牌子。据说原点的中心标志是用玛瑙做成的半球体，被镶嵌在一块花岗岩标石上，埋入地下，就在这根柱子里。半球顶部刻有"十"字，"十"字中心就是测量起算点。

爬上七层时，已然微喘。泾渭平原在此尽收眼底，斜阳烟树，鸡犬相闻。半球形屋顶是用玻璃钢所造，你可以想象那个情景：在进行天文观测时，它可以徐徐开启，一片神秘的苍穹，便逐渐展现在你的眼帘。

值得一提的是，在大地原点确立后，专家研究发现，西汉时期的"超长建筑基线"就从此处经过，相距仅两秒经度（六十米）的距离。这一古今测量史上的巧合，令考古及测绘界人士一片感喟。在我看来，这是一个具有大型科技博物馆容量和分量的题材，这个"寒酸"的大地原点管理处显得相形见绌了。

天近黄昏，因"烧脑"而微晕的我们决定去茯茶镇觅食。朋友圈里有朋友问，咸阳也产茶？这个问题好！也是我在北京与咸阳老兄长煮茶对坐时的疑问。

3

夜幕降临的茯茶小镇，自有一番神韵，游客竟然不少。

这里其实是一座仿古风的茯茶旅游小镇，在改造一个村庄的基础上规划建成。有传统餐饮水街、茯茶贸易集市，以及鳞次栉比的茶馆和茶叶直销店。不少老字号还有图文展示，介绍祖先的创业史以及茯茶知识。

关于茯茶，咸阳的老兄长曾给我简要科普过。他说，泾阳是丝绸之路上"南茶北上"的重要节点。明清以来，过泾茶叶量不断增大，运输问题突显。为了增加运量，茶商设法改进茶叶包装，将主要来自四川和湖南等地的"南方茶"用篾篓踩成大包，包重九十公斤，运往泾阳加工，压制成砖，称"泾阳砖"。因在伏天加工，故称"伏茶"。又因其药效似中药材土茯苓，于是就有了"茯茶"的美称。"泾阳砖"凭"官引"制造，即要取得政府许可，所以也叫"官茶"。

这自然也就造就了一条繁荣的茶马古道。清道光年间，陕西巡抚卢坤编写过一本《秦疆治略》，有记载："泾阳县官茶进关，运至茶店，另行检做，转运西行，检茶之人，亦有万余。"当时茶税日进斗金的盛况，可见一斑。

一包茶叶的旅程，又该有多少传奇呢！

以湖南茶为例。民国时期，在安化黑茶之乡洞市的竹林溪等地产的茶，顺麻溪水运至安化县小淹镇，由资水船运至益阳，换改大船运往湖北沙市，经老河口转陆路，用驼马或汽车直运咸阳；或者从益阳船运汉口转陆路，由平汉铁路抵郑州中转陇海路至咸阳。在泾阳压成茯砖后，以驼马、汽车运兰州，远销西北以及中西亚各国。

重要的是，一包九十公斤的南茶原料转变为一块块"泾阳砖"后，在此获得了新生，那就是它会绽放出"金花"。

"金花"是一种有益曲霉菌，生物学家定其名为"冠突散囊菌"。其实，在南茶原料中都有这种霉菌，但只有到了泾阳，据说是因为有了泾阳水、泾阳气候和泾阳茶工的因缘际会，它才会生长并现身，使水陆万里兼程而来的南茶原料获得了价值上的升华。这种生长出来的"金花菌"，作用如同奶酪中的乳酸菌，其消食健胃、杀腥解腻、降脂减肥、降压降糖、生津御寒功效，可谓独傲同侪，逐渐为北方食肉民族日常生活所不可或缺。

古丝绸之路上的这股财富商流，千百年来虽有波动，但并不曾停歇。

近年来，老商号的后裔们纷纷投身这一传统产品的开发与经营，再造了"茯茶霸业"，成为当地重要的支柱产业。2007年，泾阳茯砖茶工艺恢复试制成功。2011年，"泾阳砖茶制作技艺"被列入陕西第三批"非物质文化遗产"名录。2013年，泾阳茯砖茶成为国家地理标志保护产品。

一包茶叶的传奇，分明也是一代代茶商的创业传奇。奔涌在祖先血管里的创业冲动，正穿越岁月的铁幕，悄然复活。

4

赶到耀州的酒店时，已经是晚上八九点了。这一路，不时陷入大卡车轰鸣的迷魂阵中，空气也变得浑浊起来。

耀州县城里灯火阑珊。酒店楼下的广场舞刚才还很喧闹，我们出门溜达时，却突然消失了。大街上没有什么人，远处传来卡车"呜呜"的低吼声，显得格外刺耳。我们无处可去，在一个小卖部姑娘的建议下，决定连夜参观药王山。

这里是唐代名医孙思邈的故里，大出我的意料。

往东走，是一条空荡荡的街道，出城就变成了横跨河谷的大桥，直抵对岸山脚。不时有卡车从桥下公路轰隆隆地驶过。药王山就掩映在一片昏暗的路灯中。那持续低吼的卡车就在附近运动，车灯不时扫过肮脏的路面，照亮了空气中飞扬的尘土。

后来我们才发现附近有一个水泥厂，甚至一整条川，密集地坐落着几座规模庞大的水泥厂。这满路奔忙的卡车和空气中的灰尘，大概是拜它们所赐。

进入药王山的牌坊，上一个小坡，是一个宽阔的广场。仿古建筑的山门巍然屹立，檐角在夜空中高高挑起。广场上树立了一排带着霓虹灯的柱子，灯箱上写着字，细细看，扼要地介绍了孙思邈的主要医学贡献。山门两侧装饰有浮雕和碑刻，制作不算精美，但已很难得。借着昏暗的灯光，竟读到一篇作者署名为清代李铨的《锦阳川记》。脚下的这条山谷，大概就是当年的"锦阳川"。

这李铨曾是本地任职的官员。康熙三十五年（1696）夏，有朋友来耀州访问李铨，他乘兴邀请朋友畅游锦阳川，写下了这篇游记。在他笔下，山是"峭壁千仞，叠嶂连峰"，湍急的沮水"从西北下至此忽平阔而雄放""烟云淡荡"，"疏柳长堤""横如龙门而无其猛，秀似辋川而绝其寂"。一幅三百年前锦阳川的画卷跃然纸上，令人身临其境。值得一提的是，文中竟有这样的句子：

> 盖天地之文章，莫大于山水，而山水之奇，必真
> 有性情者，始能与之相遇……

> （《锦阳川记》）

这令人猜想，当年的锦阳川、药王的养生之所，该是怎样一块风水宝地呢？

回到酒店看资料，城区街巷里还有林徽因故居，是她二十世纪三十年代初来此考察药王庙古建筑时的短暂居所。在几公里外的孙塬村是药王故里，有药王祠、幼读处、他的出生地和墓园。

但我们不敢久留，次日起个大早，趁卡车还没有上路，逃也般直奔陈炉古镇。也不知道爬过了几道梁，七点左右，我们出现在古镇静谧的巷道上了。

一座铺满山谷的古镇撞入眼帘，清新的晨风，轻盈地拂过鼻翼。昨夜以来的经历，此刻已恍如梦境。

5

在晨曦中，这座以耀州窑闻名遐迩的千年古镇正在苏醒。

整个镇子依山而建，显得错落有致。与黄河流域沟峁里的很多村落一样，你家的屋顶，就是我家的大门前庭。谦逊的风度与相依为命的亲密，在此完美糅合，自然天成。在视觉上有符号冲击力的，就是所谓"罐罐垒墙，瓷片贴地"，泥黄色的古朴色调，使得整个镇子显得格外干净整洁，每个细节都似乎在展现北方瓷都的千年古韵。

我们在镇子里边走边觅食。不过人们刚刚起床，连有餐馆招牌的人家都还没有开门。远远看见对面山坡上有一家大宅子，门楼上书"李家瓷坊"，格外气派。迈进院子，是一座古色古香的制瓷作坊，有牌示为"清代民居"。右转是一道并列两个门洞的砖门，古朴雅致，可以看见里边庭院里别有洞天。

　　见有人进来，四十岁左右的女主人出来打招呼。紧跟着男主人也出来，热情地招呼。这对神仙伴侣一表人才，他们正忙着洗脸刷牙，看来我们这不速之客的确是来得早了。几句话之间，我们就应邀加入了他们的早餐计划。一锅香喷喷的手擀面，很快就上了桌。

　　当太阳照进院子时，我们已经开始烧水煮茶了。不能白吃人家的早饭，我们点了一份茯茶，正好喝茶聊天，享受这耀州的深秋暖阳。

6

　　这李家果然是个耀瓷世家！

　　男主人叫李忠楼，其父李升科先生，1938年生于陈炉镇，是耀州瓷中的成名人物，身体依旧硬朗。到李忠楼这一辈，兄妹五人，却是姐姐李竹玲继承了父业，已是知名的中国工艺美术大师。

　　这种情况下，就不免要笑问忠楼的经历。他也笑答，说手艺虽是祖传，但在当年的确是一门艰辛的事业。比如拉坯，那时哪有电机这些设备，全都靠人力，起早摸黑，做出来的产品主要是水缸、茶碗等日用品，千辛万苦，赚钱也不多。当年他的选择，是去当地的国营工厂当职工。

　　人到不惑，他与夫人上班的国营工厂渐渐衰败了。几经思量，他们决定提前退休，重操祖业。这些年来，耀州古瓷行业在升温，瓷器的消费和艺术品收藏行情都日益看好，他们准备大干一场。基本规划是姐姐竹玲专心创作，忠楼负责行销，其他兄妹各有分工。这样，这份古老的家族事业很快就有了新模样。

忠楼夫妇花了很大的工夫，才把这座祖辈老宅打扫得七七八八，最近才开门迎客。他如数家珍地领我们参观，说要演练一下他的解说词，并让我们提意见。

前院有手工陶坊，可供游学的学生或陶艺发烧友动手体验。二楼有一个四五十平方米的活动室，中间放置一张大木桌，配有齐全的会议设备。这里也是欣赏古镇全景一个不错的位置。

内院有专业制作室、砖窑，有陶艺工作人员现场创作、烧制，可供观摩。重要的是开辟了颇具规模的耀瓷作品展示室，琳琅满目，占满了两间大屋。有李家的作品，也有当地名家的作品，有的仅供陈列，多数标有出售价格。

令我惊奇的是，架上赫然陈列着那位"远行人"铜川籍作家题款的耀瓷作品，笔迹刚劲，很有韵味，一侧还摆放了他近年创作的《还乡》等几部小说。

——正所谓念念不忘，必有回响！

当年那个四十岁远行海南的铜川文学青年，他在那里经历了什么？他什么时候重回故乡？回乡后又写了些什么样的文字，又如何与这古老的耀州瓷结缘？

这一切，我都茫然无知，却又觉得是如此理所应当。

无论你历经过何种沧桑，最终总是要还乡。归来时，你不再是当年那个鲁莽的孩子。你把自己几十年闯荡世界的人生体悟，再次贯注到故土，并寄予了与它一起新生的希望。

客人越来越多，我边喝茶边看着李忠楼兴奋忙碌的身影，思考着如何给他的解说词提点意见。同时不由想，这个当年抛掉祖传手艺的游子，又回到了他的祖辈赖以生存和立身的古老行业。这片故土又张开了双臂，重新接纳了他。

与这位已然变老的作家一样，他们似乎走过了一个相似的生命历程。

无论如何，他们又是多么幸运！毕竟，不是每个人都能回乡，更不是每个人都有乡可回。昨天以来的行程无不讲述着同样的故事。

在大地原点，我们发现，几千年前的祖先对这片土地的认知就已经达到了令当代科技都要表示景仰的高度。在茯茶镇，一个古老的产业正在复兴，一份健康的茯茶，早已不只为北方民族所需要。在药王故里，古人盛赞了这里的山水文章，我们理解，这正是这里曾经成为中医养生福地的奥秘。而陈炉古镇，活生生地展示了耀州古瓷文明所具有的魅力，它仍然在滋养着自己的孩子。

不管是什么让我们流浪，当我们倦了、老了，无所归依时，最终接纳我们的还是这皇天后土。这里有金山银山，更有心灵的憩园。

我们就这样，喝着茯茶，笑谈着，沐浴在耀州深秋温暖的阳光里，忘记了时间的存在。

2019 年 10 月 27 日　北京

父亲的山，母亲的河

1

剔透的午后阳光，挥洒在西郊这片杨树林上，一切便都剔透起来。金色的树叶仿佛得到了加持，把最好的质感展现在眼前。凉爽的风，沿着水边的木栈道穿行林间，在耳边奏响秋日私语，渗透进此刻变得空灵的思绪里。

是的！这就是我此行所期待的北国深秋。

昨晚的西夏X5酒力余威尚在，是飞机降落后地主的热情款待。第一次喝，出乎意料的醇厚而强劲。十多年前我初访这座城市时，西夏啤酒中似乎还没有这一款。我一直以为，一方水土的性格密码，无不隐藏在本地出产的美酒当中。它会通过绵绵不断的独特酒力，热烘烘地在你体内扩张，渗透到每一根毛细血管。就这样一遍又一遍，默默完成对你的重塑，而无须问你从哪里来。

此行我要特地安排访问的老刘，也曾是外乡人。

父亲的回忆录终于出来了！刚刚落座，人高马大的老刘张罗着沏茶，话音中糅杂着兴奋与遗憾。可惜他是看不到了，他说。

一位从一所高校校长任上退休的干部，按规定，写回忆录必须经过审查。这一审就是一年多，他终究没能赶上。

这位1958年大学毕业的北京支边青年，在这里奋斗终生，洒尽青春热血，至此终于叶落归根，安眠在故乡老北京胡同里的某个院落。当年祖父把多处房产上交时，希望仍然住在其中的几间老屋里。他反复申请，被得到许可。祖父觉得，虽然已经属于公房，但终究是自家的院落，是自己的家。

回忆录印制得质朴大方，足足两大本，沉甸甸的，散发着的墨香与茶香融合，游弋在早晨的阳光里。我们笑谈着，品味着正史和家史在叙事上的微妙区别。

2

老刘在我所在的行业里小有名气，我是第一次拜见他。这位当年从兰州名校物理系毕业的高才生，最终并没有子承父业，而是在商界摸爬滚打了一辈子，如今也即将迎来退休。在兄弟姐妹中，他的确是唯一陪同父母生活的孩子，对父母知道最多、理解最深。

当年父亲在大学毕业时，其实面临着很困难的情形：祖父、祖母年届花甲，健康状况不好；还有一位女儿，老刘的姐姐，在精神受刺激后一直重病不愈，时而清醒时而糊涂，生活难以自理。但父亲仍然选择毕业后参加支边，到国家"最困难""最需要"的地方去。

在老刘眼里，父亲在回忆录中的激情书写是真诚的。

当年父亲和他的女友即后来老刘的母亲，以及整个班级的同学，都写了申请书，决心投身到边疆建设中去。因为去西藏没有名额，年级讨论的结论是三个方向：西北、山西山区和内蒙古牧区。最终方向定下来了，七十多名同学奔赴宁夏。行前，他们穿戴整齐，来到人民英雄纪念碑前庄严宣誓。这份誓词被抄写在某本日记的首页，因而完整地保存至今，在回忆录中做成了插页。字迹娟秀，是母亲的手迹。

父亲说，那时宁夏很遥远，但那的确是一趟快乐的旅行。在西行的火车上，他们白天帮助列车员打扫卫生、在广播室朗诵自己创作的诗歌和快板书、高唱自己填上新词的歌曲。到晚上，为了给别人腾出更多休息空间，自己则钻到椅子底下，虽然汗味冲鼻，照样甜美地酣睡。就这样，经过京广线、陇海线，在兰州转乘闷罐车，三天两夜，他们抵达目的地：银川。

他们在这里白手起家，创造了一座全新的西北移民新城。

3

银川，自古就是有名的人口迁徙目的地。

一座雄伟的北方山脉呈西南 — 东北走向，将腾格里的风沙挡在西北大漠，而一条大河，与大山遥遥相望，仿佛一对恋人，相伴款款而行，流向蒙古高原。

山，是贺兰山。河，是黄河。

辽阔的山麓是天然牧场，河水所至则成万顷良田。在这二百毫米等降水量线的附近，竟然奇迹般造就了一片可牧可耕的生命沃土，有如神赐。远古的人们早已为这里取了一个名字：河套。

这个名字可能极具诱惑，以至于历史上迁徙至此的人不绝于途。在他们当中，或被裹挟或自愿而来。他们的身份不外三类：比如戍边的军人，仗暂时打完了，一声号令，铸剑为犁，甚至被要求带上家属，成为世袭"军户"，在此繁衍生息。比如因战争、灾荒失去家园的"流民"，被招募或组织，为挣得一条活路投奔而来。还有被流放的罪犯，历朝历代，这里都是他们的地狱或者天堂。

当然，还有从人口稠密的富庶地区被强行动迁的人们，其中不乏"富户"。这一路上，流传了他们太多的血泪情仇。我们熟悉的，如洪洞县大槐树下、苏州阊门外等等，都是远行人世世代代魂牵梦绕的故乡图腾。

这些行进在向北旅途上的人，身份清晰但面目模糊，我们只能通过泛黄的家谱册页或者口耳相传的家族传奇才能了解到一些细节。但无论他们属于哪一种身份，都最终服务一个古老的目的——"实边"。

"实边"的必要，对山河护佑下宜居宜业的"河套"地区更不待言。对中原王朝来说，这里既是距离京畿不算太远的"边地"，更是通向中亚的商道所在。有大利益就有大搏杀，历朝历代，他们在这里与北方草原民族反复博弈。

先是匈奴人，然后是羌人、鲜卑人、蒙古人，甚至满洲人。

秦朝初定天下，大将军蒙恬率三十万大军北击匈奴。他占领"河南地"，设"北地郡"，"发天下丁男以守"，"迁北河榆中三万家"，进行屯垦实边。但随着秦二世政变夺位，蒙恬自杀，"所徙谪戍边者皆复去"，匈奴人重返故地。

在宰相晁错的主张下，西汉王朝改秦的惩罚式移民为招募，即以优惠政策吸引民众前往，进行编户，建立自卫与自治管理。据说此举成效非常显著，史称建成了一个堪与关中媲美的"新秦中"。但在东汉的动乱中，"新秦中"再次被羌人、匈奴人所占据。

后来的北魏在此设立怀远县，迁徙关中汉人屯田。北周则在南侵战争中俘虏了南朝陈国两万士兵，连同家属，强行迁入灵州黄河两岸。苦难的南人带来了江南的耕种技术，"置堰分河水溉田"，自此这一带"号为塞北江南"。史料可以证明，是他们带来了水稻的种植与经营。

鲜卑血统的李唐在此强化了军屯，收纳归顺的少数民族，甚至任命其首领担任节度使。北宋朝廷设立"河外六镇"，覆盖了现在的银川、平罗、永宁、青铜峡一带，实际上已经属于战区，最终被一支起源于羌人部落的党项族所占据。他们从松潘、甘南大草原迁徙而来，行程三千多公里，堪称艰苦卓绝。在首领李继迁的率领下，筚路蓝缕，开启了大西夏国的建国历程。

那也是一支移民。

4

这些年来，我一直在沿着黄河漫无目的地行走。往东到榆林、保德，往北到包头、乌海，往南是吴忠、同心，往西是兰州、张掖。我曾多次来到银川及其周边。

老刘热情地邀请我再度去寻访那个羌人部落，而我决定独往。

远处是深褐色的贺兰山，近处则是不断刷过车窗的数不清的葡萄酒庄的广告牌。驱车行驶在黄河谷地，我的脑海里总是被不经意地提醒：这里是河套，这里盛产传奇。果然，司机师傅立刻给我讲了一个故事。

这里有一个酒庄老板的女儿，为学习葡萄酒酿造技术，万里走单骑，远行法国波尔多河谷。归来时，她不仅带回了技术，还带回了一个法国酿酒师丈夫。在河谷，这一度成为一桩美谈，我甚至有去访问这个中法联姻的葡萄酒家族的冲动。

说话间，那片声名显赫的旷野出现了。无数个圆锥形的土丘散落在大地，以贺兰山为背景，在阳光下熠熠生辉，肃穆而神秘。——能把自家陵园弄成如此宏大叙事，这个党项羌人部族究竟有着多高的心气呢？

事实上，他们也并非一开始就找到了这片丰饶的河谷，而是在与中原政权小心翼翼的周旋下走走停停。他们接受他们的分封，但并不停止自己寻找应许之地的脚步。在占据灵州（今灵武）后，他们决定就此安家，不再流浪。此后他们要做的，仅仅是跨过黄河，到西岸去建造他们的都城。

我不禁会心一笑。是啊，灵州虽好，但太靠近中原王朝的兵锋了。而在河西建都，既同样可拥有天下黄河之富，又背靠贺兰山，更是占据了黄河天堑之险。

于是，这个远道而来的族群有福了。他们在贺兰山下三代创业，从中原朝廷羁縻策略下的附属藩王，树起大旗，建立了自己的国，鼎立天下近两百年。它的名字史称"西夏"。

这个民族的励志故事，如今盛满一座美轮美奂的博物馆。

他们建立了彪悍勇猛的骑兵劲旅"铁鹞军"，频频挑起战争，令中原朝廷那些傲慢的对手谈虎色变、头痛不已。在这里的两军对垒前线，北宋名臣范仲淹写下了心绪沉郁的诗句：

浊酒一杯家万里，
燕然未勒归无计。
羌管悠悠霜满地。
人不寐，将军白发征夫泪。

（《渔家傲·秋思》）

他们出则胡服骑射，入则峨冠博带，文治武功。挥师西进统一了河西走廊，打通西域商道。还创造文字，引入儒学，仿效汉人建立宗法统治，皇位更替达到十二帝。其宫廷政治特色鲜明，众多的女性扮演了强悍的角色。

他们在前人的基础上开凿和疏浚水渠，引黄灌溉，饲养骏马，发展盐铁，形成对中原地区的战略资源互补价值。他们占据丝绸之路的交通要津，通过"茶马互市"来调控这些物资的国际贸易。

他们在贺兰山与黄河之间的旷野上营造了建制恢宏的国都兴庆府（今银川），在全国实行郡县治理，东西跨度千里，与大宋、辽金三足鼎立，在大国博弈中独具智慧和勇气。

这一切，都是当年那些东进路上的部落先民们所无法想象的。

他们退出这片经营两百年的山河故土时，也表现得铁血悲壮。在与来自斡难河畔的蒙古马队鏖战中，他们成为"天之骄子"的劲敌。出于对商道控制权的争夺，蒙古铁骑横扫亚欧大陆，将四十多个国家、七百多个族群收归帝国版图，而西夏国的顽强抵抗则长达二十二年。1227年，这里甚至成为成吉思汗悲伤的"终结地"。在蒙古人愤怒的进攻中，兴庆府被夷为平地，据说皇族寻机逃出生天，自此隐姓埋名。

事实上，蒙古人的征服也同样深刻地塑造了这片叫"河套"的土地。

蒙古大军西征带来了特殊的人口迁徙。大批信仰伊斯兰教的阿拉伯人、波斯人及其他中亚人，被迁徙或者自愿迁徙到此。元世祖忽必烈之孙、安西王阿难答从小生长于穆斯林，他继位后，率部众十五万改奉伊斯兰教，成为这里全新一代常住民。这就是回族的前身。

后来，南方明朝的汉人又来了，东北的满人来了，再后来汉人又来了，不仅没有冲散这个新的族群，反而相互融合杂居，日益繁盛。直至二十世纪五十年代，新生的共和国在这里建成了民族自治区，将"治权"赋予了迁徙而来的人民。这既是迁徙者创造历史的余响，又何尝不可以理解为历史给予他们的礼赞呢。

贺兰岿然，长河不息。

5

父亲的山，母亲的河。自古以来，这一方水土养育了万方迁徙而来的百姓，迁徙者也在此创造了新的文明。如今，不只在银川，在周边随便走走，就可以领略曾经的丰富与多元。

在青铜峡，可以领略先民创造的古老的引黄工程，由此，千顷良田盛产优质大米，成为"塞上江南"的腹地。同时，在引黄工程的古渠口附近，还有俯瞰大河的一百零八座佛塔，形制独特，震撼心灵。

在中卫，古朴的高庙矗立于城市中心位置，则展示了儒释道合一的奇观。这里供奉了佛、菩萨，还有玉皇、圣母、文昌、关公。在其间还可以寻访到一副"奇联"，有道是："儒释道之度我度他皆从这里，天地人之自造自化尽在此间。"

在同心，行进在广袤的乡间，则是在"新月"照耀下的旅行。在县城一角，有相传建于明朝万历年间的清真大寺，是宁夏最古老、规模最宏大的清真古寺，据说此前曾是蒙古人的喇嘛庙。

而黄河南侧的古城灵武，有闻名遐迩的水洞沟，是中国最早发现旧石器时代的古人类文化遗址，距今大约三万年。在安史之乱中，唐肃宗在此登基，成为扭转时局的转折地。这或许是河套对中原王朝的重要反哺。

特殊的地理，山河的护佑，亦农亦牧之下的文化混搭，使得这里曾经持续吸引巨量资源输入而获得发展。无论是刀兵肆虐还是田园牧歌，这里都是开放和交融万方的大舞台。

唐代诗人韦蟾的诗更为有趣，他写道：

> 贺兰山下果园成，塞北江南旧有名。
> 水木万家朱户暗，弓刀千骑铁衣鸣。
> 心源落落堪为将，胆气堂堂合用兵。
> 却使六番诸子弟，马前不信是书生。
>
> 　　　　　　　（《送卢潘尚书之灵武》）

在诗人眼里，塞北与江南、果园与弓刀、将军与书生，完全相反的意象，却如此相反相成，不由得让你确信，这里的确是一片传奇的土地。

山河自古无恙，迁徙者的历史大剧则永不落幕。

6

我要回去见老刘了，去约好的烤全羊盛宴上与他对饮，继续与他进行饶有趣味的家族历史的追溯。

老刘说，他也一直在探询父母亲从北京来到这里的深层原因。一个大财主的子女，他们的确被新时代所震撼、所召唤。不仅如此，他们在经历了无数困苦之后，从不言悔。在与父母几十年的共同生活中，老刘所观察到的，是他们在极端困难的条件下疯狂地投入工作，并取得了令人难以置信的成就。这就是我们敬仰的父辈！

而我理解，那里边有一种不屈、一种风骨，抑或一种后人难以真正完全懂得的对命运的抗争。

是啊，他们曾经像历代迁徙者一样，承受了时代特有的重压！

在抵达银川后的二次分配中，父母俩被分开。父亲被分配在一所刚刚成立的师范学院，母亲则被安排到邻县的农场。接到通知时，他们想不通，因为那些没有"对象"的同学也并没有被要求去农场。想不通又改变不了，他们只能忍受着痛苦。那天，母亲在教室里哭到深夜，父亲则默默陪伴一侧。

我们无从知道那是怎样煎熬的夜晚。但在自我宽慰后，他们决心以更高的标准要求自己，很快就振奋了精神各自投入工作。那时的交通很不方便，他们咫尺天涯，很难见面。若干年后，母亲才找到机会调到父亲身边，他们才算有了一个完整的小家，开始生儿育女。

这是父辈的故事，这是父辈奋斗了一辈子的山河故土。这些故事似乎就是历史的接续，山河护佑他们，他们也与山河融为一体，并在这里开枝散叶，创造了华夏多元文明的历史新篇章。

问到老刘退休后的安排时，他说，回不去啦！已经离不开这里了，他会在这里享受他的退休生活。他端起酒杯，一饮而尽。

今晚，那种独特的热烘烘的酒意，是否会再次在他的每一根毛细血管里呼啸着奔腾呢！

2020年3月11日　北京

青藏的短歌行

久美阿卡

久美阿卡给我发来一段视频，内容是他站在隆务大寺僧舍前拍摄的鹅毛大雪飘落的情景，并传来他兴奋的画外音：这是今年隆务寺的第一场雪！

久美阿卡是隆务大寺的一位青年僧人，而"阿卡"，是安多藏语中对藏传佛教僧人的一种尊称。这是我在隆务寺时他教我的。

大约是十年前，我漫游到了青海同仁，住了四五天。这里是闻名遐迩的"中国热贡艺术之乡"。热贡，在藏语中是"金色谷地"的意思。热贡艺术，主要是指唐卡、壁画、堆绣、雕塑等藏传佛教绘画造型艺术。我是慕名而来。

天气非常晴朗，我整天就在隆务河"金色河谷"的吾屯村、年都乎村闲逛。在这里，随便推开一片木门，估计就可以观摩到一幅精美唐卡的创作现场。创作者有的是僧人，有的是本村藏民。见你来，他们会像熟人一样向你笑一笑，并不停下手头的工作。我欣赏到了好几幅他们精心创作的唐卡作品，每一根线条、每一处着色，无不闪耀着虔诚的光芒。

在隆务大寺游览时，我认识了久美旦增。记得是好几个年轻僧人从经堂出来，我迎上去向他们请教某个问题。他们面面相觑，有点害羞，目光都不约而同地转向久美，原来只有久美能说汉语。他解答完后，热情地邀请我到他的僧舍小坐。

原来久美是扬州人，不幸自小患有肾病，久治不愈，一家人很绝望。但久美对生活有自己的想法。书不读了，他按自己的愿望当了兵。用他的话是"当兵后悔两年，不当兵后悔一辈子"，可见他很有收获。也因生病，他借某个因缘出了家。他说，出家后，二十多年的肾病综合征竟"无药而愈"！这使得他对佛法深信不疑，最终来到这远离家乡的青海。至于为什么跑这么远，我就不问了。

他留我吃饭，而我也很愿意与他说说话。这僧舍刚打理完，花了他近两万元，算是自己的财产。但排水问题与邻舍发生了冲突，有几个本地的僧人横竖与他过不去。他说，一下雨，我就满屋子都是水。

我在藏地漫游多年，忍不住劝他。我说，你别见怪，依我的理解，僧界也是俗界，这个事是你修行的好机会。一顿饭下来，他慢慢平复了愤懑。说笑间给我取了个藏名，叫"嘉木样"，在藏语里是"文殊"之意。

后来他在微信里告诉我，事情解决得很好，要谢谢你。他说正刻苦学习藏语，觉得自己进步很快。

我们就这样各忙各的。有时我按他发来的书目，寄点书给他，有时他会在微信里提问。记得有一次，他发来一段我也没读过的《牟子理惑论》，提的问题是"孔子为什么不学佛"。

我觉得对他解释起来有点困难。这涉及儒释道三教的关系，一句话说不清，而且显得分别心太强。我只好说：孔子是公元前五世纪的人，佛教要到公元纪之后的汉代才传入中国，他如何学呢？

他"哦"了一声，没再说什么，显然意犹未尽。

不久，他发来一张照片。他穿着深红色的僧服，在风中袍袖飘飘，脸上微笑着，兴奋而自信，很有神采。他说终于开始游历了。去了塔尔寺，去了拉萨。

一日接到他的电话，说在雍和宫。一行人风尘仆仆，住在安定门内的一家旅馆。我去旅馆看望他们，要请他们吃顿饭，他们坚决婉谢。

此后他的游历越来越远，终于在福建莆田广化寺住了下来。这里是唯识宗道场，他认为自己是汉人，对汉传佛教却没有学习与理解，内心很愧疚。他的参学想法得到寺主夏日仓活佛的随喜赞叹。他从头开始，像一个新入山门的小沙弥，每天扫地干活、做功课。我打趣说"扫地僧都是厉害角色"，他扮个鬼脸说，是的！

就广化寺一年的进修参学生活，他写成一篇笔记，发表在广化寺佛学院《法炬》杂志上。他发给我，分享他的愉悦。我问，闻思修十五年了，你最大的心得是什么，此后还会游历吗？

他说，法在心中，无处不道场，读万卷书，行万里路，我这才到哪儿呢？

流浪者

陈兄是个天马行空的人。

一段时间不见，突然收到他的信息，说在爱尔兰做一个项目，向我打听一个投资机构的负责人，并说自己可能在爱尔兰定居。"这儿安静、放松，感觉很舒服！"他说。

认识陈兄纯属偶然。某日与好友Cindy吃饭，当她听说我最近有携小学毕业的儿子赴藏过暑假的行程安排，高兴地说，太巧了！立即拿起手机，给"二哥"打电话。这位"二哥"，就是陈兄。原来他那段时间正在拉萨。

于是，我们竟然得机会在此雪域高原相遇。

我与儿子完成日喀则的行程、回到拉萨的当晚，就与陈兄约定次日下午四点半在大昭寺门口碰头。

从Cindy的介绍中，我对陈兄的创业传奇略知一二。他似乎是个"草莽英雄"，先在国内做房地产，很成功，较早赚得第一桶金，后来赴美。命运似乎额外眷顾他，没几年，他在硅谷有两个项目成功上市。这次他决定回国一段时间，是因为有若干"特殊"的事要办。第一件，竟是将在美国初中毕业的儿子送到拉萨，在附近的喇嘛庙里寄宿、学习一到三年。

在大昭寺门口，我们相互一眼便认出对方。陈兄瘦高干练，目光炯炯。身边与他比肩的英俊少年，便是他的公子了。简单寒暄之后，我们一道去拜见他约好的一位活佛。

游客潮流退去，大昭寺一下子变得安静而空旷。我们跟着前来迎接的一位年轻僧人进入庭院，拾级上楼，活佛已站在一间红色木门的房间前微笑等候。这里是他的办公室，堆满经书等物事。我们坐下，陈兄与活佛交谈。听得出来，陈兄很虔诚，对教义有相当的了解。他的发愿也令我暗暗吃惊。

一个多小时后，谈话结束，活佛热情邀请，表示愿意亲自带我们参观大昭寺。在上午时，我其实已经在信徒和游客的人潮裹挟中游览过一遍了，能够如此从容再次拜谒，的确是因缘殊胜。在有些幽暗的甬道上，活佛轻声讲解，陈兄似乎沉浸在一种氛围里。在一些佛龛前，他会顶礼膜拜。

揖别时，活佛赠送我们大昭寺定制哈达、几本有关藏传佛教的书，其中有他本人的著作，也有他特别推荐的另一位活佛的著作。那是陈兄要寻找的一位高僧大德。他的名字并不为人所知，但频频出现在他们刚才的谈话当中。

告别大昭寺，陈兄约我们前往他下榻酒店一叙。我们来到城西的香格里拉大酒店。在可以看见布达拉宫的后院露天花园，他的助理已经说服固执的酒店大堂经理，破例在此摆上了一桌精致的宴席。我们就这样，品着红酒，微风拂面，漫无边际地闲聊，谈他的创业、出国，谈宗教信仰，也谈关于孩子们的那一代。他很健谈，而我只是倾听，不打断、不追问任何细节。这不只出于初次见面的礼貌，更是想细细体会他的"天马行空"。

这是怎样一个特别的人啊！我很感慨。他敢想敢干，似乎很有商业天赋或者运气，但又似乎在精神上无所皈依。他不愿停驻在一个固定的城市甚至国家，不愿固守在一个生意甚至行业。他像一个流浪者，一直在寻找什么，永远跋涉在路上。没有人能跟得上他的脚步，包括他身边最紧密的人。估计也没有人能猜得透他的思想，或许包括他自己。

夜色降临，天气逐渐转凉，我们又转入室内。告别时已近子夜时分，微醺中，相约北京再见。

上周与Cindy吃饭，她笑说，西藏回来后，陈兄在北美收购了两个航空项目，这会儿正在欧洲呢！他的儿子，那个英俊而寡言的少年，则正在那个喇嘛庙里苦学。陈兄说到做到，对孩子只提供有限的生活费。

陈兄为什么要让孩子到西藏学习？他后来是否见到了那位活佛呢？我本想问Cindy，但又觉得不必。他自有其因缘吧。想到此，我也就释然了。

成兄是否见到了那位活佛呢？我本想问阿祺，但又觉得不必。他自有其因缘吧。想到此，也就释然了。

家庭旅行团

那天收到大学生小张的微信，就他的寒假游历计划请教我。一看那帅气的头像，我一下就想起来了，对！就是那个在寒冷深夜里也要坚持看纳木错星空的年轻人。

　　这让我回忆起2016年暑假，我与儿子在藏地旅行途中那段难忘的偶遇。小张是其中人物之一。

　　儿子随我去过可可西里，上高原不是问题，但本次藏区之行，我也希望他有机会体验一下与陌生人的集体旅行，因此，我们在西藏比较艰苦的一段，选择了跟旅行团。

　　勤勉的导游兼司机在拉萨城里转了一圈，拣满一个中巴共十四位客人。来自五湖四海旅友们的为期三天的共同生活，就在黎明破晓中开始了。

　　这是一段平淡的旅行团生活，团员来自五个家庭，却也是值得品味的某种奇缘。

　　来自江西抚州的老胡，一家四口。在读大三的漂亮女儿和四年级的小胖儿子，是团里的开心果。老胡很忙，手机里不时谈着生意，但他永远是那个抢着付饭钱的人。他应付大家的口头禅，永远是笑着说：是一家人嘛！一家人嘛！当然钱不多，大家相互分享各自携带的家乡小吃，或者为集体买点矿泉水之类，也就算了。老胡从来不细看风景，但这些年，他领着老婆孩子走了很多地方，而且有着清晰、长远的规划。他说，再忙也要一家子出来玩。他能带妻儿来游览西藏这种地方，就足以令我惊讶的了。

　　来自湖南浏阳的老张，一家三口，儿子在东北大学读大二。老张很风趣，总是有一些俏皮话逗大家乐。参观藏民新村时，女导游卓玛指名要他留下来做扎西，他则故作思考片刻，一脸认真地说，这个还真可以考虑，那神气惹得大家开心大笑。他的夫人"高反"有点严重，在艰苦的纳木错简易客栈里，这两个男人可忙坏了。儿子灌热水袋，帮着为妈妈暖脚。丈夫呢，则端茶倒水，温柔地陪夫人说话。夫人一路上虽然辛苦，却也是满脸幸福。大家安顿后，夜很深，寒气逼人，儿子小张来敲我的门：叔叔，走，到湖边看星空去！

那晚的璀璨星空，估计会深深烙印在他年轻的记忆里。

另一家三口的老李，也来自湖南浏阳。儿子十六岁，高高大大的，有点笨拙，"高反"也很严重。老李长得却猴瘦猴瘦，模样很像电影里的某个著名的反派。他估计也意识到这一点，不时冒几句反派的知名台词，于情于景有神奇的契合，令人忍俊不禁，显示出他浑然天成的幽默感。老李不像当娘的，他不太管儿子。他的哲学是，人嘛，遭点罪、再遭点罪，就长大啦，尤其是崽伢。

与我碰到过的广东旅友很不同，这对来自广州的母女是团里最安静，与大家交流就显得少很多。我只知道，母亲是小学老师，有点严肃，女儿应当也是一位大学生。在纳木错，客栈是非常简陋的板房，只有三人间和四人间。她母女俩和我们父子俩被分配住在一个四人间。母女俩"高反"都很严重，于是早早就躺下了。但女儿干呕，不停折腾，很不安生。我与儿子当起了"义工"，不时询问她们的需求，帮她们到小卖部买吃的，找导游租电热毯。大家和衣过了一夜。母女俩感谢不尽，次日打开了热情的话匣子。令人惊奇的是，这些年来，这位柔弱的母亲领着女儿竟也是行万里路，足迹所至，应该远超多数类似的家庭组合。可见，沉默的背后自有其精彩人生。

大千世界的真英雄，正是来自芸芸众生。这次我们唯一的跟团旅行，是儿子的人间课堂，何尝又不是我的呢？

2019年12月16日　北京

彻骨悲凉

1

那么，这就是当年的"大西门"了！

我站在街边暗自揣度，对面"新中剧院"的位置，或许正如资料所介绍的那样，是当年迪化（乌鲁木齐旧称）大西门城隍庙所在地。繁华的大街上车水马龙，往日的风貌早已不见。对此，我倒是有心理准备，行前陈兄也是提醒过我的。

这些年寻访旧迹，随行就市，这种情况碰得多了，我早已不纠结。毕竟世易时移，时间可以冲刷一切。来到原址，对我来说从来都有"抵达现场"的意义。

至于"现场"，以我的本事，多数情况下可以通过各类文献来帮助"复原"。比如，在某个夜读时间我就找到这样的本地人回忆。这位作者写道：

在1956年之前，城隍庙就被拆了。

那时我们还住在建国路的第十三小学，大人们把拆下来的泥神手中的武器拿到了十三小库房中，好像有长枪、三股叉、大刀等等。我们从门缝里看到后非常眼馋，这是我们梦中都想得到的玩具。

上世纪五六十年代时，城隍庙地区已经有新中剧院了。

剧院的西边有一道土城墙，墙根下是一个三教九流各显其能的场所。有茶座，有饭摊，有说书的、唱戏的，有卖瓜的、卖药的，有耍把戏的、算命的、剃头的、拔鸡眼的。每天从早到晚熙熙攘攘、人流不息，真可以和北京的天桥相媲美。

（佚名《记忆中的乌鲁木齐城隍庙》）

可见在五六十年代，即使城隍庙不在了，这里仍然保留了城隍庙所特有的风情。以此为基点再往前推半个世纪，那个"犯人"刘鹗的栖身之地，几乎已依稀可见了。

是的，我说的是《老残游记》的作者刘鹗。1908年，他被时任军机大臣兼外务部尚书的袁世凯下令逮捕问罪，旋即流放到此。

据说在迪化的半年多时间里，他在这座颇具规模、香火旺盛的城隍庙寄居，并与一位在此设诊的刘道士结识。刘鹗早在年轻时就行过医，有丰富的临床经验，他们很快成为志同道合的莫逆之交。刘道士因故离开迪化后，刘鹗继续坐台应诊，因收费低廉，在劳苦大众中颇有声誉。值得一提的是，刘鹗虽然落魄，混迹三教九流中，但仍然启动了医学著作《人命安和集》的写作。

在人生困苦的最后时期，他保持了一个士人的基本风度。

2

与刘鹗不同，陈兄在此挂职，是光荣的中央"援疆"干部。他学养深厚，来疆三年不到，行迹也几乎遍及各地。他入乡随俗，不仅骑术与酒量精进，对其所负责的专业领域也有了很多不俗的见解，后来都体现在他的论著中。

他知我喜欢大脚走天下，几次热情相邀到乌鲁木齐看他，但一直未能成行。即便在当今，这里对内地而言仍显得有些遥远，何况在清代呢！

除了著名的"宁古塔"，这里是清代另一个常见的朝廷要犯流放目的地。

笞、杖、徒、流、死，在清代的五大主刑中，流刑之重仅次于死刑。清朝先后制定了《三流道里表》《五军道里表》等具体规定，将流刑分为四个等级，即两千里（附近）、两千五百里（近边）、三千里（边远）、四千里（极边和烟瘴）。

流放新疆，就是"四千里极边"了。

"享受"这种待遇的，在有清一代有不少数得着的大人物，比如纪晓岚、洪亮吉、林则徐、徐松、张荫桓等。他们大多在广袤的疆土上拥抱了"新生活"，行走不懈，考察访问，著书立说，各有作为。那种士人精神的挺立，的确极富魅力。

还有那位捕杀传教士的山西巡抚毓贤也被判充军新疆，只是他刚到兰州就被朝廷处决了。冥冥中，他大概被剥夺了进入这个行列的资格。

而刘鹗，一个以"小说家"身份闻达于后世的人，是犯了何等重罪而享受到了这种"待遇"，竟与这座边城结缘？

3

原因很简单，刘鹗的真正身份远不止一个"小说家"。

他出生在一个仕宦世家，熟读四书五经，却无意做一个汲汲于科举功名的儒生，而在率性之中另辟人生蹊径。

刘鹗的父亲刘成忠是咸丰二年（1852）进士，是个颇有作为的官员。他从"记名御史"干起，做过顺天乡试监试官、河南汝宁知府、开封知府、南汝光道台等。他剿捻、治水有功，1875年被赏布政使衔，这相当于"省部级"了。1877年他因病辞官回乡，在淮安定居。这时，刘鹗二十一岁。

刘鹗自小随着父亲的宦海扬帆而不断迁徙。他在北京、河南汝宁、商丘、信阳、江苏淮安等地，度过自己的童年和青年时代。他的兴趣不在八股制艺，而是深受父亲的影响，在算学、测量、绘图、医学等经世之学上投入了极大的热情。

也许是受到家庭的压力，他参加了两次南京的乡试，一次落第，一次干脆中途退场。这可能也说明，他是个有想法的人。

果然，在长期的交游生涯中，他成为"太谷学派"的重要成员。1880年，他二十四岁，在扬州正式拜"太谷学派"宗师周太谷传人李龙川为师，成为其最年轻的弟子。

相传李龙川生前有"将来天下，二巳传道"之说。"二巳"，即刘鹗和他的师兄黄葆年。刘生于丁巳年，黄生于乙巳年，并称"二巳"，可见李龙川对刘鹗的器重。刘鹗对年长十三岁的黄葆年推崇备至，成为他发展学派事业的中流砥柱。

"太谷学派"学说虽常援引佛道观点，但阐发立论并不出儒学的范畴。他们尤其主张孔子的"富而后教""养民"为本，这成为刘鹗一生行状的基本宗旨。1902年，他给师兄黄葆年致函，说：

> 今日国之大病，在民失其养。各国以盘剥为宗，朝廷以朘削为事，民不堪矣。……圣功大纲，不外教养两途，公以教天下为己任，弟以养天下为己任。各竭心力，互相扶掖为之。

他以"兴利养民"为使命，积极投入各类事业经营。他在上海开设中国最早的石印书局（1887），开办百货商场（1900）和织布厂（1905），在天津合股创办精盐制造公司（1905）等。通过这些项目运作，既致力于创造就业实现其"养民"初心，也努力为学派事业发展开辟经费来源。

他的作为并不局限在学派小圈子，而是积极参与民生项目。但有趣的是，他与"洋务派"交集并不多，而主要与外资或者民间资本合作。

1897年他辞去公职，接受英商"福公司"的聘请，担任了山西煤矿主办。他的思想是一贯的，认为"晋矿开，则民得养而国可富也"。后又参与河南矿务机关豫丰公司项目，并为福公司拓展四川麻哈金矿，浙江衢、严、温、处四府煤铁矿的开采，成为当时朝野都难以接受的"洋买办"。

一个仕宦世家子弟、享有五品知府身份的人，却与政府官僚系统有意保持疏离关系，这多少有点匪夷所思。毕竟，几千年来，不管是"为民""为己"，儒者基本上是以"当官"作为其世俗事业来追求的。

4

事实上，河工、赈灾、开矿、城市公用事业等，这些服务于他"养天下"理想的事务，根本不可能绕开政府与官僚。

1887年八月，黄河南岸郑州附近的下汛十堡处决口三百余丈，大水成灾。三十二岁的刘鹗赴郑州投效河工。他的才能得到发挥，几个月后，黄河河堤得以合龙。对这段经历，他的朋友有这样的记录：

> （他）短衣匹马，与徒役杂作。凡同僚畏惮不能为之事，悉任之。声誉乃大起。
>
> （罗振玉《刘铁云传》）

他得到河道总督吴大澂、山东巡抚张曜的赏识，继而获得担任测绘"豫、直、鲁三省黄河图"提调职务的新任命。

刘鹗不辱使命，不仅圆满完成了任务，还在调查研究的基础上比较系统地阐发了自己的"治黄"理论。1890年，他编成《豫、直、鲁三省黄河图》，继而陆续写成《历代黄河变迁图考》《治河七说》等著作。

张曜离任后，在继任者福润的两次保荐下，他赴北京总理衙门考试，1895年得以"知府"任用。

他虽因河工而得功名，却无意经营官场，而是全力投入实业项目，以实现其"养民"大志。他提出并努力付诸实践的一些策略，即使现在来看也是富有远见的。

比如关于借外资兴办实业。在给罗振玉的信中，他曾说：

> 国无素蓄，不如任欧人开之，我严定其制，令三十年而全矿路归我。如是，则彼之利在一时，而我之利在百世矣。

在国家与人民都比较贫穷的情况下，他提出了这个利用外资的合作模式，类似于如今常用的"B（建设）O（运营）T（转让）"，很务实、很有经营智慧。

但眼前利益的让渡，显然很难为当时的朝野所理解。他对外商的让利与迁就，实际上也动了很多人的奶酪，因此招致纷纷攘攘的攻击，甚至达到了"世俗交谪，目为汉奸"的地步。连好友兼姻亲的罗振玉都要质问他：

> 君既受廪于欧人，虽顾惜国权，卒不能剖心自明
> 于人，在君乌得无罪？
>
> （罗振玉《刘铁云传》）

不过，豪放自我的刘鹗对这些物议并不在意，他依旧我行我素，勇猛任事，为此给自己埋下了隐患。终于，祸端在南京购地和北京赈灾的项目上爆发。

5

有关刘鹗被构陷和流放的背景文献似乎很少，我找到一份他的儿子刘大绅的记载。虽然孤证不立，但不妨一读。

1936年，刘大绅撰写了《关于〈老残游记〉》一文，披露了不少隐情。他重点分析了与父亲有关的两个微妙的人际宿怨。

一个来自袁世凯。

据说袁世凯投奔山东巡抚张曜时，刘鹗也在张曜幕中，且颇得重用。袁急切地希望外派，独当一面，托刘鹗为他说话。但张曜对袁自有评判，他对刘鹗说：

> 袁某才可爱而性未定，资可造而识未纯。使独任
> 必偾事。今留在左右，欲其多经验，将来可大任也。
>
> （刘大绅《关于〈老残游记〉》原注）

张曜的这个评价未见得不是为袁世凯着想，但当刘鹗将此意见转告袁后，"袁怨及先君"，甚至认为刘鹗背后说了他的坏话，继而愤而辞职。

另一个来自世续。

世续父亲与刘成忠是世交。世续考中举人后，按当时风俗来拜访刘成忠，俗称"打秋风"，遭到了刘成忠训斥。他说：

> 少年前程无限，奈何效世俗所为？家即不充，须膏火，书来，我当相济。
>
> （同上）

本来刘成忠是因故人之情、以长辈身份说了不见外的话，当时也赠送了二十两银子给他，却不料听者有意，"竟因好成怨"，为刘鹗布下了一个恶因。

说来也是冤家路窄。1907年，袁世凯以直隶总督奉诏入军机处，世续也在庚子事变后调入军机处。据说他们碰到的第一个案子，竟是控告刘鹗在南京浦口与洋人合股买地皮一事。

如此低概率的事，就发生在刘鹗身上！虽令人疑惑，但没有文献可供做更多的佐证。

事情原委是这样的。1905年，刘鹗与长江水师提督程文炳合伙买下南京江浦县九濮洲荒地三千八百九十亩，其中刘鹗名下为一千九百四十五亩，并办理了执照。此时朝廷决定筑津浦铁路，浦口是终点，刘鹗以其商业敏感，认为这个地块有巨大的投资价值。

这笔大买卖触动了本地绅士陈浏的利益。他曾任五品京官，于是与京中御史联手，向军机处、外务部、邮传部投书禀报，控告刘鹗"私集洋股，揽买土地"。

军机处领班庆亲王奕劻对刘鹗案持谨慎态度，经调查并无实证后将此事搁置。袁世凯、世续心有不甘，将刘鹗1900年在北京办赈济的事翻出来。在他们的运作下，户部很快奏报刘鹗"擅卖太仓存谷牟利"之罪。

对庚子赈济一事，罗振玉有这样的记载：

> 联军入都城，两宫西幸。都人苦饥，道殣相望。君乃挟资入国门，议振恤。适太仓为俄军所据，欧人不食米，君请于俄军，以贱价尽得之，粜诸民，民赖以安。君平生之所以惠于人者实在此事，而数年后，柄臣某乃以私售仓粟罪君，致流新疆死矣。
>
> （《刘铁云传》）

1900年八国联军攻占北京，南北交通受阻，北京居民出现了粮荒。当时俄国军队占领了海运仓，也即朝廷的"太仓"。俄国人不吃大米，因仓库鼠患成灾，准备将存粮全部焚烧。刘鹗得知后，利用自己的社会关系将太仓中的粮食全部买下，一部分投入赈济，一部分以市场平价销售以弥补成本。

一桩本来是功德无量而且精妙的运作，却被人利用，成了他的人生绊脚石。

1908年正月，清廷上谕将刘鹗革职永不叙用。六月二十日，他在南京被捕，旋即流放新疆。

刘鹗在路上行走近半年之久。九月十九日他抵达凉州府（今武威），小住后启程时给儿子刘大绅写了一封信，据说是他遭难后的最后手迹。略云：

> 启程途中，南望雪岭，直西不绝，以达昆仑，真壮观也！京中古玩，凡可卖者悉卖之，不必存也。惟仇云林小山水一幅，可留则留，卖之不可过贱，难得品也。

他批判"清官"误世，最终栽在了枭雄之手。

6

刘鹗以"养民"为己任，精力主要在兴办民生事业上。如果就此而言，他也只是个有儒者抱负的商人被人偶尔记起。但他太有才华，情况就变得不同了。就像电影《肖申克的救赎》里说的：

> Some birds aren't meant to be caged, that's all. Their feathers are just too bright.（有的鸟是关不住的，因为它们的羽毛太过光辉。）

他无意为文，却在热心资助朋友的过程中"一著成名"，成为一个享有极高声誉的小说家。

《老残游记》来自一个感人的友谊故事。刘鹗在新闻界有一位叫连梦青的朋友，因被政府通缉，一时生活无着。刘鹗知道他敏感要强，一定不会接受资助，当他了解到连梦青在为《绣像小说》写稿赚生活费时，有意帮他增加收入。刘大绅回忆：

> 先君知其耿介，且也知其售稿事，因草一小说赠
> 之。连感先君意，不得不受，亦售之于商务。
>
> （刘大绅《关于〈老残游记〉》）

这份对待朋友的真诚，今天似乎仍然可以让人浓郁地感受到。甚至笔名"洪都百炼生"真实身份的揭晓，都已经是民国后的事情了。刘鹗一家，很好地保守了这个温馨的秘密。

他无意学问，却以自己的文化敏感和热忱，成为甲骨文研究第一人。

刘鹗持续收购甲骨文达到五千余片，并断定是"殷人刀笔文字"。这在当时是石破天惊的事。他不独占这批惊世文物，而是投入极大的努力，拓印出版了第一部甲骨文著录作品。1904年九月《铁云藏龟》印成，次年正月《铁云藏陶·附泥封》印成。正是他，开辟了甲骨文的社会研究先河。

对晚清这两个文化事件，人们主要关心其深远影响和划时代意义，而我更关心的是，在这样事件背后，那分明是一个热

忧、敏感，有着"养天下"大爱的儒者灵魂啊！

7

那个大变局的时代，似乎有意幻化出一个叫"刘鹗"的信使，为我们讲述了几段黑夜传说，惊心动魄、如泣如诉，更是彻骨悲凉。

这些天我断断续续地阅读，又不禁感慨，上苍将刘鹗的人生故事裁剪得多好啊！可谓错落有致，声色并茂，悬念迭起，处处出人意表。

原籍镇江，流放并病逝于迪化。他人生的起点和终点的反差何其大！一个六朝京畿；一个世外边城。一个据长江与大运河的交汇点，物华天宝，人杰地灵；一个以沙漠绿洲中转中亚古商道，胡汉交融，风云变幻。一个金粉世界名利场；一个流放者的终结地。

连接这样两地的人生轨迹，就是这样一条起伏跌宕的曲线！

一个不断热情开拓新事业的人，同时又保持了一份刻骨的绝望。他人生表里的反差何其大！在一部纸张早已泛黄的冷僻文集里，他有这样的自述：

> 丧乱八九年，乾坤日流血。
> 人心久不古，伦义悉磨灭。

豺虎在城市，生民半鱼鳖。

张弓不得射，令我重呜咽。

（《感怀三首》其一）

丧乱的世道，丧乱的人生，"张弓不得射"，使他愤懑至呜咽不已。而到他人生的晚期，在将暂告一段落的小说游戏文字集结时，他的悲愤终究变成了放声一哭：

棋局已残，吾人将老，欲不哭泣也得乎？

（《老残游记自序》，1906年）

他对时代的绝望，使得他的一切作为都近乎"殉道"。

8

遗憾的是，他在迪化的公开资料，我能找到的始终很少。

据说他与迪化本地的文人有不少诗文唱和，可惜现已大多失传。

据说他在城隍庙寄居之所贴过一副对联，云"人莫心高，自有生成造化；事由前定，何须巧用机关"，似与他的"太谷学派"观点和一生行状有微妙的差异。

据说他还以其富于灵气的笔触，为我们留下这样的诗句：

流水小桥催钓影，春风深巷卖花声。

这是一幅清末的迪化风情图，堪比他描写济南城的"家家泉水，户户垂杨"的点石成金，令人叹为观止。

他的太多秘密，仍在沉睡中。

2020年8月23日　北京

辑六　放逐云贵

青山依旧

1

近日读杨慎，既为这个"大明第一才子"的博学才情而赞叹，又为他的悲剧人生而感到深深困惑。

在追寻杨先生云南行踪时，独自煮茶，不自觉地翻出一袋古树茶来，是昆明老兄长所赠。一大袋子茶叶，好几斤，简简单单地盛满一个大号的透明塑料袋。记得当时是在他的新办公室里，他笑道，你别嫌弃。我当然知道，好东西不靠包装。

那段时间，我似乎正喝峨眉雪芽、蒲江雀舌之类的川绿，沉浸在天府的精致风雅里，不免觉得这古树茶苦得有点粗犷了。于是手指一拉袋口，勒口嵌紧，这一大包茶就这样睡在我的柜子里了。

烧水、投茶、冲泡。茶叶瞬间尽情伸展婆娑，占据了大半个玻璃杯，汤色清亮可喜。啜一口，有种特别滋味似甘若苦，在舌间缠绕，醇厚持久，不禁引发我的高原之思。

的确很久没见老兄长了。今天得以意外品尝古树茶，可见冥冥之中味蕾也有所忆、有所思。

2

知道杨慎，似乎还算是因了老兄长的机缘。

去昆明参加一个培训班，行前给他拨打电话，不通，发信息也没有回。我怅然若失。

培训班正好安排在民族村附近一个企业疗养院，酒店房间窗口正对着滇池西山。往来昆明多次，也都没有时间来这著名的滇池边走走，更不要说上西山，一直引以为憾。约不到兄长，其他人也不想打扰，正好趁周末了却心愿，给此次昆明之行"增一增行色"，算是一步补偿到位了。

我在酒店提供的地图上发现，附近有一个杨升庵徐霞客纪念馆，就在西山脚下。徐霞客自然是熟悉不过了，他的云南之行是其生命杰作。这个杨升庵，却是眼生。而且两人非亲非故却同享一个纪念馆，这种情形不多见。

西山之大美，果然难以言传！山下八百里滇池尽收眼底，水天相接，波光粼粼，带着一份高原湖泊的独特神秘。山上则是别有洞天，远比我想象中要宏大，植物繁茂，人文荟萃，其雍容气度，堪称一座规模宏大的自然兼历史博物馆。

尤其值得一提的是，西山朝晖夕阴，气象万千。在山顶行走的过程中，我目睹了一个奇异的晨昏转换过程，内心震撼而折服。在夕阳的余晖中，西山在昆明城方向的大地上形成巨大投影，像徐徐张开臂膀的夜的精灵，随着时间的脚步，铺陈出一顶阔大的黑色斗篷，将洋洋洒洒的城市拥入怀中，然后又将它的万家灯火一一点亮。

如此瑰丽非凡的场景，当年也曾一次又一次呈现在杨慎、徐霞客的眼前吗？

等我气喘吁吁走到纪念馆时，距离闭馆还有不到一个小时。好在基本史实略有所知，参观一下陈列，在院子里走走，寻觅一些细节，时间堪堪够用。

纪念馆在一个旧称"高峣"的村子里，坐落在西山下滇池西岸。这里是杨慎当年在云南居住时间较长的寓所之一，他名之为"碧峣精舍"。我游览完，大约就是当年客居于此的杨先生的掌灯时分，他会做些什么呢？

或许他与朋友在书房中谈兴正浓，仆人来轻声报告，宴席已经备好。也许他读了半天古书，累了，长长伸一个懒腰，正要到院子里去走走。也许他刚好风尘仆仆远行归来，翻身下马，把缰绳递给一个健壮的随从，并叮嘱他小心卸下行囊，那里有他收集的几样稀见图册。

3

西山游览回来后没几日，电话响了，是老兄长。

原来失联的那几日，他正在东南亚的种植基地考察，那是公司的另一项业务。因为地处偏僻，没有手机信号，所以基本与世隔绝。他热情地介绍旅途见闻，一如既往地爽朗大笑。听得出来，出差虽然辛苦，但他的状态很好。

他说，很快就要回到云南，计划回玉溪陪母亲小住。母亲八十多了，身体硬朗，仍能读书看报，思维敏捷，只是越来越唠叨儿子不在身边。老兄长笑道，老妈妈的老小孩脾气，最近好像有点见长呢！

兄长其实曾是我业务上的合作伙伴，但他在我的客户中独树一帜。

他在我的一个困难时期降临，给我的深刻印象，并不是茶，而是酒。他的喝酒，我很早就领教过。记得是一个凛冽的寒冬，忽然接到他的电话，要到我监管的那个位于某市的子公司去看看。那时我们认识不久，就一个项目有过交流，但一直没有进入签署合同环节。我想，我的"贵人"这次要带着订单来了！我很快订好酒店，等他来。

他的航班有些晚，抵达后酒店已经没有餐饮。我早已选好了餐馆，准备替他接风驱寒。没想他坚持附近小酒馆就很好，不必麻烦。他的那种坦诚，是可以感受到的，让你恭敬不如从命。

我们炒了几样菜，请他在货架上选了一种本地白酒，理由是"至少会是真货"。几杯寒暄过后，话题就飞扬起来了。老兄长热诚爽朗，妙语连珠，谈锋甚健，完全没有生意场上初次接触的那种矜持和戒备。我们交流了一些对行业发展的看法，聊得最多的，还是那片高原上的当代传奇，包括那位名动朝野的烟草大王的故事，他们似乎走得很近，也看得出他很敬重那位老者。

不过，比较重要的是，他对我的不胜酒力并不为怪，先是我给他斟酒，后来他自己给自己斟，一杯接一杯。说话间，一仰脖，杯杯仿佛都是世上至味。那种夹带着侠气的酒风和享受的滋味很有感染力，与他讲述的那些高原传奇一样，令我既感动又惊叹不已！

兄长年齿长我较多，经历也颇传奇。他在国外名校拿到金融学博士学位，回国后一直在金融行业工作。从业务员干起，一步步升迁到银行省级副行长。后来，他竟急流勇退，离开体制，开始他的实业投资生涯。他对当前每项工作都很投入，有一种发自天然的享受其中的特别风度，令我觉得他身上有一种奇异的特质，既生活在当下，又生活在某种"高处"。

真是期待与他再酌一杯！我忽然想，博学多闻的云南老兄长是否知道这个杨慎呢？

4

杨慎是四川新都人，于明孝宗弘治元年（1488）出生在北京一位翰林家，其父杨廷和后来官至当朝内阁首辅，是权倾一时的人物。他与云南突然发生联系，是因为一场发生在朝廷的斗争，他完败。

后果很严重。明世宗嘉靖三年（1524）七月，他在十日内被"廷杖"两次，几乎被打死，"毙而复苏"，随即被处以"永远流放"，充军永昌卫，即今天的云南保山。

> 滚滚长江东逝水，浪花淘尽英雄。
>
> 是非成败转头空……
>
> （杨慎《临江仙》）

这首著名的作品据说写于湖北江陵（今荆州），在他充军流放西去的途中。这一年他三十七岁，年龄与当年的王阳明抵达贵州龙场驿时相当。但与王阳明比较，他的后半生就有霄壤之别了。

查《明史》刑法志，其流放罪分四等，即安置、迁徙、口外为民，最重为充军。充军又按戍地不同分四等，即极边、烟瘴边、远边卫、沿海附近军；按时限分为两个级别，即"终生"，到本人死为止；"永远"，死后可由子孙顶替。

朱厚熜"赏"给杨慎的是"永远充军烟瘴"。这个骄傲的状元，还没来得及抒发他的政治抱负，就被以这种凌厉的方式打入冷宫。

更悲催的是，在他流放期间，朝廷的大赦令颁发过六次之多，但每次都没有他。按明律，他在服刑年满六十岁后本可回乡终老，改由子女顶替，但唯独他不被恩准。不仅如此，嘉靖三十七年（1558）十月，他被告发返蜀长期不归，竟被从四川新都老家用枷锁拿回了云南永昌。

史料记载，他是在一个飘雪的寒冷冬日被押解上路的。此时，老先生年过七旬，写下了"读书有今日，曷不早躬耕"的悲愤呻吟。他的好友李元阳"闻说衰年又入滇，惊悲此夜不成眠"，为老朋友掬了一把同情的泪。

据说，他不久在昆明的一座寺庙里孤独地死去，享年七十二岁。

得罪皇帝的臣子遭受流放惩罚的多了，究竟是触动了哪根敏感神经，让当朝皇帝对他如此痛下杀手？

5

杨慎谪戍云南的基本历史背景，是一场所谓"大礼议"之争。

博弈的双方，一方是其父内阁首辅杨廷和为首的文官集团和张太后，一方是被他和张太后选中来继承帝位的兴献王世子朱厚熜，即嘉靖皇帝明世宗。

荒唐的正德皇帝明武宗朱厚照驾崩后，没有子嗣可继大统。在张太后的支持下，杨廷和按明初《皇明祖训》中"兄终弟及"的先例，以武宗遗诏为名，选中朱厚熜"嗣皇帝位"。

但接下来发生的大事件证明，这份诏书存在巨大的歧义，后果简直不堪设想。即朱厚熜是先继嗣再继皇帝位，还是只继皇帝位？

这不能不说是个巨大的谜。以杨廷和这样连《明史》中都称赞其沉稳练达的能臣，在如此天大的事情上何至于发布一份语义模糊的诏书呢？

而朱厚熜只认继承帝位，他首先就拒绝按"皇子"身份入京。从一开始，杨廷和集团就陷入了被动。朱厚熜登基后第六天，他急切地诏令礼部讨论其父亲兴献王的称号，这就是所谓"议大礼"。

朱厚熜坚持把自己的生父母尊称"皇考"与"皇太后"。这样一来，武宗的父皇孝宗就变成了"皇伯考"、张太后变成了"皇伯母"。小宗变成了大宗，原来大宗系统的张太后将陷入极为不利的境地，而对主持朝政的杨廷和来说，这个差事是没法交代了。

但朱厚熜认为，如果不照此办理，将是对自己父母的极大不孝。"父母可互易乎？"他质问那些逼迫他的臣子。其实，朱厚熜生母蒋氏的出身并不简单。蒋氏是大兴人，父亲蒋敩，时任北京中兵马指挥使，在这京城的军方中影响力何其大。弘治五年（1492），孝宗朱祐樘将蒋氏御赐给兴王朱祐杬当王妃，并亲自为之主持大婚。在此事上，张太后、杨廷和没想到为自己找了一个强劲的对手。

一场因为诏书起草的歧义之争，逐步演变成一场严酷的朝堂政治较量和权力重组。历史就是这样吊诡！

这个受过良好教育的十五岁藩王，在"白捡"一个帝位后，也似乎进入一个身不由己的格局中。他面临的首要挑战，就是建立执政合法性和执政自信。而在这个情境中，给予他巨大机会的人，也必将可能对他施加巨大的控制。这不符合他和兴献王支系的利益。

　　事件持续三年多，过程一波三折，直到朱厚熜十八岁，羽翼逐渐丰满。嘉靖三年（1524）三月，面对逐渐失控的年轻皇帝，绝望的杨廷和告老返乡。七月，朱厚熜正式下诏，尊生父兴献王为"恭穆皇帝"、生母为"圣母章圣皇太后"。

　　失去领袖的群臣一片哗然。二百二十九人自发聚集在左顺门请愿，长跪哭谏超过两个时辰。朱厚熜震怒，将没有散去的一百三十四人尽数逮捕，施以廷杖，十六人当即毙命，余者被尽数投入诏狱。

　　杨慎是"主犯"之一。在正德六年（1511）状元及第后，他授官翰林院修撰，参与《武宗实录》的编修工作。明世宗继位后，他复任翰林修撰兼经筵讲官，也就是说，"大礼议"爆发时，他是给皇帝讲经的老师。

　　他把父亲还乡后对他的"端做闲官""怕人情翻覆波澜"的反复叮嘱抛在了脑后。《明史》称，他慷慨鼓动同僚：

　　　　国家养士百五十年，仗节死义，正在今日！
　　　　（《明史》卷一百九十一·列传第七十九）

　　决然地挑战皇帝，杨廷和的行为是有逻辑的，他急流勇退了。那么杨慎呢？他是明白自己在这场博弈中的使命，还是真的要为那道蹩脚的诏书所语焉不详的大义而"死节"？

　　这无疑是"烈士"和"炮灰"的分水岭。

6

"一壶浊酒喜相逢，古今多少事，都付笑谈中！"

杨慎是明代著名的文学家和学者之一，他留下诗词两千三百多首，词曲五百四十多首，各类著作现存二百二十多部。《明史》也赞叹"著作之富，推慎为第一"。

这"笑谈"也是杨慎最标准的表情包之一。他写了不少类似的诗句，比如"功名富贵笑谈中，回首一场春梦""千古风流人物，一时多少英豪。龙争虎斗漫劬劳，落得一场谈笑"之类，不胜枚举。

而我却似乎在这些诗作中读出了两种东西：一是他的无奈与悲怆，二是他的宿命。

他的"无奈"无可比拟，尤其是成为一个被当朝皇帝所憎恨的人。

不幸的是，明朝皇帝长寿的不多，唯独这个朱厚熜，活了六十岁，在位四十五年。这在有明一代堪称奇迹。但这份"奇迹"摊在杨慎头上，就是一座永远搬不走的五指山，等于被判处无期徒刑。

他可能也没意识到，这场貌似荒唐的君臣之争，实际上是皇帝与文官集团之间控制与反控制的搏杀。历史推进到大明王朝，文官集团已经没有可能在这样的战争中取得胜利。皇帝们不再"上朝"，他们对国家的治理实则已在文官系统之外另起炉灶，那就是宦官与锦衣卫系统。

他的"悲怆"自不待言，尤其是对他这个才学过人的当朝内阁首辅之子。

　　他自小是个无敌学霸。据说一部《易》只需读二十天就可以全文背诵。大学士李东阳主动收他为徒，昵称其为"小友"。他殿试高中状元，授翰林院修撰时年仅二十四岁。他参加纂修《武宗实录》时，领导认为他"官阶虽未及，实堪副总裁者"。他当上了"经筵讲官"，是有资格给皇帝讲课的"帝师"之一。1522年改元"嘉靖"时，他奉命代祭江河淮汉水神，差事办得很好，同时写了一篇《江祀记》的文章，提出"善政明神依，失政民罔依"，认为只要是对民行善政，神灵就会降福，而不在于祭祀，可见是一个有才有识的道德君子。但令人惋惜的是，他的政治生涯却在这场事变中戛然而止。

　　他的宿命，则尤可感同身受。

　　对于那场政争，担任多年内阁首辅的父亲都要主动隐退，并对他连连发出告诫，他却仍然飞蛾扑火。在《临终绝笔自赞》中，杨慎老先生写道："临利不敢先人，见义不敢后身，谅无补于事业，要不负乎君亲"。可见他至死也没有明白，政治家的"义利观"与做一个普通儒生或读书人当有所不同。在他身上可以找到遗传千年的儒者独有的文化人格属性，以过于虚妄的"道德节义"代替老成谋事的隐忍和策略。在这一点上，他何尝不是一面照耀千古的镜子呢？

　　所以，这个"大明第一才子"实际上也只是个普通人，是千千万万儒生中的一个而已。

7

今天与兄长手聊，他又说买了点2013年的景迈古树茶，很不错，要我发个快递地址。

我说，那怎么敢当啊，上次给我的刚开始喝呢！他坚持，说下周你就能喝到了"这么好"的茶了！他一贯的热诚，是难以抗拒的。

问他的工作状况，是否还要跑东南亚的种植农场。他说，已经决定正式退休，现在主要任务是陪好老母亲。我为他的决定由衷地感到高兴。

时序轮转，北京的辉煌秋色逐渐褪去，来自西伯利亚的风，已经在窗边呼啸着驰骋了。而杨慎笔下的昆明，却是"天气常如二三月，花枝不断四时春"，那里依然阳光明媚。

也许是该有一场昆明之行了。届时，无论老兄长是否知道西山脚下曾经有座"碧峣精舍"，我会热诚地听听他对杨升庵先生的高见，与他一起吟诵那位士人的光辉名篇。其中有道：

青山依旧在，几度夕阳红。

2019年11月23日　北京

生命的不可承受之重

1

　　每次在微信上碰到梁茂林先生时，他总要问一句：什么时候写写修文呢？

　　不过修文于我，岂止是值得"写写"。

　　这些年，年岁虽增长，生命的困惑却有增无减。于是又重启我的大地行走，去追寻一些人的心路历程。访今人，就约着见面，喝茶聊天。访古人，就到他的故地去走走，去读读他的书。若事儿还不透彻，就再跑几个地方、多访几个人。

　　追寻者总有奇遇。

　　那年夏天，在贵阳的修文县龙场镇，几个来拜谒阳明先生的人在偏僻的"玩易窝"遗址不期而遇。这个"景点"被农田包围，交通不便，人迹寥寥。所幸偏僻是最好的筛选，能来到这里的人，自然有缘。

　　梁茂林先生头发花白但精神矍铄，由他的朋友赵女士陪同，特地来访这个心仪已久的阳明遗迹。从出版社退休后，他被省文史馆聘为馆员，老当益壮，从事若干方面的研究工作。

胡光胤先生是修文县方志办主任，对阳明遗著及其在黔行迹可谓"稔熟"，是扎实而低调的阳明专家。他是第几次来到这里，据说自己也记不清了。他热心地领着我们几个在狭窄的洞里攀爬，结合文献记载一一讲解还原，仿佛是他所亲历。

回到地面，遗址条件有限，我们几乎是席地而坐，但并不妨碍我们热烈地交谈。我还了解到阳明先生其他几处更为偏僻的遗迹的情况，并于此后两日的行程中部分寻访到。如蜈蚣坡下的"三人坟"，刻有《瘗旅文》碑记，这便是王阳明哭葬客死吏目之处，此文被收入《古文观止》。他被收入《古文观止》的另一名篇《象祠记》也是在龙场期间所撰，文中的"象祠"，在与修文毗邻的黔西县境内。当晚，几个萍水相逢的朋友还一起吃了一顿简单的饭，把愉快的闲聊延长了两个小时。

梁先生正在做一个"寻找黔籍抗战老兵"的课题研究。听起来，他们的工作不只做口述史，在改善老兵们晚年生活方面也做了不少具体工作。而胡先生主持着《修文县志》续编项目，工程浩大，到了最后冲刺阶段。我回到北京时，他热情寄赠的老版县志已躺在我的办公桌上，散发着一个阳明传人"知行合一"的魅力。

做一个伟大灵魂的追寻者，内心总会充满喜悦。这是龙场之行的重要启示。

2

我有时想，你追寻他，阳明先生又在追寻谁？

人生没法规划。王阳明的一生行止也同样被命运之神所放逐。他实际上与你我一样，是一个再平凡不过的人。

他的著述不多，而且主要是工作报告和个人书信。他曾沉溺"辞章"之学，但并不屑于当个作家或诗人，总体看他的诗作算不了上品。他在哲学家名头下最重要的著作《传习录》也不是他亲笔撰写，而是他的学生陆续整理的对话录。

我甚至认为，如果不去追寻他那天马行空的生涯，王阳明是难以"读解"的。

他出生在浙江余姚姚江畔。如今位于这座繁华小城中心的龙山，有他的豪宅故居和讲过学的书院旧址。

他年少即随当官的状元父亲移居北京，读书求学，是个不安分的家伙。他痴迷军事，甚至独自骑马前往居庸关外，实地调查边境情形。后来，他登进士第，到朝廷实习、混资历。

不同的是，他颇有性格，敢于在朝堂之上挺身而出，例如为南京御史戴铣等说公道话。这一次他付出了惨痛的代价，被弄权的阉党当廷打了屁股（廷杖）、投入诏狱，继而被发配到遥远的贵州龙场驿当"驿丞"。

人家实际是让他去送死，没想到他竟在龙场"悟道"，创立自己的学说。龙场，成为他那短促生命中的重要转折点。抵达这里时他三十七岁，他五十七年的人生光阴，已然过半。

阳明先生与江西的缘分颇深，对我这个江西人来说，平添一份亲近感。

他十七岁时在南昌成亲，娶了江西布政使参议诸养和的女儿，并在此迷上道家的修炼方法。十八岁时，他在上饶拜访学者大V娄谅，无意获得了"圣人必可学而至"的儒学启蒙。

三十七岁前往龙场时，他取道上饶走信江水道，是经鄱阳湖入的湘和黔。他从龙场出来后的第一份工作，是到庐陵（今江西吉安）当知县。在诉讼成风的庐陵，他首次在政务上实践了他的"知行合一"理论。

他四十四岁时担任南赣巡抚，把治所设在赣州，干了两件大事，一是剿抚赣南匪患，二是平定宁王叛乱。他反复奔走于江西的山山水水。

他甚至死也恰好死在江西。广西剿匪后，他旧疾复发咯血不止，拖着孱弱的身体回乡，途经大余县的青龙浦时逝世，据说留下了"此心光明，亦复何言"的遗言。

——生命如此短暂，却又如此周折，阳明先生在追寻什么？

人们说，他不过在追寻"良知"。

3

在对阳明先生的追寻里，我读出两样东西：一样是感动，一样是沉重。

先说"感动"。

王阳明在其职业生涯里，有过三次非常困难的时期。一

次是因言获罪被发配龙场；一次是平定宁王叛乱后被诬陷为宁
王同党；一次是广西剿匪后被认为处置不当，身患重病仍不让
回乡。

他几乎次次有性命之虞！

而阳明学说的逻辑起点，却是"吾性自足，不假外求"。
他坚信"良知"是人与生俱来的道德感与判断力。人人有良知，
不因愚而减，不因贤而增。贤愚的区别，只是因为"良知"是
否被"私欲"所蒙蔽。

我想，如果说那些陷害他的朝中阉党也是有"良知"的，
他一定会表示同意。

如果说那些沉迷于宫斗而迫害他的权臣是有"良知"的，
他一定会表示同意。

如果说那些不顾他身患重病、拒绝他回乡的朝中官僚也是
有"良知"的，他一定也会同样表示同意……

事实上，在平定宁王之乱后，他遭受了最为凶险的迫害。
他的学生、刑部主事陆元静愤慨上疏："今建不世之功，而遭不
明之谤，天理人心安在哉！"阳明得知后立即给陆写信，劝他不
要上疏，反倒说自己应以谦虚为宗旨，自我反省，警戒卖弄辩
解之词。

是的，对侮辱谋害他的那些人，他甚至连太多抱怨也不会
有，最多只会说一句：这些人只是"私欲"太重了，要"致良知"。

人人皆有良知，人人都是圣人，他鼓励所有人向善、成圣。
不仅如此，他还用自己的生命体验来寻找、创新"致良知"的
方法，并把它无私地传授给人们。

"一生俯首王阳明",难怪一个日本传人如是说。

在他这里,我们能真正领会到,比海宽广的是天空,比天空更宽广的,是人的心灵。

4

再说"沉重"。

在阳明先生的际遇中,我读出了太多"生命的不可承受之重"。

比起佛老的轻灵、法家的凌厉和墨家的质朴严谨,儒者似乎显得木讷与笨拙。他们以"治国平天下"为己任的高远志向,恰如基督徒的"原罪",使他们从牙牙学语开始,就不可避免地踏上了"成圣"的漫漫征途。

——这是与生俱来的"重"。

走出春秋战国的重重狼烟后,"士农工商",儒者位居"四民"之首,但往上的通道就只有一个:朝廷。

"得君行道"的传统从孔子就已经开始了。他周游列国,最终似乎一事无成,白发苍苍时才回到他的"父母之邦"、那个同样不容他的鲁国。

孔子虽然似丧家之犬,但尚有列国可周游,此后的"士"所面临的境况愈来愈严酷。"君"只有一位,没的选。可"朕"虽奉天承运,但也是人,是有七情六欲的人。那些稍能听进几句逆耳忠言的"君",就被儒者迫不及待地贴上"明君"的标签以示榜样，但实际上并无多大示范效应。

"君"也有很多类型。

一种是"蠢"君。"不怕领导坏，就怕领导蠢"。"坏"领导无非是利益算计，只要你不让他觉得利益被侵占，至少还可以容你安生。而"蠢"领导就不可救药，行为无规律可循，最终往往损人而不利己，还不可避免地被小人反复利用，弄坏整个生态。

还有一种是"混君"，荒淫享乐，不理朝政，造成大权旁落于宦官或者权臣。宦官干政，是中国传统政治一大"恶疾"。王阳明就碰到这样一个"君"，虽然宦官也只是其统御天下的工具，但这种"混君"，得君也无法行道。

——这是外部所强加的"重"。

严酷的现实，使得儒者走向自我，力图通过"内圣"而"外王"。他们的理论经典著作被称为"四书五经"。

到宋朝，出现了程朱理学。但程朱的"格物而后致知"方案似乎是一条艰难的歧途。在纷繁复杂的世界面前，人们在自我修养的路上如果依靠"向外求"，往往会迷失自我。这个问题，终于在一个极端的情境下被突破。

在烟瘴之地的龙场山洞里，在"To be or not to be"终极问题的逼迫下，三十七岁的余姚人王阳明走投无路。

他一无所有，除了一颗骄傲的心。

心外无物，世界因你的心或生或寂。心即理，天理就在你的心里，就是你的良知。你本有良知、本是圣人。你不需要向外求索就可"成圣"，要做的只是"致良知"，光明你的良知。

"致良知"没有捷径，就是在"事上炼"。在一件件挑战你的麻烦事上，保持你的道德感与判断力处于"中和""中庸"状态，警惕或去掉那些过或者不及的情绪。那是"私欲"。"私欲"每去除一点，良知就光明一点，离圣人就近一点。而这些事，被你的良知一一化解，你的事功也会因此卓著。

然而，你如何保持"中和"呢？永失我爱时，多少悲伤算合适？受到侮辱时，多少愤怒算恰当？事态变坏时，多少沮丧算得体？

没人会告诉你，没有人能够告诉你。整个世界都压在你的心上。你的心，又能够有多强大？

在阳明的一生中，就有太多这样的"难以承受之重"时刻。乃至他说："某于此良知之说，从百死千难中得来，不得已与人一口说尽。"

他因言获罪，几乎就在龙场的荒野上喂了狼。

他几乎就被诬陷为宁王同党，虽被封予"新建伯"爵位，但终究没有被重用。平叛有功的部下也没有得到应有的嘉奖，反而一个个被先后罢黜。

他在完成广西剿匪使命后，因重病申请返乡而屡次不准，终究病死在"私自"回家的路上。死后，他的爵位被削、学说被宣布为"伪学"。

因为工作和身体原因，他无暇顾及家务，基本上失去对家事的掌控，而使一个大家族陷入长久的财产纠纷中。

此心光明，亦复何言！在青龙浦的航船上，他以怎样的表情告白与告别这个凉薄的世界，似乎永远是个谜……

5

但可以看得出，他的学说是既要解脱自己，又要成就社会。他是那个时代的"新儒家"。

这个新，首先体现在他的"格物"旨趣——

他讲一只手放下、一只手举起。即放下与"良知""天理"无关的一切事事物物，把重点放在"心"上，托举起你的"良知"。在龙场，他强调"吾性自足，不假外求"，良知、天理就在自己心里，甚至参悟了"生死"。

这个新，其次体现在他的"格物"方法——

他将儒学与禅宗、道家打通，大胆取用与融合，自成一家。

他引入禅学静坐、顿悟，作为儒者修养的方法论，但又同时强调"克己"的自我修养是一个慢功夫。他告诫弟子，如果徒知静养而不用克己功夫，是行不通的。"如此临事，便要倾倒"，一旦碰到事，就要吃亏。"人须在事上磨，方能立得住，方能静亦定、动亦定"，要把静坐与顿悟与"事上磨"结合起来。

他引入道家精髓，"心外无物""心外无理""万物一体"。这些道家本体论，却成了他心学的鲜明特色，而"知行合一"更是道家务实派的主要修炼方法，无不成为他刷新儒家理论与方法的重要组成部分。

这个新，还体现在他"满街都是圣人"的"有教无类"——

他身居高位，但似乎不再固守"得君行道"，而是大踏步地走向民间，走向广阔社会和普通民众。他从余姚起，就开始创办书院，聚徒讲学。龙场、贵阳、吉安、北京、赣州、滁州、南京、绍兴，走到哪儿讲到哪儿。他的弟子不计其数。

在晚年，他甚至打破坚守一生的"述而不作"古训，不惜著述，阐述心学与程朱理学的重要异同。其中，他把《大学》中的"在新民"考辨为"在亲民"。一字之差，有天渊之别。

他认为，亲民犹孟子"亲亲仁民"之谓，"亲之即仁之也"。他以复古的方式扬弃理学的居高临下，高举"人人皆可为圣贤"的旗帜，广收门徒，让每个普通人都能够致力于光明自己的良知。

他破除被逐渐变得尊卑森严的"士农工商""四民说"，认为"虽终日做买卖，不害其为圣贤"，晚年更倡导"古者四民异业而同道"（1525年《节庵方公墓表》），以新儒家的"义利观"，彻底打破"荣宦游而耻工贾"的传统道德，唱响了市民社会与时代的最强音。

最后，他回归一个儒者的使命。他把各流派的思想应用到对"治国平天下"实践的指导上，以"致良知"和"知行合一"来归结一切。

他是儒者，也是"入世的佛道"。他灌注自己的全部生命体验，洞穿学说门户，获得了也成为那个时代最优质的思想资源。

他从荒芜的龙场走来，走进了我们困顿的心灵。

2019年1月15日　北京

辑七　冀鲁之间

知否知否之青州往事

1

十年，对一个人意味着什么？对一个时代又意味着什么？

这没头没脑的问题，是在夜游青州古城时冒出来的。徜徉在堂皇的牌坊街、品味着易安居士也可能吃过的青州美食、走过灯光晦暗的冯府古巷，这个问题越来越鲜明。

我们在到达青州的当日下午，就寻访了李清照故居。不巧的是，南阳河畔的"归来堂"已被关闭，等待维修。来一趟不易，我们只好有样学样，翻了女词人家的院墙。

夏日雨后的庭院，芳草萋萋，有一种潮湿的气息在鼻尖游弋。院中林下一座凉亭，红柱黛瓦，有一桌两椅，似乎在等待醉酒的主人到来。这时，你要吟诵"昨夜雨疏风骤，浓睡不消残酒"的诗句吗？

女词人已远足，家门紧锁，墙皮剥落，墙根长出了不知名的小株绿色植物，在迎风摇曳。门外不远处就是长长的游廊，与永济桥隔湖相望。微风荡漾，送来藕花淡淡的清香。"争渡、争渡，惊起一滩鸥鹭"，那个憨态可掬的女子犹在眼前。抑或那个相思的人在迎风而立，默默感喟"为君欲去更凭栏，人意不如山色好"。

1107年，宋徽宗大观元年，赵明诚李清照夫妇带着家庭变故的创伤，回到其父赵挺之的青州老家。他们在这所"私邸"共同生活到1121年。这一年，赵明诚被朝廷起用，出任莱州知府，李清照随夫搬到莱州。四年后，赵明诚转任淄州知府，李清照返回了青州归来堂，独自居住到1127年青州兵变前夕。

在她的名作《金石录后序》中，她将自己的青州岁月称为"十年屏居"，实际上是大约十七年。

"屏居"，就是"幽居""隐居"之意吧。他们将空置的赵家老宅稍做打理，取陶渊明先生《归去来辞》旨趣，"倚南窗以寄傲，审容膝之易安"，命名为"归来堂"，女主人则自号"易安居士"。年轻的两口子过起了"幽居"生活，继续他们的金石文物收集研究和文学创作。

其间，作为京东重镇的青州，知府像走马灯似的换了十几任，我们却看不到半点记载能够表明这位宰相公子兼前正六品官员与他们有过任何往来，哪怕是酒桌上的逢场作戏。

这十年仿佛天赐。才华横溢的一对青年伉俪，在此迎来他们的新生活。他们成为完美接力欧阳修、范仲淹、苏轼的时代"后浪"，"金石姻缘翰墨芬，文箫夫妇尽能文"，就像明代诗人吴宽在《易安居士画像题辞》中所称道的那样，天然地以"学术夫妻"和"文艺伉俪"的姿态，成为那个治乱轮转间真正的神仙眷侣。

简朴的蛰居虽不富裕奢华，但也衣食无忧。他们全心投入的学术研究和文物收藏结下了硕果。一部《金石录》初稿，高水平弘扬了"金石证史""碑刻互证"的治学传统，同时保留了许多早已散佚的珍贵史料，成为中国古文献学绕不过去的一座高峰。2020年十月三十日，这部流传下来的巨著，入选中国第六批《国家珍贵古籍名录》。

留下的，当然还有无尽的美好日常。

他们沐浴在金石研究的简单快乐中。"每获一书，即同共勘校，整集签题；得书画彝鼎，亦摩玩舒卷，指摘疵病，夜尽一烛为率"。为避免过于沉湎其中而影响休息，他们甚至不得不约定，"熬夜"当以一根蜡烛燃尽为限。

对于这样的美好日常，易安还这样写道：

> 余性偶强记，每饭罢，坐归来堂，烹茶，指堆积书史，言某事在某书、某卷、第几页、第几行，以中否，角胜负，为饮茶先后。中，即举杯大笑，至茶倾覆怀中，反不得饮而起。
>
> （李清照《金石录后序》）

这种"赌书泼茶"的居家日子，甚至招来了几百年后另一个词作家的借用，写下撩拨无数心灵的诗句来怀念他的亡妻：

> 被酒莫惊春睡重，赌书消得泼茶香。当时只道是

寻常。

（纳兰性德《浣溪沙》）

为搜集金石碑刻，赵明诚不时要外出考察。从大观到政和年间，他与妹夫李德升等曾两游青州西南的仰天山、三游济南灵岩寺。他们还曾登临泰山，多次造访京师汴梁。"（郭巨墓）在今平阴县东北官道旁小山顶上……余自青社（即青州）如京师，往还过之，屡登其上。"（《金石录》卷二十二）这样的记录还可以找到若干条。

赵明诚的出游，每次需三五天到一两个月不等，制造了不少夫妻"小离别"，惹来女词人的诸多相思佳作，千年传诵不衰。

莫许杯深琥珀浓，未成沉醉意先融。疏钟已应晚来风。

瑞脑香消魂梦断，辟寒金小髻鬟松。醒时空对烛花红。

（《浣溪沙》）

不要说这酒杯太深，不要说琥珀色的酒太浓，未醉即已意蚀魂消。琥珀浓、瑞脑香、辟寒金、烛花红，色调高华，渲染了浓郁的抒情氛围。据说，这是作于大观二年（1108）后某年之春。

倚遍阑干，只是无情绪。人何处。连天衰草，望
断归来路。

（《点绛唇·闺思》）

在寂寞深闺中，能倚靠的栏杆都倚靠遍了，还是打不起精
神啊，唯有"惜春"与"怀人"了。

宠柳娇花寒食近，种种恼人天气。险韵诗成，扶
头酒醒，别是闲滋味。征鸿过尽，万千心事难寄。

（《念奴娇》）

这善变的早春时节，连天气都是"恼人"的，而且是"种
种恼人"！一列列鸿雁都飞过去了，这要寄给远方的信却还没
有写完……

——这"书袋"掉得愉快啊！一支秀笔，写尽天下小别离
情。用现在小资语言说，这是怎样的一种幸福"慢时光"呢。

对这样的日子，易安后来总结得到位："甘心老是乡矣！"
而少有诗词留世的赵明诚呢？在易安三十一岁小像画成时曾题
词云："佳丽其词，端庄其品，归去来兮，真堪偕隐。"有这样
可心的佳人一道归隐，又夫复何求？

没有多余的社交，没有世俗的喧嚣，只有琴瑟和鸣、岁月
静好。在女词人的一生当中，青州应是留在她心里永远的、唯
一的家。

这就是他们"屏居十年"之三昧吧。

313

2

而这样和美的青州日子，却滥觞于五百公里外汴京朝堂上的持续斗狠。

此时，王安石、司马光早已作古，连苏轼、章惇也新丧未久，新旧党争已然是"后变法时代"。君子之风的政见博弈，已蜕变为权谋"宫斗"乃至政治迫害。其间，易安夫妇的父辈李格非、赵挺之先后应声折戟。

1100年，宋徽宗赵佶即位，任用"新党"蔡京为相，再次全面推行新法。在其支持下，蔡京等以崇奉"熙宁新法"为名，罗列元祐旧党名单，斥之为"奸党"，御书刻石于端礼门及各地官府，并严厉要求：凡名在党籍者，不能在京师任职与居住；宗室、官员不得与其联姻，已定亲但未交换聘礼聘帖者，必须退掉。是为恶名昭著的"元祐党人案"。

是时，赵挺之任吏部侍郎、御史中丞，属新党干将，力主打击元祐党人。李格非任吏部员外郎，因与苏（轼）门关系密切，被列入元祐党人"黑名单"，其最终结局史料竟语焉不详，一说流放广西象郡，再无记载，一说返回原籍山东章丘，并于几年后终老于此。

翻手为云，覆手为雨，不断拉抽屉，是北宋中晚期政坛的特点。1106年，宋徽宗毁元祐党人碑，大赦天下。此时官拜尚书右仆射的赵挺之，却在与蔡京的争权中败落，次年三月被罢，五天后抑郁而死，随即被抄家，族人凡在京者一概被押，至七月方获释。赵家虽不致被逐出汴京，但已受重创。赵家三兄弟各有安排，赵明诚甫一出狱，便与李清照离京，前往青州。

党争掀起的政治狂澜，逐步将王朝拖入时代漩涡，却留给了这对小夫妻十年的时光，让他们退避山壑，享受了片刻的宁静。

柳诒徵先生说："盖宋之政治，士大夫之政治也。政治之纯出于士大夫之手者，惟宋为然。"（《中国文化史》）相比较于东汉后期的外戚、宦官和士大夫之争、唐后期"牛李党争"、明末东林党和阉党之争，北宋新旧党争是中国古代史上唯一一次发生在士大夫内部的政见之争。有研究者认为，其性质最为接近现代党争。其主要特点是"起于士大夫不同组合之间的内在分歧"（余英时语），与宦官集团无任何关系，更不是为了对抗皇权。

在科举制度的引导下，北宋士大夫集团崛起于唐与五代的庶族士人阶层，具有强烈的参政意识和"共治天下"的政治激情，他们如期迎来以"文治"立国的赵宋，尤以仁宗和神宗朝为黄金时期。

至熙宁年间（1068 — 1077），神宗任用王安石推行变法。因为政理念不同，形成以王安石为代表的变法"新党"和以司马光为代表的反对变法的"旧党"。两党不断分化与组合，到哲宗、徽宗以至钦宗朝，却由"理念之争"蜕变为"人事纠葛"，内政外交陷入纷乱，终于迎来了外辱。

青州十年，一对士大夫的后代侥幸获得一个以学术为寄托的疗伤期，那么对这个王朝、这个时代又意味着什么？士大夫们所津津乐道的"天下共治"政局，为何没有能够得到维持和发展？他们是否在庙堂上丧失了历史性机遇？那么，他们为什么会丧失，又是如何丧失的？

金国的铁骑，给予了北宋士大夫政治一个血腥的了断。

3

山中方七日，世上已千年。

在时代风云的衬托下，易安词既是婉约巅峰，亦夹杂着一缕"亡音"。尤其是在赵明诚重出江湖担任高官之后，人们从易安作品由清新慵懒而变得幽怨哀愁的格调中，发现了更多不祥的端倪。

> 休休！这回去也，千万遍阳关，也则难留。念武陵人远，烟锁秦楼。惟有楼前流水，应念我、终日凝眸。凝眸处，从今又添，一段新愁。
>
> （《凤凰台上忆吹箫·离别》）

这种不祥是女词人的，也是那个时代的。

康震教授的研究很有洞见。他找到易安作品中先后使用过的三个典故，并从中发现：赵明诚复职之始，即是他们夫妻感情危机之时。结合北宋社会风气，康震认为，赵明诚养了外妾，冷落了易安。

一是"武陵人远""烟锁秦楼"。

"武陵人远"，典出南朝刘义庆《幽明录》。说汉朝时，刘晨、阮肇二人在天台山采药迷路，偶遇两位仙女，乐而忘返，与她们共同生活了大半年。返家后，方知世间已过六世。"烟锁秦楼"，典出《词谱》卷二十五引《列仙传拾遗》中的故事。说秦穆公时，萧史擅吹箫，穆公将女儿许配给他，结为爱侣。易安使用的两个典故都暗示丈夫有了"外遇"。

二是"分香卖履"。

在《金石录后序》中，易安在记述赵明诚去世情景时曾写道："取笔作诗，绝笔而终，殊无分香卖履之意。""分香卖履"典出曹操的《遗令》，说"余香可分与诸夫人。诸舍中无所为，学作履组卖也"。意思是将剩下的名贵香料等财物分给诸位夫人与侍妾，并要求她们学会自食其力，比如做鞋带售卖。易安使用这个典故，正好说明赵明诚生前是有侍妾的。

蓄养侍妾歌妓是宋代士大夫阶层的风尚。按康震教授的统计，宰相韩琦"家有女乐二十余辈"，宰相韩绛"家妓十余人"，欧阳修"有歌妓八九姝"，官员身份的苏轼也"有歌舞妓数人"。

有趣的是，他们的"老板"宋真宗多次鼓励大臣们蓄养歌妓、享受生活。据说他与大臣们曾经如此推心置腹：

> 时和岁丰，中外康富，恨不得与卿等日夕相会。
> 太平难遇，此物助卿等燕集之费。
>
> （沈括《梦溪笔谈》卷二十五）

当时不仅私家、驿馆、酒楼蓄养歌妓，官府有"官妓"、军营有"营妓"。仁宗年间，家妓、官妓不仅成了官僚贵族、文人商贾日常生活中的一部分，而且成了社交、商业场合中一种可以互赠的礼品。甚至连太学生也常召唤歌妓到太学中陪酒。

说到底，在如此奢靡享乐的社会风尚之下，赵明诚在官府为官，也不会免俗。这本来也不算什么，但对于年近中年且尚未生育的易安来说，那颗高傲的心，就面临着巨大的落差。

这种社会风尚恐怕是赵宋对高官贵族阶层的"糖衣炮弹"，让他们在享乐中放弃对皇权的觊觎。从杯酒释兵权、崇尚文治到倡导奢靡生活享受，赵宋可谓用心良苦。

但这与"宋词"有着何种关联吗？当然！

五代以来，词作为一种宫廷靡靡之音逐步走向市井，与世俗化的社会生活快速接轨，蔚然成为一种时代文化潮流。

这里不能不说到为人们所熟知的词人柳永（约984—约1053）。柳公子出身河南柳氏官宦士族世家，参加科举屡试不中，于是留恋江南，一心填词，给歌妓乐坊传唱。"十年一觉扬州梦，赢得青楼薄幸名"，乃至"凡有井水处，皆能歌柳词"，柳永成为婉约派代表词作家之一。直到苏东坡，词这种体裁方才突破"闺房"的局促天地，成为抒写人生际遇和社会万象的文学样式。

然而，在历代王朝中，恐怕唯独赵宋消受不起这样的"婉约"。石敬瑭将幽云十六州拱手割让给辽国，使得此后中原王朝失去了北部屏障。西北部党项的崛起，也使得其军马、盐铁等战略资源的供应尽失。连位于黄河平原的国都汴京，也不免一览无遗地暴露在北方马背民族的兵锋之下。

这样一个局势下，难怪有人不无遗憾地发明了一个"断语"："带血的宋词。"

青州这样的北宋重镇，距离京城、金国边境也不算太远，我们却在易安夫妇两人的作品中看不到半点时代风云，这的确令人困惑难解。要知道，至少易安是一个关切时政的作家。

1099年，她与张耒的唱和就曾震动一时。

张耒较易安年长三十岁，与李格非都算苏门弟子，二人往来密切。在汴梁期间，张耒经常造访李府，研讨文学，谈论国事，对多才的小女公子在文学上有着持续的指点，时间一长，就成为亦师亦友的关系。

1099年，张耒写下七古《读中兴颂碑》，借安史之乱的史实抒发了百年兴废之慨，赞颂了郭子仪、李光弼等中兴名臣的不朽功绩。这首诗在当时影响很大，黄庭坚、潘大临等知名诗人都有唱和之作。

时年李清照约十六岁，她也创作了《浯溪中兴颂诗和张文潜》两首长诗，分析了安史之乱的根源，表达了她对北宋朝政的担忧。在诗中，她呼吁要吸取历史教训：

夏商有鉴当深戒，简策汗青今具在。

（《其一》）

她进而发出警告：

君不见惊人废兴传天宝，中兴碑上今生草。

不知负国有奸雄，但说成功尊国老。

（《其二》）

谁能相信，这是一个少年女子的手笔呢？

那么，她在青州居住时期和与赵明诚复职后的莱州时期，难道对日益困窘的北边局势没有关注吗？这是不合情理的，我们也无法面对这个尴尬的局面。否则，连轰动当时文化界的易安《词论》，也不得不导向另一种倾向的批判。就如研究者点评的那样：

（《词论》）既否定词体的改革，又未找到新的出路，于是仍回到固守传统"艳科""小道"的旧轨道去。

（谢桃坊《中国词学史》）

这样的解读，使得易安"词别是一家"的惊世论断和她在《词论》中对各大词作家的激烈针砭，瞬间变得黯然失色。

4

然而无论如何，颠沛流离的日子就要开始了！

在金国铁骑的兵锋所向，易安拖着十五车文物图籍，为丈夫的叮嘱，也为家族名誉，以其超常的大智大勇，踏上了追随宋高宗的南渡之旅。青州十年的全部快乐与幸福，转变为逃亡路上千百倍的痛苦煎熬。一个弱女子的生命成色，就以这样严酷的方式投入了"淬炼"。

在艰辛的旅途中，易安经历了丧夫之痛、经历了盗贼的算计、经历了张汝舟的"骗婚"、经历了"玉壶颁金"流言的中伤，女词人的品性和格局也得到浴火重生。她内心的那个英雄再次满血复活，在诗词创作上别开生面，以她独特的女性作家身份，对南宋之初的文学风尚产生了巨大影响。

于是，我们读到了她对男性世界声色俱厉的批判：

生当作人杰，死亦为鬼雄。

（《乌江》）

更有对北方青州老家的泣血怀念：

欲将血泪寄山河，去洒东山一抔土。

（《上枢密韩肖胄诗》）

而她的"后浪"们也逐步走上历史的前台，带来阳刚充足的南宋诗词佳作，也真正成就了其"词别是一家"的理想。比如易安的老乡、抗金战士辛弃疾。

四十三年，望中犹记，烽火扬州路。

（《永遇乐·京口北固亭怀古》）

还有剑胆琴心的陆放翁：

> 夜阑卧听风吹雨，铁马冰河入梦来。
>
> （《十一月四日风雨大作》）

就连《金石录》这样的作品，也要在若干年后由易安亲自补上这样的一笔：

> 悲夫！昔萧绎江陵陷没，不惜国亡而毁裂书画；杨广江都倾覆，不悲身死而复取图书。岂人性之所著，死生不能忘之欤？或者天意以余菲薄，不足以享此尤物耶？抑亦死者有知，犹斤斤爱惜，不肯留在人间耶？何得之艰而失之易也？呜呼！……三十四年之间，忧患得失，何其多也！
>
> （《金石录后序》）

何得之艰而失之易也？一个中年丧夫的女人身陷乱世，性命自保尚且不易，何况几卷书呢？然而，青州十年的最好念物《金石录》，在易安"以命护稿"的九死生涯中，终究得以完整保全。对易安而言，在经历了三十四年的国破家亡的巨变之后，有了这部《金石录》，似乎一切不甘都变得稍加圆满，一切遗憾都得到些许补偿。也唯有这样，那些青州往事、那些似水年华，也终究变得可堪追忆。

至此，或许你我可领悟，易安已成为一个载体、一个媒介，照见千年来汉语读者自己的心路历程。我们对易安的千年追寻，对红颜的百般怜爱，对才华的万般景仰，对人性高处的矢志不移，原本就是一场自我期许、自我发现和自我救赎。一部易安的传播和接受史，正是一部汉语民族跨度千年的心灵史诗。

　　——知否，知否！那些青州往事，并未如烟。

　　　　　　　　　　　2020年12月31日　北京

我的荷花淀故乡

1

我发现，冀中平原这片古老的土地，拥有自己独特的美学——

这里因降水偏少，气候与土地因干旱显得有些粗犷，却有一片秀美的湖泊。面积达到三百六十多平方公里，由一百四十多个大小不等的水淀组成，被誉为"华北明珠"。这里生长着芦苇、荷花，也养成勤劳、善良、灵秀而深明大义的女人。这个湖叫白洋淀。

这里古称燕赵，近称直隶，多慷慨悲歌之士，却土生土长了一个文弱书生，人们认识、了解这片土地，也多依赖这个文弱书生。他用朴素而优美的文字，讲述了一个个白洋淀人民尤其是妇女的抗战故事，在大江南北广为流传。他自己虽一生病弱，却剑胆琴心，柔韧似钢，享有九十高寿。这个人叫孙犁。

孙犁与白洋淀，是一个神奇的组合，同时也是一次难得的

"遇见"。

一方水土一方人，原来也可以这样来读解。

2

单位组织"红色之旅"，去白洋淀。因时间有限，我们只能参观白洋淀的核心景区，主要包括雁翎队纪念馆、嘎子村和孙犁纪念馆。它们分布在夏末一大片荷花盛开的水淀之上。

可能是行前重温了孙犁的文献，"荷花淀"的文学意象太过强大，乃至于所到之处无不是孙犁的影子。在我心里始终盘桓的问题是，那是一次怎样的"遇见"？孙犁曾这样简洁地回忆道：

> 我到了白洋淀，第一个印象是，水养活了苇草，人们依靠苇生活。
>
> 　　　　　　　　　　　　（《采蒲台的苇》）

当时这个二十四岁的敏感的"文学青年"，似乎在抵达的瞬间就领会了这片水泊的内在精神。人离不开苇，苇离不开水，是自然法则，是天道。

在我的阅读体验里，他的"荷花淀"主题创作乃至全部创作中，无不体现这样的精神。那些并不宏大叙事的北方乡民尤其是妇女们的抗日事迹，刻画了他们与这片土地天然的相互联系：一方面，白洋淀的水和苇草组成的自然环境，为他们创造了独特的战斗条件。比如夏季天然的青纱帐、冬季冰封的湖面。他们以与生俱来的智慧和灵感，与土地气息相通、融为一体，一次次痛击侵略者。另一方面，他们有一种发自内心的集体自觉，用捕鱼的家伙奋起保卫自己的家园。对他们而言，"打鬼子"就像下地劳作一样自然而然。他们以自己滚烫的血，回报这片养育自己的土地。

因此，来到白洋淀，我觉得最令人神往的体验，就是驾驶着船穿过那幽深茂密的芦苇荡。船舷或木桨拍起的水花与飞沫，溅到脸上，凉丝丝的，带着芦苇的传奇气息，柔美而野性。

这，则是我与"荷花淀"的首次"遇见"。

3

孙犁与白洋淀虽是天作之合，但也算是萍水相逢。

孙犁不是"白洋淀人"，他出生在河北安平县孙遥城村，距白洋淀有百里之遥。这个出生于偏僻之地的农家子弟可以读书乃至做上"文学梦"，完全得益于父亲的经营才干和开明。

父亲在邻近的安国县城经营一家商号，由学徒做到了掌柜。他的劳作保障了一家人的小康生活。当然，这也为孙家带来很大的麻烦，他后来被划为"富农"。这是父亲给儿子的双重馈赠。

1926年，孙犁考入保定育德中学。他在这家私立名校阅读了大量的进步文学作品，尤其是鲁迅、瞿秋白等以及苏俄文学。他在校刊上发表小说、小剧本，甚至文学理论作品。他甚至在《中学生》杂志上成功发表了一篇论文，题为《〈子夜〉中所表现中国现阶段的经济的性质》。此文即使是现在读起来，也无不显示了他引人注目的"敏感"与"早熟"。

1933年高中毕业后，孙犁在父亲关照下先后在北平市政府工务局和一所小学当差。工作百无聊赖，而他只管做他的文学梦，终究因遭受排挤而先后辞职。1936年暑假，经保定同学侯士珍、黄振宗介绍，闲居老家的孙犁来到安新县同口完全小学当教员，教六年级语文和一年级自然课程。这一年他二十四岁。

同口镇位于白洋淀西南岸，在孙犁的笔下是一个充满水乡风情的大村镇。孙犁在这里教书、生活了一年。他月薪三十五元，除去生活开支，全部用于从上海邮购图书。每到夜晚，他独自住在学校安静的宿舍楼上，备课、读书，呼吸湖面吹来的风。工作之余，他结合自然课，在周边的村庄游走，欣赏自然风光，了解民俗民情。这个优美的"北国水乡"与这位敏感的"文学青年"，显然很是"趣味相投"。

不过，他的安静生活很快就因全面抗战中断，他的命运也随之汇入滚滚的时代大潮。

此时，他的同学侯士珍、黄振宗亮出共产党员的身份，在吕正操将军领导下开展河北地方抗日武装斗争。在他们的引导下，孙犁参加了敌后的抗日宣传工作。1938年秋，他到冀中抗战学院任教，正式加入了一个抗日组织。1939年春，他被调到阜平县，加入刚刚成立的晋察冀通讯社，当编辑、教员，同时进行文学创作。

他的革命文学生涯是从文学评论开始的，这是形势使然。他结合民族战争的需要，推广戏剧，汇编出版进步诗歌作品，阐发"革命文学"理论。1941年，他写成十几万字的《区村和连队的文学写作课本》，后以《写作入门》《文艺学习》等书名多次重印，对解放区文艺创作产生了很大的影响。

他的创作则从小叙事诗起步。著名的《白洋淀之曲》，是他描写白洋淀人民抗战生活的第一篇文学作品。在这里首次出现了"荷花淀"这个地名，首次出现白洋淀的抗日青年、游击队员"水生"和他的妻子"水生嫂"形象。

1942年，他光荣地加入中国共产党，小说作品《丈夫》获得了"边区鲁迅文艺奖"。至此，一个"文学青年"成长为一名"革命文艺战士"。1944年，他奔赴延安，进入鲁迅艺术文学院学习。

陕北的窑洞聚集了一大批优秀的知识青年，生活充满革命激情。此时阔别家乡多年了，孙犁怀着深深的思乡思亲之情，密切关注着冀中的战斗。他从冀中平原一位战友讲述的战斗故事中取材，以虚构的"荷花淀"为背景，创作了两篇作品，1945年在延安《解放日报》上先后发表。这就是《荷花淀》和《芦花荡》。

《荷花淀》得到高度肯定，重庆《新华日报》和各解放区的报纸纷纷转载，新华书店发行了单行本，香港的书店也进行了出版发行。

"荷花淀"小说"一纸风行"。革命文坛和硝烟弥漫的战场，刮过一股荷花般的清新之风，而孙犁则成为一个"新星"，被认为开启了中国"诗化小说"的先河。

但在那个烽火岁月，这样的创作风格也多少是个"异数"。他的厄运要开始了。

4

生活就是这么有趣，孙犁因"荷花淀"而获得盛誉，他的文墨生涯中首次被批判，也是因为"荷花淀"。

此行不能访问孙犁常描写到的采蒲台、土家寨，以及他生活过的同口镇，我的心里多少有点遗憾。可以寻访的，只有孙犁纪念馆。

纪念馆布置在一个小四合院里，庭院中央的绿树浓荫下，是老先生的汉白玉雕像。参观的多是度暑假的学生，叽叽喳喳，热闹非凡。我不仅不觉得骚扰，反倒觉得本该如此。小说《荷花淀》，至今是中学语文教材的经典篇目。

展览布置得简洁明快，最令我印象深刻的是一张照片：在孙犁的斗室，有一块他晚年手书的匾额，上书"大道低回"。查了一下，此语出自《后汉书·扬雄传》："大味必淡，大音必希；大语叫叫，大道低回。"

这大约是孙犁的自我期许，也的确是他此后大半生的准确写照。

5

1945年后的孙犁，被研究者关注最多的是他的"病"，这甚至成为"作家孙犁"的一个个性化的标识。

其实1945年的孙犁仅三十二岁，正当年富力强。抗战胜利了，他也踏上回乡的旅程。

这年十月，孙犁随华北文艺大队抵达张家口。经批准，他独自步行回到阔别的故乡，在家里住了四天，就前往蠡县等地体验生活。1946年在河间县，他写了《荷花淀》的续篇《嘱咐》，描写水生从部队请假回家，待了不到半夜的工夫，就让妻子撑着冰床子送他返回部队，参加新的战斗。

这大约是他自己的写照，而新的战斗生活则发生了很多变化。这一年父亲病逝，给了这个有点娇生惯养的儿子很大的心理打击。他到博野县、饶阳县参加土改试点，对工作中一些"左"的做法很不接受，而且他作为富农子弟，也被特意提醒不要随便与家里联系。

更令他难受的是，《冀中导报》对他发动了批判。孙犁重返白洋淀，访问了同口镇、采蒲台、端村、安州等地，前后写出了《织席记》《采蒲台的苇》《安新看卖席记》《一别十年同口镇》等一批散文和《新安游记》《采蒲台》等小说作品。这些作品成了批判"标的"，被认为存在错误的阶级观点，其实背后都与他的家庭成分有关。

一系列的困厄使孙犁陷于生病的状态中。他从小有"惊风疾"，似乎是旧病复发了。

　　他在1946年四月十日给诗人田间的信中说："从去年回来，我总是精神很不好，检讨它的原因，主要是自己不振作，好思虑，……身体也比以前坏。"他主动申请到深县担任行政工作，主要目的是"改变一下感情，脱离一下文墨生涯，对我衰弱的身体也有好处"。

　　很显然，"文墨生涯"已经导致了他"好思虑""不振作"，成为心情压抑而身体衰弱的重要原因。而一个作家，可以自己控制的，恐怕也只有手里的那支笔。

　　孙犁正是用两种方式来怀念他的"荷花淀"故乡，一是放下笔，二是拿起笔。

　　所谓"十年荒于疾病，十年废于遭逢"，1956年以来的二十年期间，孙犁主动停止发表作品，就像他参加批判会一样，长期保持缄默。而在1976年，这位六十三岁的花甲老人却迫不及待地重新拿起了笔，开始他长达二十年的创作高峰期。

　　这个病弱的老人，似乎要补偿那荒废了的二十年，源源不断地书写了二十年，汇集为《耕堂文录十种》，达到惊人的一百四十万字。晚年住在上海的巴金老人也在病中坚持写作，出版了五本《随想录》，一时文化界有"南巴北孙"之称。

　　值得注意的是，他写下大量的怀念故乡、故人的作品，同时沉浸到对古籍的研读中，甚至用古代笔记小说体进行创作。他似乎在写作中进行了一次次精神的、文化的"怀乡"。

6

进城后的孙犁负责主编《天津日报》文学副刊,他的苦难时期真正启幕。

延续着1947年的《冀中导报》的批判,他很快成为被媒体和组织频频点名的对象,也迎来了旧病的再次严重复发。

1956年三月,在一次高级别的点名批评后,孙犁在书房晕厥,摔倒在地。此时他已出版抗日主题的长篇小说《风云初记》,正在紧张地创作以互助合作社为主题的《铁木前传》。他写到了第十九章,被迫匆匆结尾。这部作品由此被认为是一个"开放"而"多义"的文本。

他的学生、作家冉淮舟回忆说:

> 他这场大病,用孙犁同志给我说的这叫"神经官能症",什么性的呢?就是忧郁性的。忧郁性到什么程度?孙犁同志说,他说这种病啊,比方天气阴天,你在门口一站,你就控制不住,就是不想活,就是想死,他说是这种忧郁性的。
>
> (《凤凰卫视》2013年8月3日采访)

在漫长的日子里,"忧郁"的孙犁曾经尝试触电自尽,被老伴及时阻止。此后,他以自己的病弱而保持无言,反倒显现出一种无所畏惧的"强硬"。

1966年后,孙犁被抄家六次,藏书与书稿严重损失。他被批斗，上"喷气式"，批斗现场被拍照登报，这被他视为"奇耻大辱"。他以病为由躲避揭批会，即使被迫参加，也坚定地保持缄默。他不发表一个字，后来他说，他觉得"耻于同他们共同使用一个铅字"。

1971年"解放"后的孙犁显得更为"强硬"。他从干校回到报社，报社革委会主任请他担任文艺组顾问，他拒绝了。后来又请他当报社的顾问，于是有了这样的对话：孙犁说给钱吗？不能给钱。中午吃饭加菜吗？也不能加菜。那我不干！

1972年，他竟然得到一次"奉旨"写白洋淀的机会，这是他在"二十年"中唯一一次拿起笔。

原因是当时各地都在搞"样板戏"，而天津还没有像样的剧本。要找到能改编又有地域特色的题材，有人想到了孙犁的"荷花淀"。

借此机会，孙犁回到白洋淀体验生活。他曾住过王家寨、郭里口等处，但此时的白洋淀已面目全非。"围堤造田"使湖的面积已经很小，成片的芦苇荡也不多见了。湖水浅而浑，水禽、鱼虾都难以栖息。

他访问了抗战时的妇救会会员曹女士。她那时只有十八九岁，做了大量的救护后勤工作。她的爱人是一位区干部，被日本兵抓获，杀害在冰封的白洋淀上。这位妇女收埋了丈夫的尸首，更加坚定地继续抗日。

这样的妇女故事，孙犁何其熟悉！但他也从她这里得知，新中国成立这些年，村里居然有二十六名老党员被开除党籍，包括她本人。

心情沉痛的孙犁创作了京剧脚本《莲花淀》，女主角就是一位抗日区长"曹莲花"。这个简单的《莲花淀》脚本写好后，他拒绝参加后面的任何工作。

此后，一直到2002年去世，他再没有回白洋淀，也没再写有关白洋淀的文字。

7

白洋淀没有忘记孙犁，乡亲们常常惦记他，亲切地称他是"一个白洋淀的孩子"。

根据孙犁的家人回忆，在2002年七月十一日孙犁去世那天，安新县乡亲们得知噩耗，自发连夜划着小船到白洋淀，一朵一朵地采摘新鲜的荷花，当晚装车送到天津，摆放在他遗体的周围。

在生命结束的时刻，他以这样的方式重新回到了荷花淀的怀抱。就如他第一次来到白洋淀所领悟的一样：人离不开苇，苇离不开水，是天道，是自然法则。

我们回程时，汽车行驶在安新县地界。在广袤的田野上，硝烟早已散去，到处是一片绿色，郁郁葱葱，生机盎然。一个雄心勃勃的国家级规划正在这片希望的田野上播下第一批种子。这片寂静多年的土地，终究再次被人们浓墨重彩地记起。

我闭目养神，脑海里浮现出那个经典的场景：

　　月亮升起来，院子里凉爽得很，干净得很，白天破好的苇眉子潮润润的，正好编席。女人坐在小院当中，手指上缠绞着柔滑修长的苇眉子。苇眉子又薄又细，在她怀里跳跃着。

2019年8月29日　北京

欲问归鸿何处

1

D兄终于在一家大型国企谋得满意职位，结束了他回北京后半年多的"寓公"生涯。为此，我给他摆了一道酒。

几年前，他愤然从另一家国企辞职，受一个朋友的蛊惑，抛家舍业奔赴上海，担任了他的财务总监。

我一直不看好他的选择。一般来说，给朋友打工，到头多半连朋友也做不成，何况如今的营商环境之下呢。果不其然。然而他是用心且很努力的，默默一干就是五年。

D兄"南游"给我带来的"损失"，是少了一个可以随时小酌、出行的伙伴。此前，我们常驾着他的蓝色小高尔夫在京郊浪游，烧水煮茶，谈古论今，也曾一起做"驴友"，千辛万苦穿越当年的川藏公路去看布达拉宫。这样的"旅伴"可遇而不可求。

所以他的回归值得庆祝，为结束他的"不幸"，也为重启我们的"小确幸"。

果然，他上班才俩月，丰腴的体态眼见恢复，但此前的沧桑虚无也魅影重现。一日，他发来信息，建议周末去洛阳走走。

我觉得洛阳固然好，但离北京有点远，作周末游的性价比不高。我倾向大同，而且我的闲书正读到鲜卑拓跋族的迁徙壮举，他们正从草原腹地的盛乐（今内蒙古和林格尔）奔赴接近汉文化腹地的大同，并在那里定都。但D兄刚从大同回来，我才想到，那是他的老家呢。

然泱泱中华，找个去处有何难。站在大幅中国地图前搜索片刻，眼前就蓦然一亮：去淄博。

一次全然即兴的周末旅行，就这样开启。

2

午后时刻，两个神气活现的外乡人出现在淄博火车站。他们到租车点取了车，像放飞的马驹，直奔邹平。

这是第一个随机目的地。惦记邹平很多年，没想到说话间就踏上了这片土地。

这段惦记源自正在杭州执教中国文化史的邓兄，我在人民大学时的研究生同学。一部《梁漱溟全集》，他韦编三绝，梁先生成了他的精神"上师"。二十世纪三十年代，梁漱溟先生在邹平实施他的"乡村建设"项目，使得这个名不见经传的小地方自此闻名于世，也让我牢牢记住。

地图显示，这里有他的墓，还有一座"山东梁漱溟乡村建设研究院"。

邓兄说，梁先生有三个墓园，在北京、桂林、邹平。他逝世后，骨灰分葬这三处。邹平墓园位于一座名叫"黄山"的山冈上。我们放慢车速，进入密林。此时万籁俱静，好一个秋日的午后。

循一条雨后湿润的车道，得三进石阶，拾级而上，便可抵达位于半山的梁先生墓园。并不宏大的方形石棺前立有一块墓碑，镌刻着"梁漱溟先生之墓　一九八九年十月立　赵朴初题"。墓园正墙上，是他四个学生合撰的《梁漱溟先生生平述略》，以带着魏碑风的隶体镌刻，清癯古雅，诱你诵读。

梁漱溟的邹平乡建实验，渊源于河南"村治"项目，得力于韩复榘的持续支持。梁先生曾回忆道：

> 中原大战爆发后，河南村治学院匆匆结束。……副院长梁仲华到济南，向韩复榘报告河南村治学院的结束情况，因为如前所说，河南村治学院是韩复榘任河南省主席时办的。韩复榘对梁仲华讲，欢迎你们大家都来山东，在山东继续河南的事业。梁仲华到北京找我，说韩复榘欢迎我们大家都去山东。当时，河南村治学院虽然已经结束，但是人员还没有散伙，大家便聚集山东。这是1931年1月。

（《忆往谈旧录》）

我曾疑惑,在一个印象中"恶名昭著""粗鄙无文"的军阀治下,怎会容得下梁公此等取向的"社会实验"呢?这诱使我翻阅了不少关于韩复榘的文献。连连苦笑中,你不能不觉悟,历史需要不断重读,甚至是"田野调查式"的再次亲历。

拜祭完墓园,已是下午两三点,我们忍着饥饿前往南洞村。有新闻报道说,2018年六月,那里有一个"山东梁漱溟乡村建设研究院"挂牌,还设一个展馆。

在绿树掩映中,我们按路牌找到一个农场以及毗邻的一个大院。大门口都挂着白底黑字的醒目招牌,但都是铁将军把守,绝无人迹。从铁栅栏门朝里眺望,可以看见一个影壁,以梁先生的字迹书有其格言:

我生有涯愿无尽,心期填海力移山。

梁漱溟

在村里踅摸良久,除了偶见个别老妪蹒跚而行,仍然绝无人迹。一些农户家院门大开,待进去高声询问,也无人答应。

终于,有个壮年村民骑着电动车进村,连忙上门搭话。男子很热情,但乡音浓郁,交流不易。他家世居于此,但绝没有听说过"梁漱溟"是谁,对那个大院和农场也并无所知。问他村部会不会有人,他说可能会有。我们反复寻找村部,竟也不见人踪,更无人可以再作咨询。我们只好在疑惑和怅惘中离开。

但回顾梁先生来到邹平的初心,不能不暗暗心惊。当年他写道:

乡村工作搞好了，宪政的基础就有了，全国就会有一个坚强稳固的基础，就可以建立一个进步的新中国。

（《我从事的乡村建设运动》）

他认为，中国社会的特点，是士农工商，"伦理为本，职业分途"，乡村是中国的主体，也是中国文化的来源，要改造中国就要建设乡村，从中国旧文化里转变出一个新文化来。

他的方法是办合作社、办学、搞生产，在现有体制之中"建设一个新的社会组织构造""建设新礼俗"。学生这样介绍他在邹平的实验：

先生躬率同仁同学投身农村，以邹平为实验县，设乡学村学，从教育入手，发扬人生向上、伦理情谊、我民族固有精神。普及文化，移风易俗。通过组织合作社，培养人们民主政治生活习惯。吸收运用科学技术，发展生产。

（《梁漱溟先生生平述略》）

事实上邹平实验的动静不小，涉及方方面面。比如，他们改革了行政机构，废除全县七区一百五十余乡镇的设置，改为十四乡三百余村。这是很惊人的。他们搞了两届农展会，每次吸引观众均达到四五万人，而当时邹平的人口仅十六万！在邹平的带动下，到1934年，全国乡村建设实验团体达六百多个，实验项目超过一千个。

假如不是被抗日战争打断，他们的实验又将如何呢？

下午三点多，我们终于在一个大排档吃上午饭。餐馆老板介绍，本地特色是豆干和水煮花生。要了一大盘，大嚼，果然美味。当年梁先生的乡村事业中，一定也种植和加工这样的食品吧。

十丈红尘千年青史，一生襟抱万里江山。

梁先生墓园有不少名人题写的碑刻，我独喜欢吴祖光先生的这副，不知是否专门为梁先生所作。

3

掠过喧闹的古集市周村，直奔蒲家庄。这里是蒲松龄的世居和终老之地。

远远就看见一座城池模样的老屋建筑群，城门高挑，上书"平康"字样。这是蒲家庄西门，我们由此进村。

庄内是青石板路，一座十字街，居中歪着一棵老柳，益发显得村子古意盎然。保存完好的村舍错落有致，但街巷空荡寂寥，只有蒲松龄故居附近游人如织，喧闹声颇衬出古村那份独特的"聊斋"况味。

据说，1715年春节，精于易理的蒲松龄"自卜不吉"。正月初五，他上父坟归来似感风寒，食量渐减，至二十二日，"竟倚窗危坐而逝"，享年七十六岁。

蒲松龄家族曾是书香门第，但一代不如一代。父亲蒲槃因生活贫困，被迫弃儒经商，但他并不放弃孩子们的教育。蒲松龄十九岁时应童试，一举摘得了县、府、道三个第一。

但诡异的是，他此后再无缘于科举。他参加乡试的确切次数与不中的原因，都难以说清。

按余英时先生的考证，在明清时期的士农工商中，"士"与"商"的互动与融合已经很普遍。但很多士人也选择当塾师或者游幕。隋唐开启科举取士后，随着教育和出版的普及，读书人数日益增长，到明清时，政府系统的职位供应已经日见局促。士人即使中举，授官日期也遥遥无期，毕其余生也等不到上任那一天的人，比比皆是。

1665 年，二十六岁的蒲松龄到淄川县王村王家坐馆，开启了他的塾师生涯。在他背后，是大家庭因妯娌纷争而分崩离析，蒲松龄夫妇俩仅分得微薄的一份家产。他写道："居惟农场老屋三间，旷无四壁，小树丛丛，蓬蒿满之。"

1670 年，蒲松龄已有三个孩子，为生计，也为开阔眼界，他接受了同邑进士、宝应县令孙蕙的邀请，南下担任他的幕宾。他代孙蕙共拟写各类文稿九十余篇，深度卷入了孙蕙艰难挣扎的宦海生涯，从一侧体验了当时州县官场的激烈争斗和水灾之下百姓的困苦生活。

据说是因为不舍科举，次年初秋他辞幕北归。但奇迹没有出现，他仍在王家坐馆。庆幸的是，1676 年，蒲松龄得到了城西西铺庄毕家的聘请，开启了他三十余年的毕家塾师生涯。

毕氏是淄川望族，东家毕际有的父亲是明崇祯年间的户部尚书，毕际有本人曾任江南通州（今南通）知州，罢归后优游林下，与王士禛、高珩等名门以及地方官绅相交游。蒲松龄的工作职责，是教授八个弟子，参与毕府的迎送接待，兼任应酬文字。他修身自敛，深得东家父子的信赖。

毕府的优渥条件，为他营造了一个读书、写作和应试的安定环境。蒲松龄的"孤愤之书"逐步集结，定名《聊斋志异》，高珩为之作序。当时文坛领袖、刑部尚书王士禛为他的书题诗：

> 姑妄言之姑听之，豆棚瓜架雨如丝。
> 料应厌作人间语，爱听秋坟鬼唱诗。

（《〈聊斋志异〉题辞》）

蒲松龄则依韵唱和，抒发了他蹉跎岁月的苦与乐：

> 志异书成共笑之，布袍萧索鬓如丝。
> 十年颇得黄州意，冷雨寒灯夜话时。

（《次韵答王司寇阮亭先生见赠》）

可能是《聊斋志异》太具光辉，人们忽略了他的诗才。蒲松龄的诗其实写得很好，尤其是南游宝应县期间的作品为最，不仅行文典雅，而且充溢满满的生命意识。

漫向风尘试壮游，天涯浪迹一孤舟。

当年，三十岁的蒲松龄骑马南行，从青石关入莱芜县，经沂州进苏北，渡黄河，到达宝应。在路上，他曾写下这样令人印象深刻的诗句。

4

自蒲家庄奔赴青州的路上，我们无意中竟有"大发现"。

印象中一直是"苏州人"的范仲淹，竟然是在这里的长山镇长大成人。有缘的是，晚年他又回到这里，担任了青州知州，而这几乎是他人生的最后一站。

车过孝妇河范公桥，河畔坐落着古香古色的范公祠。据说是1065年由长山知县韩泽首建，距范公去世仅十三年。祠前屹立着一株宋槐，亭亭华盖，遮天蔽日，将气氛渲染得恰到好处。

公元990年，范仲淹父亲范墉病逝，母亲谢氏贫困无依，只得抱着两岁的儿子改嫁平江府（今苏州）推官朱文翰。朱文翰是淄州长山人。范仲淹也改名朱说，四岁时随继父北归，定居在长山县河南村。

范公祠两进，陈设简洁，介绍了范仲淹"划粥断齑"和报答朱家的事迹。

1009年，范仲淹在醴泉寺借读，十分刻苦。时人笔记有这样的记载：

惟煮粟米二升，作粥一器，经宿遂凝，以刀画为四块，早晚取二块，断薤数十茎，酢汁半盂，入少盐，暖而啖之。

（魏泰《东轩笔录》）

1011年，范仲淹得知身世，伤感不已，毅然辞别母亲，前往宋朝南都应天府（今河南商丘）求学，并于1015年考中进士。

踏上仕途的范仲淹并没有忘记继父之恩。为赡养朱氏，他在孝妇河南置义田四顷三十六亩。其子范纯仁巡按山东时，又在孝妇河北置义田一顷三十亩。在《长山县志》中，可以查到这些事迹。

范仲淹一生宦海沉浮，但始终坚守儒者忠孝、士大夫先忧后乐和"共治天下"的价值观。1045年庆历新政失败后，他长期担任地方官，出知过邠州、邓州、睦州、杭州等地。他仍然坚持新政中的主张，结合各地情形予以推行。

1051年初，范仲淹以户部侍郎知青州，兼任淄潍等州安抚使，时年六十三岁。与前任富弼交接，两位当年共同推进庆历新政的老朋友交流甚多。当时，由范仲淹执笔，他们向仁宗皇帝上过一道著名的奏议，有云：

与陛下共理天下者，唯守宰最要耳。比年以来，不知择选，一切以例除之。以一县观一州，一州观一路，一路观天下，率皆如此。其间纵有良吏，百无一二。使天下赋税不得均，讼狱不得平，水旱不得救，

盗贼不得除，民则无告诉，必生愁怨。救之之术，莫
若守宰得人，若守宰政举，则天下自无事矣！

（范仲淹《上仁宗论转运得人许自择知州》）

他说，与皇帝"共治天下"的核心力量是各地的主政官员，
这些年来，朝廷只是按惯例开展官员选拔，从县、州、路乃至
全国，莫不如此，结果是合格的官员百无一二，这对百姓对朝
廷都很不利啊！

对保持士大夫集团的精英属性，范仲淹表达了可贵的忧患
意识。这也是他的见识远超同侪之处。

次年正月，范仲淹获任颍州知州，他病逝于赴任的途中。
赴任前，他曾登临青州表海楼，已年迈体衰的他追怀姜太公治
齐功业，写下这样达观的诗句：

好山深会诗人意，留得夕阳无限时。

共治天下，先忧后乐，永远是范公的写照。

5

在淄博看完气势恢宏的齐文化博物馆，我们穿行乡间，登
上了牛山。那里有管仲墓。

管仲去世后葬于牛山北麓，是有记载的，而这座颇具规模

的纪念馆则建成于2004年。广场上，管仲像左手按剑、右手持简，抬眼远眺，泱泱齐地尽收眼底，滔滔淄河川流不息。

齐国八百年，始于周武王国师姜子牙分封，是春秋战国时当仁不让的"东方大国"，是秦灭六国的最后一个强大对手。

齐国强大，与其地缘有关，更与其治国策略有关。

"齐带山海，膏壤千里，宜桑麻，人民多文采布帛鱼盐。"这是《史记·货殖列传》中的描述。而太公的国政是："大农、大工、大商谓之三宝"，他们煮盐、垦田、开矿、贸易，国家富甲一方。

到齐桓公时代，管仲为相。桓公问，如何让人民安居乐业呢？除了继续发展农工商，管仲建立了独特的"士农工商"四民社会管理体制，在此基础上实施了他的变革。

> 士农工商四民者，国之石民也，不可使杂处，杂处则其言哤，其事乱。是故圣王之处士必于闲燕，处农必就田野，处工必就官府，处商必就市井。
>
> （《管子·小匡》）

与商鞅将"士商工"三民列为"农者"之外的"游食者"不同，管仲将"士"列为一个独立职业，成为稷下学术一百五十年发展的先声。同时，他肯定"四民"都是国家发展的基石，但要各居其处、各安其事。这样才有利于促进协作、专业化发展，同时强化父子传承，安心本业，这样有利于减少见异思迁。

即使是现在来看，这是何等的治理智慧！

至此，我们的鲁中之旅仿佛是一个历史的"倒叙"，从梁漱溟、蒲松龄、范仲淹，回溯到了两千多年前的管仲。在时代精神的流变中，士人对生命价值的追寻似乎有着潜在的线索，若隐若现于其中。

当那些稷下学者在风流云散之时，估计也会来登临牛山祭拜他们的先贤管子。他们一定也会被"管鲍之交""管桓一笑泯恩仇"的事迹而感动，一定也会为晚年齐桓公不听管仲遗嘱而招杀身大祸的昏聩而扼腕。

在这里远眺皇皇齐都，俯瞰滚滚淄水，烟霭苍茫之际，他们会有"欲问归鸿何处"的隐隐愁绪吗？

我忽然清醒过来：这大概不会。即使有，也只会是一刹那吧，因为，那是一个怎样的时代，又是一群怎样的先民呢！

是啊！一部《管子》，每一行都是治国格言，言之凿凿，透着满满的自信。一个如丧家之犬的夫子，在低沉时也不过在暮春时节带着弟子们去沂水游个泳，然后"咏而归"。一个担任过稷下学长的孟子，在诸侯面前处处雄辩，虽千万人而吾往，他还劝士人要养"浩然之气"。即便在庄子那里，也能够以"知不可奈何而安之若命，唯有德者能之"淡然自勉。而一部感性的"诗三百"，叹尽人生苦乐、世态万象，在最落寞之时竟也可以做到"哀而不伤"。

是否正如有人形容的，那个时代就是我们这个族群的"青春期"。少年不识愁滋味。他们的思想健康明快，行动自信刚毅。他们高谈仁与义，也不避势与利。他们鼓瑟吟唱，也击缶而歌。

　　范仲淹宦海沉浮，在他的诗句里，我们依然可以感受到那份坦然和达观。蒲松龄失意潦倒，在他的聊斋里，我们依然可以读出对命运的桀骜不驯。梁漱溟回归乡土，在他的旷世实验中，我们更能感悟一个儒者的勃勃雄心。他们都以某种姿态"共治天下"，给我们留下一个个挺拔的背影。

　　他们也曾生活在我们如今所驻足流连的这片山川大地之上。

2020 年 9 月 8 日　北京

辑八　旅行者说

见天地　见众生　见自己——
如何进行一场"人文主义的旅行"

按：2019年4月21日，世界读书日前夕，我应杭州"知行读书会"邀请，做了一场"人文旅行"为主题的网络直播分享。以下是分享内容。

开场白

各位朋友，大家晚上好！感谢参加今天的交流。特别感谢小远同学为我们所做的工作。小远的热情、勤奋和才华，给了我深刻的印象。

首先要说明一下：我其实认为所有的旅行都是好的。今天讲这个题目，并不意味着我有厚此薄彼之意，只是一点个人的偏好。大家都会有自己的偏好，无须谁来认可，取悦自己就可以了。

我的题目是"见天地、见众生、见自己"。一般"见自己"是放在前面的,我调整了一下顺序,借来定义我的所谓"人文旅行观"。我们从字面去理解其内涵即可,后面会具体阐述我的看法。

主要讲两个问题。一是概论,三个"见",见天地、见众生、见自己,以人文旅行观来看是什么意思?为什么、看什么、怎么看。二是做一场"人文主义的旅行",最重要的方法论有哪些。

"世界那么大,我想去看看"

这个话大家耳熟能详,来自郑州的一位女中学教师。她大学毕业后上了十一年班,2015年决定辞职。算了算,应该是个"80后"。不知道她近况如何。

这里要引述的一段话来自我的老朋友、一个比我还老的老男人。大约也是2015年,他出版了一本书,书名叫《行走天下的男人》。其中有一段话很打动我。他说:

> 男人其实是世界上最可怜的可怜虫。但他如果曾经远行,或已经生活在一个远离故土的地方,并且有一个人始终与他厮守,那他至少是一个幸福的可怜虫。
>
> (书同《行走天下的男人》)

这是不是代表了男人的某种心声？

当然这只是两个有趣的例子而已。是什么驱动了一次旅行？其实各有各的原因、理由。这个每个人都会有体会。我的看法是，每一次旅行都是生活的赐予，你要做的就是坦然上路。

"见天地"

世界那么大，我们去看什么？

所谓"见天地"，往往是我们旅行的最常见的动因。名山大川、森林戈壁、长河落日、大漠孤烟、名人故里、传奇建筑、奇风异俗，等等，都会对我们产生巨大的吸引力，让我们想去靠近、去体验。

这张照片里的男孩是我儿子，他小学毕业的那年，我们一块上西藏。那天我们参观完布达拉宫，来到北广场。我发现他靠在栏杆上，注视这座古老的宫殿，好几分钟不说话。我不知道他在想什么，也没问。

我老师的女儿，来自一个南方小县城，到北京读广播学院。大三时，她来到布达拉宫广场。她那天晚上给我发了个信息。你猜她是啥情况？她说，她跪倒在地，眼泪止不住哗哗地流。

我不知道大家有没有过这样的经历，你被眼前的景象深深触动。我觉得这就是传说中的"巅峰体验"。这个展现在我们面前的"天地"，强烈地冲击了我们的内心，与我们的生命建立了某种联系。

"见众生"

所谓"见众生"，就是说，在天地之间，还有人、人群、族群，还有社会、风俗和制度，都是我们在路上要去认知和理解的。

有句歌词说，"相爱总是简单，相处太难"，很形象。人群乃至人类，是以一种怎样的规则相处的呢？你看到的种种情形背后，有怎样的真相？

我第一次来到大昭寺，是个黄昏。光线昏暗，周边的人不停地在磕长头，起起伏伏，忘乎所以。我当时就像置身一个梦境，觉得不可思议，觉得荒谬，又被深深感动。我问自己，他们在干什么？我在这里展示一段当时拍摄的小视频，请大家欣赏。当你们看到这样的情景时，会觉得他们在做什么？你会觉得他们是与自己很不同的人群吗？

再比如，这几张照片大家肯定过目不忘。2001年9月11日，美国纽约世贸中心"双子座"大厦遭受恐袭。事发时，美东时间是11日上午八点四十分，北京时间是11日晚上八点四十分。记得我正在北京新街口的"蜗居"里，整理那年八月份在"北大荒"旅行的照片。那时都是胶片，还没用上电子相机。大约是九点多，手机响了，是个香港移动号码。我还以为骗子，也不晓得是受什么驱使，接了这个电话。是驻港的大牌记者、一位老朋友。他在电话那头激动得语无伦次，专门向我这个唯一的听众直播了这次事件，中间还夹杂着他那头电视里的声音，比如外台播音员的英语评论、现场的警笛、人流嘈杂等等。

　　我与这位记者哥们儿在电话了聊了很多，骂完恐怖分子骂"迟钝"的国内媒体，感觉"文明的冲突"要推进到了一个不可预测的阶段，等等，具体内容就不在这里分享了。我在一场"闯关东"旅行的余绪中，隐隐约约地感知到世界的巨变。

　　我们也常常就这样，在一场旅行中，不知不觉地迎来一个新的时代。

方法论经验谈

　　见天地、见众生、见自己，怎么见？说点方法论。我的个人经验，可以归纳为四个要点。

　　一是要尽量融入本土。花最少的钱、走最远的路、看最好的风景。这是我当年的信条。因此，交通上，一般都是乘坐本地的公交。住宿方面，主要是驴友验证过的最有氛围、经济实惠的旅馆。这样你会有机会最大程度融入当地人的生活。

　　2007年从川藏公路进藏，一路上我几乎什么车都坐过。记得在德格县挤过小面的，满满一车人，除了我基本上都是藏族同胞。你可以闻到他们身上浓郁的酥油茶味道。和我挤在一块的是一个四五十岁的中年人，汉语流利，音容笑貌至今还历历在目。每到一个垭口，他都要掏出随身携带的"经帖"，小四方纸张，绿色、粉色，上面印着经文，打开车窗迎风抛撒，嘴里同时念着某段经文。遇到磕长头的一家人，他会给他们捐钱。我们一路聊天，他有句话给我印象深刻。他说：没有信仰，还是人吗？

因此，如果是自驾的话，你要去设法弥补这种因"隔离"带来的不足。

二是要有一个"框架"。就是从哪几个方面来试图认识、理解你的旅途。我的"框架"一般构成是山川、历史、人物，三个基本方面。这比较好理解。就是说，在旅行的过程中，你需要读一点地理资料，要了解一下历史。有的历史信息，是从本地人那里了解到的。人物呢，不只有名人，更有普通人。这一点后面会讲到。

三要有点"全球视野"，做点横向对比。比如在中国某地发生了某个标志性事件的时点上，在其他地区发生了什么？在欧洲、北美发生了什么？放到一个更大视野的历史进程中去比照。

第四，与阅读、写作紧密结合，是所谓"人文旅行"的重要特点。虽然说"见自己"不一定体现在书面上，但写作的确是个好方式。这会让你的自我认知更准确更深刻。

去年去了趟苏州的千灯古镇，这里是顾炎武故里。按这个方法论，我是怎么做的呢？去之前，主动联系了一个本地的文旅作家，认识了一个叫天佑的民宿老板、一个青年艺术家。我分别与他们做了一些基本交流，这里不细说。值得多说几句的是顾炎武。

我们大多数人对顾炎武的了解其实很苍白，只有名言"天下兴亡，匹夫有责"，其他不甚了了。我也不例外。他变成了一个被高度简化的符号。这不真实，也没太大意义。我觉得，在他身上有一些比较典型的矛盾，值得解读。这几个矛盾，实际上是"知识者"面临的困惑。比如知识者的独立性，等等。甚至中国文明的形态是怎样走到当代的，我们的当代生活在多大程度上在那个时候就已经被决定了，等等，这样一些有趣的问题。

为此，我写了一篇文章，求解了自己的一些长期以来的困惑，发在公众号上"公开改稿"。发布当天，就被《苏州杂志》主编陶文瑜老师要去了，刊登在今年第一期上。为写这篇文章，我检索式阅读了不下三十本书。值得一提的是，拜识陶老师以及后来与他的交往，等于打开了苏州历史文化的一扇大门，非常有意思，更是非常庆幸！这也是千灯之行的重要收获吧。

总之，在这个过程中，你对旅途会有相当深度的梳理，从而对自己也进行相当深度的认知。所谓"见自己"，是说人文旅行的目的，有意无意，最终指向对自我的探索、对自我的发现。这个可能是一场旅行最潜在的动因，只是你可能没有觉察到而已。

去理解遇见的人与事

讲了第一部分，下面三个方面的专论就好理解了。我们接着说说第二部分，"去理解遇见的人与事"。

旅途上我们会遇到名人，很多是历史名人，还会遇见更多的普通人。我首先要表达的一个观点是，"巨人也是普通人"，

"把巨人还原为普通人，才是对他最大的尊重"。

怎么还原？去了解他的日常生活，他也要吃喝拉撒，是吧？去了解他的人之常情，他也有七情六欲，对吧？相反，不能把他的作品、他做的事，与当时的具体历史条件割裂开来，鲁莽地给他贴个标签。

我们的文化比较喜欢贴标签，谁是好人、谁是坏人。其实生活从来不是这样。这在很大程度上降低了我们的审美质量，在很大程度上损害了我们的判断能力。说严重一点，在这样的思维模式下，生活质量也是不高的。因为你会把这样的思维模式复制到自己生活的方方面面中去。你想啊，你给苏东坡贴个"豪放派"的标签，你觉得问题解决了，你会不会给自己朋友、爱人、领导贴个什么标签呢？比如，他是个"自私"的家伙、是个"爱占小便宜"的人、是个"喜欢给领导挑刺"的刺头等。这会在很大程度上影响了你与这个人的正常交往。大家有这个体会吧？

其实，哪里有什么豪放派、婉约派！苏东坡也有"花褪残红青杏小"的婉约，李清照也有"生当作人杰"的豪放。人都是立体的，不能简单化。

我们来看苏轼的例子。

他有两件作品，创作在同一年，1082年，宋神宗元丰五年。一篇是《念奴娇·赤壁怀古》，耳熟能详，被称为宋词"豪放派"的代表作；一篇是寒食帖，诗两首，《黄州寒食诗帖》被称为"天下第三行书"。

大家可以做个比较，感受一下这两件作品的差异有多大。

"大江东去"，那种纵横捭阖，荡气回肠，大家都很喜欢。再看看《寒食帖》里的句子："今年又苦雨，两月秋萧瑟。"清明节前这段时间，雨下个不停，像萧瑟的秋天一样。"空庖煮寒菜，破灶烧湿苇"，厨房里空空如也，只能做点简单的饭菜。潮湿的芦苇在破旧的灶里怎么也烧不着，满屋子都是烟。——大家看，这个情形是不是有点惨？但就是在这样的生活状态下，我们的苏轼能写出"大江东去"这样的精神状态来！你行吗？你不服不行。

1082年，他是个什么状况？他在湖北黄州担任团练副使，不能签发公文，其实是个被看管的"政治犯"。他是三年前在湖州太守任上被逮捕的，是宋朝最大的文字狱"乌台诗案"的受害者。

没有俸禄，只有一份实物配给。不得住政府的公房，一家老小二十多口，缺衣少食。一些朋友疏远了他，不敢与他联系。苏轼都说自己是"穷途末路"了。但这样的人，总是有人会从心底敬爱他。比如黄州太守就是这样。他看到苏轼如此穷困潦倒，主动帮他运作，获得了黄州东门外东坡故营地五十亩，让他开荒种粮，贴补家用。

而苏轼由此自号"东坡居士"，成了一个地道的农夫。在当时的黄州，因为猪肉价格便宜，"贵者不肯食，贫者不解煮"，他匠心独运地发明了"东坡肉"，还写了一篇著名的《猪肉颂》打油诗。他省吃俭用，盖了五间泥瓦房，取名"雪堂"。

有这样的了解，我们对苏轼的看法就会完全不同，更加鲜明地感受到他的人格魅力。他在黄州待了四年零四个月，过着贫穷但自食其力的生活，写了很多名作，绝大多数作品都可以感受到他旺盛的生命力。这样，你对他的认知就是立体的、丰满的、个性的。

去年我特意带着儿子到黄冈，寻找了他的踪迹。当时我设想，如果换了我面对这样的处境，我会过得如何？大家也可以设身处地想象一下。

在普通人身上看到"大时代"

当然，我们碰到的更多是普通人。他们有的是旅客、旅店老板、饭馆老板、司机、你喜欢的某个虚构人物等等，但普通人也有精彩的故事。

比如这位郑老先生。他是陕西某市的民营企业家协会会长，七十岁了。2007年5月，我们在青藏铁路上认识。当时他的相机坏了，要我帮他拍照，用我的相机，然后发到他的电子邮箱。大家知道，那曲草原风云变幻，很美啊！一聊天才知道，他刚打完一个十几年的官司，正在写一本书，后来他专门送我，才知道书名叫《官司惊动红墙》。通过这位老先生，我才知道"陕西愣娃"意味着什么！倔强、永不服输。他的官司历时十五年，上访北京四十多次，十几位国家领导人过问，产生了很大的影响，甚至促成了《民事诉讼法》第211款人大修改议案的立案。他的经历，是我们国家民主与法制建设的一个活生生的案例。他现在退休了，把事业交给几个孩子，自己一心从事公益事业，很有作为。有很多故事，今天时间关系不说了。

还有阿甘，Forrest Gump。这是个文学作品中的虚构人物。《阿甘正传》电影都看过吧？我是看了十遍不止。阿甘出生在美国亚拉巴马州一个叫 Green Bow 小镇。美国的文艺就这点好，故事发生的地名一般都是真的。2010年，我所在的单位收购了一家美国公司，正好位于亚拉巴马州的 Mobile 市。你说巧不巧？更巧的是这个公司的CEO与小说原作者是朋友，他们的女儿也是同学。这样，我对阿甘又觉得亲近了一层。遇到这个CEO，我们聊得很有趣。我还特意游览了传说中阿甘捕过虾的那个海湾，觉得非常亲切、非常真实。我读过四卷本的《美国史》，这样的旅行经历，让我对美国的那段历史有了更加感性的认识。

还有个例子。为什么要举这个例子，是因为你们这一代人大概率不会有这样的故事了。

1998年，新浪网旅游论坛有一个帖子成了"爆款"，名字叫《川藏公路：我和小梅的故事》。两个城市青年，因为川藏公路发生塌方，被堵在了半路的荒野里，当然还有很多人被堵。他们被困了十六天，发生了很多故事。那个时候的川藏公路，现在完全不可想象。现在的条件太好了。当然，太好了，也就没有传奇了。这个帖子不知道还能不能找到，可能的话可以找来看看。读过后，我相信你会感慨：那是一个还可以谈"诗与远方"的时代，对吧？我想问的问题是，现在你们有吗？你们这一代年轻人的"诗和远方"是什么呢？欢迎你们给我留言。

要思考当代主题与当下生活

第三部分，要思考"当代主题与当下生活"。

旅行是为了更好的当下生活。首先你是为了解决自己的问题，要"度己"。你的旅行可能是被迫的，也可能是自己主动安排的，这并不重要，重要的是一场高质量的旅行往往能帮到你。

这里有个例子。一对二十九岁的小夫妻，他们自己开了个摄影工作室。这日子过着过着，突然他们自己困惑了。在书中，他们这么写道：

> 感觉再不为理想折腾一下就要老了。催促我们生孩子的风声渐紧，好像人生到了一个重要关卡。正纠结在生活意义的瓶颈里 …… 2014年年末，我与同样迷茫的丈夫决定一起离开，准备到外面走走。
>
> （《我和喜欢的人穿越美国》）

他们的计划最终归结为"用摄影换住宿的方式穿越美国"，就是说，他们借宿到居民家，回报是帮他们拍摄一组家庭照片。他们回来后把这段经历，写了一本书《我和喜欢的人穿越美国》，成了"网红"。

"度己"之外，其次是"度人"。在解决自己问题的同时，其实我们也脱离不了社会，因此我们同时在思考社会问题，并试探着找到通往未来的路径。这个时候，我们需要写作，用这种方式来比较严谨地探讨一些问题。

私人写作

这里说的写作，是"私人写作"，不是我们在单位写公文、写项目建议书。所谓"私人"，是因你自己的生命困惑而发起，探求你的困惑与社会、历史、文化等问题的关系。这是人文旅行不可或缺的要素。

我总是鼓励朋友写作，最好成为一个持续坚持的习惯。有几个理由：一是网络写作有最好的容错机制。现在有一个很好的网络写作氛围，有很多人帮你挑错，也有很多人会主动来与你讨论对某件事的看法。二是在碰撞中可以造就开放的心态。当你比较理性地来梳理问题时，你会发现答案是多样的、世界是多元的，很多牛角尖可以不去钻。三是写作可以督促你广泛阅读、博览群书、广交良师益友。这样，你自然有机会走出小我的狭窄天地，获得一个尽可能宽广的世界。

亚里士多德说过，政治学的使命是帮助人类去追寻一种优良的生活，其实我们的所有思考可能都最终指向"政治"。这个概念要从广义的角度来理解。那么，让我们首先做一个"优良的人"，通过"见自己"，再回到天地、回到众生，反哺我们的社会。

这就是我要汇报的主要内容了。个人之见，请批评指正，谢谢大家参与。

2019 年 4 月 23 日整理　北京

后　记

在这个资讯冗余的年代，写作可能是微不足道的一件事，但作为一种古老的私人精神生活，其价值又不言而喻。

一个人的生命质量，大约可以从"宽度"和"深度"两个维度去拓展。"宽度"相对容易达到，比如全球旅行、从事更多的职业、涉猎更多的专业领域等，但"深度"的掘进却只能依靠思想的力量，这无可替代。每当陷入"无明"状态，我总是选择在书桌前坐下来，心里说，至少还可以"涂鸦"。

"如何写"，这是个问题。不过这个问题与"为何写"是分不开的。我固执地认为，"问题意识"是写作的首要驱动力，即写作发端于探询。这促使我把对象陌生化，形成"我的""新的"叙事。我仍旧用历史与文学来构造我的"叙事"。这有理性的清醒，也有情感的贯注，二者互为表里、相得益彰。这些篇章都是以我的旅行经验为基础的，是以人物为中心的"非虚构"。这些人物构成了我真实人生的很多场景，我从他们身上看见自己，甚至看见更多。

部分篇章在报刊公开发表过，如《散文》《苏州杂志》《天津文学》等。在此感谢这些编辑老师的欣赏和指导。

要提一下那组"苏州记"。这个小专辑，表达了我对《苏州杂志》前主编陶文瑜老师的怀念。这几篇小文都因他的缘而成，但遗憾的是，他没来得及编发完就因病离开了我们。因他无与伦比的热忱和才华，他去的那个世界也一定因他更值得称为"天堂"吧。

特别感谢刘琼、江子、陈胜利和曹虎几位师友在百忙中阅读书稿，撰写推荐语，给了我很多教益、很大鼓励。同时感谢我的老朋友们，他们是甲乙、伯刚、程远、寿江、人力、代康、召辉、戴杰、庆松、新文、成章、周胜、小军、惊雷、尤坚、春照、叶飞等以及许多不曾谋面的网友。他们多是我习作的第一读者，他们的每一次批评与赞美都弥足珍贵。

是为记。

作者

2021 年 4 月 15 日于北京

图书在版编目（CIP）数据

在庐山遇见王阳明 / 奔跑著 .—北京：作家出版社，2022.1
（2022.10 重印）

ISBN 978-7-5212-1553-3

Ⅰ.①在… Ⅱ.①奔… Ⅲ.①散文集－中国－当代
Ⅳ.① I267

中国版本图书馆 CIP 数据核字（2021）第 205606 号

在庐山遇见王阳明

作　　者：奔　跑
责任编辑：张　平
装帧设计：意匠文化·丁奔亮
出版发行：作家出版社有限公司
社　　址：北京农展馆南里 10 号　　　邮　　编：100125
电话传真：86-10-65067186（发行中心及邮购部）
　　　　　86-10-65004079（总编室）
E-mail:zuojia @ zuojia.net.cn
http://www.zuojiachubanshe.com
印　　刷：三河市紫恒印装有限公司
成品尺寸：142×210
字　　数：242 千
印　　张：11.75
版　　次：2022 年 1 月第 1 版
印　　次：2022 年 10 月第 2 次印刷
ISBN 978-7-5212-1553-3
定　　价：68.00 元